NIOBIA BRYANT

La proposition de l'héritier

Traduction française de

SOPHIA LIBRET

PASSIONS

HARLEQUIN

Collection : PASSIONS

Titre original :
AN OFFER FROM MR. WRONG

HARPERCOLLINS FRANCE
83-85, boulevard Vincent-Auriol, 75646 PARIS CEDEX 13
Service Lectrices — Tél. : 01 45 82 47 47 - www.harlequin.fr
ISBN 978-2-2804-8061-1 — ISSN 1950-2761

Composé et édité par HarperCollins France.
Imprimé en janvier 2023 par CPI Black Print (Barcelone)
en utilisant 100% d'électricité renouvelable.
Dépôt légal : février 2023.

FSC www.fsc.org MIXTE Papier issu de sources responsables FSC® C159065

Pour limiter l'empreinte environnementale de ses livres, HarperCollins France s'engage à n'utiliser que du papier fabriqué à partir de bois provenant de forêts gérées durablement et de manière responsable.

- 1 -

Mars

Tout en portant son verre à ses lèvres, Bobbie Barnett jeta un regard discret vers le couple installé dans un box situé de l'autre côté de la salle du restaurant, couple qui ne semblait pouvoir s'empêcher d'échanger des baisers enfiévrés. La bouteille de champagne dans son seau à glace, les bougies offrant une chaude lueur et le dessert aux fraises agrémenté de crème fouettée contribuaient à la note romantique de leur repas. On n'aurait pu en attendre moins de ce restaurant haut de gamme du centre de Manhattan.

— Comme c'est adorable, murmura Bobbie, munie pour l'occasion de lunettes caméra destinées à enregistrer les images en toute discrétion. Dommage que ce ne soit pas sa femme.

Lorsque la main de l'homme plongea sous la table, Bobbie détourna le regard afin d'épargner ce détail à l'épouse trompée. Cette dernière la payait une coquette somme pour confirmer l'intuition qu'elle avait de l'infidélité de son mari.

En tant que détective privée, Bobbie était sollicitée par des personnes fortunées pour résoudre des mystères, enquêter sur des crimes et fournir les preuves de diverses trahisons. Et elle adorait cela. Presque autant que son père, Bobby, dont elle avait repris l'affaire après que ce dernier, ancien inspecteur de police devenu détective, eut pris sa retraite. Après une enfance où ses dons d'observation et son intuition avaient été encouragés, elle avait obtenu son diplôme de détective privée à l'âge de vingt-cinq ans et, après douze années d'exercice, elle était l'une des meilleures de la profession.

Son téléphone posé sur la table vibra, et elle consulta l'écran. C'était un texto de sa cliente, Mme Ferguson, qui souhaitait avoir des nouvelles.

Elle ne comprenait que trop bien la détresse et l'angoisse de tout conjoint suspectant son partenaire de tromperie. Il y avait bien longtemps que la colère ressentie au moment où elle avait trouvé son mari, Henny Santana, au lit avec une autre femme l'avait quittée. Mais la douleur, elle, subsistait et lui collait irrémédiablement à la peau.

À cause de toutes ces années perdues. De cette confiance brisée. Et du fait de se sentir stupide à l'idée d'avoir un jour cru en lui.

Elle secoua légèrement la tête, faisant rebondir les boucles souples de ses cheveux, pour repousser ces sentiments si difficiles à oublier, et but une longue gorgée de champagne millésimé.

Ressasser ces sombres pensées n'était qu'une perte de temps.

Et en parlant de temps, songea-t-elle, en vérifiant l'heure sur son téléphone.

20 h 28.

Ce soir, elle faisait d'une pierre deux coups. En plus

de la mission de surveillance qu'elle menait, elle avait donné rendez-vous à un potentiel nouveau client.

La journée avait été longue, et elle se sentait prête pour un long bain relaxant et une séance de méditation avant de sombrer, du moins l'espérait-elle, dans un profond sommeil dans son grand lit douillet…

— C'est *vous*, B. Barnett ?

Elle se raidit en reconnaissant le timbre grave et l'accent anglais de la voix masculine qui venait de l'apostropher.

Lincoln Cress…

Elle leva les yeux vers l'homme à la haute stature, aux larges épaules et aux traits rudes. Mâchoire et menton carrés. Nez épaté. Yeux légèrement enfoncés dans leurs orbites sous des sourcils froncés. Pommettes hautes. Bouc bien taillé encadrant une bouche sensuelle. Et un air très très mécontent.

Un homme des plus séduisants mais qui n'était pas plus heureux de la voir qu'elle ne l'était de se retrouver face à lui.

Exaspérée tout autant qu'exaltée par sa présence, elle s'éclaircit la voix et lui indiqua la chaise placée face à elle.

— Ravie de vous rencontrer, Lincoln.

— Me *rencontrer* ? Quel culot ! Vous vous êtes immiscée dans ma vie durant des semaines !

Là, il n'avait pas tort, et elle ne pouvait que comprendre sa réaction.

L'automne précédent, elle avait été embauchée pour mener une enquête relative à Phillip Sr Cress, célèbre chef à la tête d'un immense empire culinaire. À la demande de deux de ses cinq fils, Cole et Gabe, elle avait mené un travail minutieux, remontant même aux jeunes années de Phillip qui avait grandi dans la petite ville anglaise de bord de mer de St Ives, en Cornouailles. Ses recherches avaient révélé que son nom apparaissait sur le certificat de naissance de Lincoln Cress, fils illégitime né avant qu'il ne rencontre et épouse sa femme, Nicolette Lavoie.

Lorsque les frères Cress avaient loué ses services pour mener une enquête plus approfondie sur ce demi-frère dont ils venaient de découvrir l'existence, Bobbie s'était rendue à St Ives en prétendant travailler à la réalisation de biographies de chefs anglais. Lincoln s'était montré grossier et inflexible, l'empêchant d'en apprendre plus à son sujet. Elle ne savait plus combien de fois il l'avait jetée hors de son restaurant !

Jamais elle n'avait imaginé qu'elle se retrouverait de nouveau face à ce ronchon diablement séduisant.

— Si vous souhaitez discuter, je préférerais que vous quittiez votre mine renfrognée et que vous cessiez de me dominer de toute votre hauteur, monsieur Cress, dit-elle, tout en jetant un regard derrière lui pour apercevoir M. Ferguson qui profitait toujours de son rendez-vous avec sa maîtresse.

Lincoln tira vivement la chaise et s'y installa.

Un serveur arriva aussitôt.

— Désirez-vous boire quelque chose, monsieur ?

— Croyez-moi, Kevin, ce dont il a besoin, vous ne le servez pas, répondit Bobbie en prenant sa flûte.

— Dois-je comprendre qu'après vous être immiscée dans ma vie vous m'adressez à présent des insultes voilées ? répliqua Lincoln, les yeux rivés sur son visage.

Bobbie se sentit soudain curieuse de savoir ce qu'il

pensait de son apparence. Lincoln Cress l'agaçait, certes, mais le sentir près d'elle lui procurait un indéniable frisson.

— Je vous laisse réfléchir, dit Kevin avant de s'éloigner.

— J'ai été embauchée pour accomplir un travail, expliqua Bobbie, bien décidée à contrer l'énergie négative dispensée par Lincoln Cress. Et étant donné que vous vous trouvez à New York et que vous connaissez mon implication, je suppose que vous avez pris contact avec votre père tout juste retrouvé et vos demi-frères qui sont tous extrêmement fortunés. Donc… ne me remerciez pas de vous avoir permis d'en arriver là.

— Et vous trouvez facilement le sommeil ? Alors que vous n'avez ni conscience ni intégrité ?

— Et vous, alors que vous êtes toujours monté sur vos grands chevaux ?

— Je savais que vous mijotiez quelque chose, la première fois que je vous ai vue dans mon restaurant, fit-il remarquer, son regard plongé dans le sien.

— Oh ! très bien, c'est donc ce chemin-là que vous voulez emprunter ?

Lincoln laissa échapper un petit rire sardonique.

— Nous sommes sur ce chemin depuis que vous avez envahi mon existence pour m'espionner, rétorqua-t-il.

— Tout est question de point de vue, monsieur Cress. Vous pouvez voir le rôle que j'ai joué dans votre vie comme une chose négative et intrusive, ou… m'être reconnaissant car grâce à mes actions vous avez trouvé ce père que vous ne connaissiez pas.

La mâchoire de Lincoln se crispa à ces mots.

— Je n'ai pas besoin de son argent, lâcha-t-il d'un ton glacial en lui jetant un regard plein de colère.

— Écoutez, cela n'avait rien de personnel à mes yeux. Ce n'était qu'un travail. Faites donc un effort, tout comme moi, qui fais de mon mieux pour ne pas vous en vouloir d'être aussi odieux avec moi.

— Vous ne manquez décidément pas de toupet ! s'exclama-t-il en posant ses coudes sur la table.

— Et vous avez vraiment l'esprit très étroit ! rétorqua-t-elle en se penchant vers lui.

Seuls quelques centimètres les séparaient. Le regard de Lincoln Cress était si perçant et si intense qu'elle se retint de ne pas passer sa langue sur ses lèvres soudain terriblement sèches… avant de céder malgré elle à cette envie.

Et quand elle vit le regard de Lincoln aussitôt attiré vers sa bouche, son cœur se mit à cogner dans sa poitrine.

Vite et fort.

Elle avait ressenti la même chose, la première fois qu'elle avait posé les yeux sur lui…

Quand elle avait pénétré dans le magnifique restaurant de bord de mer, dans les Cornouailles, elle avait aussitôt été charmée par le décor rustique où se mêlaient touches de bois, teintes turquoise et bouquets de fleurs sauvages. Une délicieuse odeur de fruits de mer, d'herbes et d'épices s'échappait de la cuisine ouverte occupant le centre de la salle à l'atmosphère feutrée. Elle avait soudain vu Lincoln Cress qui lançait des ordres sévères à son équipe… et son cœur avait cessé de battre l'espace d'un instant.

La photo qui apparaissait sur son site Internet ne lui

rendait pas justice. Et il était surprenant de constater l'effet excitant que cela avait sur elle.

Puis une serveuse, Shirly, s'était avancée vers elle, et elle s'était présentée comme étant Kimberly Madison, biographe américaine, qui faisait des recherches sur les chefs de la région et venait rencontrer Lincoln Cress.

Le coup d'œil nerveux que Shirly avait jeté en direction de Lincoln ne lui avait pas échappé. Pas plus que le regard noir que ce dernier lui avait lancé après que sa serveuse lui eut expliqué qu'une biographe souhaitait le rencontrer.

Après avoir aboyé divers ordres à son équipe, Lincoln s'était dirigé à grands pas vers elle. Sa veste noire de cuisinier s'accordait à merveille avec son teint caramel. Lincoln Cress était décidément très agréable à regarder…

Mais à mesure qu'il s'approchait, elle avait noté que son irritation était manifeste. Elle lui avait toutefois souri et tendu la main lorsqu'il était arrivé à sa hauteur.

— Je vous ai déjà dit que je n'étais pas intéressé et j'apprécierais grandement que vous cessiez de me harceler, avait-il dit, ignorant sa main tendue pour croiser les bras sur sa poitrine. Vous êtes tout à fait exaspérante.

— Et vous, tout à fait impoli ! avait-elle répliqué, résistant à l'envie de le gifler.

— Au revoir, avait-il ajouté d'un ton ferme avant de saisir délicatement son coude et de la guider vers la sortie.

Elle était restée bouche bée devant tant d'incorrection… et complètement sous le charme.

Et aujourd'hui il était là, devant elle, toujours aussi exaspérant… et séduisant. Elle ne supportait pas cet homme !

— Qu'attendez-vous de moi ? s'enquit-elle. Je me suis déjà excusée.

— Vous devriez trouver une autre activité, un travail où vous ne seriez pas payée pour mentir, faire semblant et exploiter des gens qui n'ont pas choisi de vous avoir dans leur vie, répondit Lincoln, en rivant ses yeux aux siens.

Et comme lors de leur première rencontre, ses paroles eurent l'effet d'un seau d'eau glacée déversé sur le brasier qui commençait à flamber en elle.

Lincoln Cress s'enorgueillissait d'être un homme honnête. Et il était indéniable que Bobbie Barnett était une femme splendide. Depuis sa chevelure, une somptueuse crinière qui encadrait son visage et descendait jusqu'en dessous de ses épaules, à son splendide teint brun et à sa somptueuse bouche charnue. Elle avait des yeux d'un brun profond qu'éclairait une touche de noisette. Son look évoquait le style de Donna Summer, au cœur des années 1970, et on pouvait difficilement nier qu'elle avait de l'allure.

Il s'appuya au dossier de sa chaise tout en continuant à l'observer. Il l'avait reconnue au premier regard, mais savait à présent qu'elle avait menti à propos de son identité lors de leur première rencontre.

— Kimberly, dit-il d'un ton sarcastique.

— Bobbie, avec IE.

Kevin, le serveur, réapparut.

— Rien pour moi, dit Lincoln, soudain perdu dans ses pensées.

La semaine précédente, sa vie avait connu un véritable bouleversement. L'appel inattendu de l'homme dont on lui avait toujours dit qu'il était son père avait été un véritable choc. Et le fait que ce dernier jure avoir ignoré son existence jusqu'à ce que l'enquête menée par une détective privée la lui apprenne l'avait profondément ébranlé. Mais, parmi la foule de sentiments qui l'avaient assailli, c'était la curiosité qui l'avait emporté.

Au sujet du père dont il ne connaissait que le nom.

De la vérité, car chaque jour au cours des quarante-quatre années de sa vie sa mère avait soutenu que son père était au courant de son existence.

De ses cinq frères, alors qu'il était jusqu'alors fils unique.

Et de tant d'autres choses encore.

Le lendemain de l'appel, il avait pris place à bord d'un jet privé pour gagner New York afin de faire la connaissance du célèbre Phillip Cress et d'effectuer les tests ADN nécessaires pour confirmer officiellement leur lien de parenté. Le jour suivant, il avait fait la connaissance de Nicolette Lavoie-Cress, l'épouse de Phillip, et de ses cinq demi-frères.

Phillip Jr, Sean, Gabe, Cole et Lucas.

Tous plus jeunes que lui.

Lincoln ne pouvait dire qui était le plus furieux contre lui : sa mère, parce qu'il avait accepté de rencontrer son père, ou Phillip Jr, qui se voyait délogé de sa place de fils aîné.

Le téléphone de Bobbie vibra, et il la regarda saisir l'appareil. Elle mordilla sa lèvre inférieure et fronça les sourcils tout en tapant un texto. Tandis qu'elle fixait l'écran dans l'attente d'une réponse, elle fit courir le bout de ses ongles sur la peau brune que laissait apparaître le col en V de son haut crème. Un doux sourire passa sur ses lèvres, et Lincoln se rappela le moment où, dans son restaurant, il avait levé les yeux vers elle. Elle lui avait adressé ce même sourire.

Ses cheveux étaient tirés en chignon, et son visage était dépourvu de toute trace de maquillage. Une tentative pour se faire plus discrète.

Tentative qui avait lamentablement échoué.

Qu'une femme telle que Bobbie Barnett se fonde dans le paysage, voilà qui était chose impossible !

— Vous êtes très impolie, dit-il soudain.

Bobbie leva les yeux de son téléphone.

— Non, très occupée, répliqua-t-elle en reposant l'appareil et en regardant par-dessus son épaule tout en ajustant ses lunettes sur son nez.

Lincoln se retourna brièvement pour suivre son regard.

— Vous épiez ce couple ? demanda-t-il d'une voix froide.

— Et si vous vous occupiez de vos affaires ?

— Bon sang, c'est vrai que, vous, vous vous occupez très bien des vôtres, rétorqua-t-il. Cela ne fait aucun doute.

Bobbie prit son téléphone et tourna l'écran vers lui pour lui montrer un virement de quinze mille dollars.

— Les affaires rapportent gros, c'est un fait, dit-elle, tout en faisant signe au serveur.

— Prête à tout pour de l'argent, pas vrai ?

— Prête à tout pour que mes clients puissent régler certains problèmes, en effet, répondit-elle avec une colère froide. Pour aider ceux auxquels on ment et que l'on trompe. Et ceux qui sont victimes d'escroquerie au sein de leur entreprise. Prête à tout pour contribuer à la résolution de crimes. Pour protéger les gens. Et pour aider des familles à retrouver certains de leurs membres.

Kevin s'arrêta près de leur table.

— J'aimerais l'addition, dit Bobbie, en glissant une mèche derrière son oreille, dévoilant ainsi de grands anneaux d'or.

— Je vous l'apporte tout de suite, mademoiselle Barnett, répondit Kevin avant de s'éloigner de nouveau.

Quand il revint, Bobbie se leva, sortit des billets de la poche de son pantalon cargo et régla l'addition.

Lincoln se leva à son tour. Il dépassait le mètre quatre-vingts, mais Bobbie portait des talons, ce qui mettait ses yeux juste au niveau de ses lèvres. Elle renversa la tête légèrement en arrière pour le regarder, et les douces vagues de ses cheveux furent rejetées en arrière, laissant apparaître plus pleinement la beauté de son visage.

Elle était… envoûtante.

Ils s'observèrent longuement en silence.

Soudain, un bruit d'éclaboussement suivi d'exclamations horrifiées s'éleva dans la salle. En tournant la tête, ils aperçurent une femme élégamment vêtue qui se tenait près de la table du couple que Bobbie surveillait. Le visage et la chemise de l'homme étaient trempés.

Lincoln plissa le front, signe de sa désapprobation face à cette démonstration publique.

— Totalement ridicule, marmonna-t-il, avant de baisser les yeux vers Bobbie qui venait de retirer ses lunettes. C'est votre œuvre ? Êtes-vous fière ?

— D'avoir aidé une épouse à vérifier qu'elle avait bien raison de croire que son mari… se trouvait en compagnie de sa maîtresse le soir de leur quinzième anniversaire de mariage ? répliqua-t-elle d'un ton plein de colère.

— Vous ne seriez pas un peu aigrie, par hasard ? s'enquit-il d'un ton sarcastique.

Bobbie inclina la tête et le détailla scrupuleusement.

— Un nettoyage des chakras. Une nouvelle façon de considérer l'existence. Une vie sexuelle exaltante, dit-elle.

— Je vous demande pardon ?

— Voilà les trois choses qu'il vous faut. Dès que possible.

Il serra les dents pour s'empêcher de lui rétorquer combien le sexe était fantastique avec lui.

— Restez hors de mon chemin, Bobbie Barnett.

Bobbie posa sa main sur son épaule, un geste qui le surprit.

— Prenez garde, vous pourriez avoir besoin de mes services, un jour ou l'autre, monsieur Cress.

L'odeur chaude de son parfum imprégnait le creux de son poignet. C'était ensorcelant.

Lincoln rejeta la tête en arrière d'un air de défi.

— Jamais, assura-t-il.

— Au revoir et à jamais dans ce cas !

— Bon débarras !

Elle tourna les talons… et il ne put résister à la tentation de la suivre des yeux, savourant le langoureux balancement de ses hanches. Il se força à détourner le regard.

Pour avoir fourré son nez dans sa vie privée, Bobbie

Barnett l'avait profondément irrité. Peu importait son sex-appeal.

— Excusez-moi. Monsieur Cress ?

Le front plissé, Lincoln se tourna vers le serveur.

— Mlle Barnett a laissé cent cinquante dollars pour votre dîner et des boissons avant de partir, dit Kevin en lui tendant un papier plié et un menu avant de s'éloigner.

Il lut le message, et la voix sensuelle de Bobbie résonna à ses oreilles.

Peut-être qu'un repas et quelques boissons amélioreront votre humeur. Puissiez-vous trouver la paix intérieure. B.

Il froissa le papier et lança un regard par-dessus son épaule. Bobbie n'était plus en vue, et l'épouse furieuse se tenait à présent face à son coureur de jupons de mari dans le box, bloquant le passage à sa maîtresse. Ils n'élevaient pas la voix, mais la tension du moment était visible.

Se montrer infidèle envers sa compagne ? Voilà bien une idée qui ne valait pas le mal que certains se donnaient, songea-t-il.

Il n'avait jamais été homme à mentir à une femme tout en tentant d'en séduire une autre. Il se montrait toujours très clair sur ses intentions avec celles qu'il invitait dans sa vie. Il n'avait nulle envie de s'engager sérieusement, ce qui avait causé récemment la fin de la relation qu'il avait nouée durant quelques mois avec sa dernière petite amie en date, Raven.

— Votre choix est-il fait, monsieur Cress ? demanda Kevin.

Lincoln parcourut rapidement le menu. Une fois qu'il

eut communiqué son choix au serveur et commandé un scotch, il sortit son téléphone de sa veste.

Il soupira quand il constata que sa mère lui avait adressé douze textos. Cette dernière lui en voulait. Terriblement. Après qu'il eut cessé de répondre aux appels incessants destinés à le traiter de traître, les textos avaient commencé à arriver. Il avait dû mettre son téléphone en mode silencieux pour ne pas l'entendre sonner en permanence.

Il adorait sa mère. Même si Poppy Bridges était une personnalité… difficile.

Elle adorait écouter de la musique, rire et passer du bon temps. Toutes choses dont elle avait pu profiter chaque soir grâce à son emploi de barmaid, ce qui avait conduit Lincoln à se sentir davantage le parent plutôt que l'enfant au sein de leur famille. Ils habitaient le petit appartement situé au-dessus du pub où sa mère travaillait, et il avait pris l'habitude de partir seul chaque matin à l'école tandis qu'elle dormait après une longue soirée de travail. Il avait grandi presque sans règles et en entendant nombre de critiques acerbes à propos de Phillip Cress qui avait mis sa mère enceinte avant de s'enfuir à Paris sans se soucier le moins du monde de son enfant.

En grandissant, lui qui aspirait tant à avoir un père avait gardé l'espoir que toute cette histoire ne soit pas vraie. Mais avec l'âge adulte étaient venus le scepticisme et la rancœur.

Dès que son verre fut posé devant lui, il en but une longue gorgée. Il avait beaucoup de choses auxquelles penser en plus des peurs irrationnelles de sa mère, qui craignait qu'il l'abandonne ainsi que sa vie en Angleterre pour être avec son père.

Phillip Sr Cress.

C'étaient le désir de créer un lien avec lui ainsi que l'amour de la cuisine qui avaient conduit Lincoln à devenir chef. Il était fier de la réussite de son restaurant, récompensé par une étoile au guide Michelin. Un succès qu'il ne devait qu'à lui-même. Un succès qui n'avait rien à voir avec le fait que son père soit à la tête d'une famille ayant une renommée incroyable dans l'univers de la cuisine.

Phillip Sr Cress et son épouse, Nicolette Lavoie-Cress, s'étaient en effet appuyés sur leurs carrières de plus de cinquante ans en tant que chefs reconnus et respectés pour créer Cress, Inc., un empire culinaire comptant des restaurants, des émissions culinaires diffusées sur des chaînes nationales, des magazines en ligne, une école de cuisine et une fondation à but non lucratif. Chacun de leurs cinq fils, chefs renommés également, travaillait pour cette immense compagnie dont ils hériteraient un jour.

Et à présent, à quarante-quatre ans, alors qu'il était bien installé dans la vie, Lincoln était propulsé dans leur existence. Bien qu'heureux d'avoir enfin rencontré sa famille, il se sentait comme un intrus.

L'enfant illégitime.

Les tests ADN avaient confirmé qu'il était bel et bien le fils de Phillip, et l'ajout de son nom dans son testament faisait de lui un héritier légitime.

Un ajout dont on ne pouvait nier qu'il correspondait fort peu au comportement d'un homme souhaitant se soustraire à ses devoirs de père.

Lincoln repoussa ces pensées et entreprit de savourer son dîner.

— Je déteste voir un homme sublime manger seul.

Il leva les yeux vers une jeune femme rousse au sourire charmeur. Une forme d'invitation un peu trop directe à son goût. Il plissa le front d'un air agacé.

— Et moi, je déteste le fait que vous ayez pensé que j'aimerais qu'il en soit autrement, répliqua-t-il.

— Oh ! c'est très grossier de votre part ! s'exclama la femme, visiblement outrée.

— Parce que interrompre mon dîner ne l'était pas ?

Il se réjouit de la voir battre en retraite et rejoindre sa table où trois autres femmes l'attendaient. Elles lui jetèrent des regards noirs qu'il ignora.

Il était en Amérique pour voir s'il avait envie ou besoin d'une relation avec son père. Trouver l'amour ou une partenaire pour une aventure d'une nuit ne faisait pas partie de ses plans.

Il fit signe au serveur d'apporter l'addition. Après avoir pesté contre la contribution laissée par Bobbie, il décida de gratifier le jeune homme d'un pourboire de cent dollars.

— Kevin, veuillez également faire servir aux jeunes femmes que vous voyez là-bas une bouteille de champagne accompagnée de mes excuses, dit-il en se levant.

Il était un homme pragmatique et souvent austère. Dans sa vie, il n'avait nul temps à consacrer aux frivolités.

Une fois installé à l'arrière de l'un des véhicules que la famille Cress avait mis à sa disposition, il observa à travers la vitre teintée l'effervescence et les lumières vives si typiques du centre de Manhattan. Quel contraste avec les plages de sable et la quiétude de St Ives !

Il n'avait quitté sa ville natale qu'une fois avant ce jour, pour suivre les cours d'une école de cuisine en Suisse. Une fois son diplôme en poche, il était rentré chez lui et avait gravi les échelons au sein de divers restaurants. Avant d'ouvrir son propre établissement près de dix ans plus tard en rachetant le pub où avait travaillé sa mère pour en faire son restaurant, Shores.

Il s'agissait de son premier voyage aux États-Unis et, parmi tous les lieux possibles, voilà qu'il se trouvait à New York. Un peu de temps lui était nécessaire pour s'adapter.

Le SUV s'arrêta bientôt devant la grande maison de ville de cinq étages que la famille Cress possédait dans le quartier chic de l'Upper East Side. L'architecture victorienne de la gigantesque demeure était impressionnante, tout comme l'intérieur qui comprenait notamment une cave à vin, une cuisine de chef, un ascenseur et six suites.

Il resta un instant sur le trottoir et observa la bâtisse. Il avait des moyens, certes, mais rien qui soit comparable à ceux de son père et de sa belle-mère. Compte tenu de leur fortune, il se demandait si son arrivée parmi eux était véritablement bienvenue.

Croyaient-ils qu'il était motivé par l'argent ? Car ce n'était pas le cas.

Il ouvrit le portail de fer forgé, gravit les marches du perron mais hésita à utiliser la clé qui lui avait été donnée. Alors qu'il n'était qu'un étranger à leurs yeux.

Enfin pas tout à fait un étranger, vu les recherches méticuleuses menées par Bobbie Barnett sur son compte.

Il fronça les sourcils en songeant à elle.

Il était vraiment ravi de ne plus jamais revoir cette femme !

La porte d'entrée s'ouvrit, et il salua d'un signe de tête Felice, la gouvernante.

— Bonsoir, monsieur Cress, dit-elle en s'écartant pour le laisser pénétrer dans le vestibule. Avez-vous égaré votre clé ?

— Non.

Ce n'est pas ma maison, voilà tout.

Felice lui adressa un sourire hésitant et ouvrit la porte menant vers l'intérieur de la maison. L'endroit semblait tout droit sorti d'un magazine d'architecture, avec ses hauts plafonds moulurés et son luxueux mobilier moderne disposé avec style.

— Tout le monde est réuni dans la salle à manger, dit Felice.

— J'ai déjà dîné. Je me contenterai de regagner ma chambre, répondit-il en s'engageant dans l'escalier. Si vous voulez bien transmettre mes excuses à la famille.

— Je n'y manquerai pas. Bonne nuit, monsieur.

Il s'arrêta pour se tourner vers elle et fut surpris de lire de la compassion dans ses yeux. Ou bien était-ce de la pitié ? Après lui avoir adressé un bref hochement de tête, il se retourna et continua à gravir les marches.

- 2 -

— Om. Om. Om, répétait Bobbie, assise en position du lotus sur son tapis de yoga, les cheveux rassemblés au sommet de la tête.

Tandis qu'une musique relaxante s'échappait de sa tablette, elle méditait et centrait ses pensées sur la paix intérieure, le bonheur et la recherche d'harmonie.

Divers rituels visant à générer énergie positive et éveil spirituel occupaient une place de choix dans son emploi du temps depuis la fin de son mariage. Elle avait eu tant besoin de croire en quelque chose, elle qui s'était sentie si perdue et blessée à la suite de la liaison de Henny.

Son téléphone se mit à vibrer.

— Bon sang, marmonna-t-elle en entrouvrant un œil pour jeter un regard noir à l'appareil posé sur son îlot de cuisine.

Tous ceux qui la connaissaient savaient qu'elle consacrait chaque début de matinée à des pratiques de méditation.

Mais une seule personne n'en tenait pas compte.

Poussant un soupir, elle prit l'appel sur son iPad, ce qui pour effet d'interrompre brutalement la musique.

— Bonjour, papa, dit-elle tout en se levant pour enfiler son peignoir avant d'admirer le splendide lever de soleil à travers le toit de verre de son gigantesque loft.

Ce toit, qui lui offrait une vue imprenable sur toutes les nuances du ciel de jour comme de nuit, était la raison pour laquelle elle avait acheté cet appartement qui avait de plus l'avantage de se trouver juste au-dessus des bureaux de l'agence de détectives B. Barnett.

— Occupée ? demanda Bobby Barnett de sa voix rauque.

— Tu sais très bien que c'était le cas, papa.

Son père se mit à rire.

— J'ai oublié que c'était le moment de tes petites pratiques de sorcière, ma fille.

— Non, rien à voir avec la sorcellerie, répondit-elle en se dirigeant vers la cuisine. Trouve une autre blague, celle-ci est ratée.

Son père accueillit sa pique d'un rire franc, et Bobbie, un sourire aux lèvres, entreprit de se préparer une tasse de thé.

C'était son père qui l'avait élevée après que sa mère, Haven, avait succombé à une crise cardiaque alors que Bobbie avait huit ans. Son père bourru mais adorable s'était montré strict, mettant un point d'honneur à faire d'elle une bonne personne.

Bobbie l'adorait et ne lui refusait jamais rien. Ce qu'il savait fort bien.

— Tout se passe-t-il bien au bord de l'océan Atlantique ? demanda-t-elle.

— Tout est parfait ! répondit-il d'un joyeux. Du soleil, de beaux poissons à pêcher et une femme magnifique avec qui partager ces moments. De quoi faire de moi un homme heureux ! Et de ton côté, comment vont les affaires ?

Bobbie se dirigea vers la portion du bar qu'elle utilisait pour travailler. Après avoir ouvert son ordinateur portable, elle fit défiler les photos récemment prises lors de l'une de ses missions de surveillance.

— Je ne manque pas de travail, c'est certain, répondit-elle en songeant aux trois affaires, concernant des entreprises comme des particuliers, qui l'occupaient.

En plus de tout cela, elle supervisait une vaste équipe d'enquêteurs.

— As-tu besoin que je revienne, ma chérie ?

— Non. Profite sereinement de ta retraite. L'équipe et moi avons les choses bien en main, papa. Je te le promets.

Elle s'était vu léguer l'agence de détectives B. Barnett par son père un peu plus d'un an plus tôt.

Bobby, inspecteur de police accompli, avait quitté ses fonctions pour fonder sa propre agence en tant que détective privé. Après trente années durant lesquelles il s'était dévoué à cette tâche presque sans prendre un moment de repos, il avait décidé que le temps était venu de profiter de la vie et il avait transmis son affaire à sa fille qui travaillait déjà pour lui. Il aimait pêcher en haute mer et passer du bon temps avec des amies qu'il retrouvait dans chaque port.

— Et ? reprit-il.

— Et quoi ?

— Sors-tu avec des hommes ?

— Je suis bien décidée à ne pas y penser avant au moins dix mois encore, papa. Peut-être plus.

Il poussa un long soupir.

— Tu accordes bien trop de pouvoir à Henny, ma fille.

L'image de son mari au lit en compagnie d'une autre

femme apparut comme dans un flash dans l'esprit de Bobbie.

Elle serra fort les paupières tandis que la douleur étreignait sa poitrine. Son cœur s'était véritablement brisé, ce jour-là. Et dès que leur divorce avait été prononcé, deux mois plus tôt, elle s'était promis de laisser passer une année entière avant de sortir de nouveau avec un homme.

Pour guérir. Grandir. Retenir la leçon.

— La dernière chose dont j'ai besoin est d'arriver dans une nouvelle relation avec le bagage émotionnel qui est le mien, dit-elle, d'une voix douce et triste.

— Mais, Bobbie…

— Je t'en prie, papa.

— Je t'aime, mon bébé.

Bobbie rouvrit les yeux et se sentit réconfortée par les chauds rayons du soleil qui emplissaient le loft.

— Je sais, murmura-t-elle alors qu'une larme roulait sur sa joue.

— Hé, hé, hé ! s'exclama Bobby de son habituel ton enthousiaste. Retourne donc faire toutes ces… choses bizarres.

Bobbie ne put s'empêcher de rire. Son père mettait un point d'honneur à ne jamais nommer la méditation par son nom.

— Je dois te laisser, papa, dit-elle en regagnant le salon.

— Entendu, je te rappellerai plus tard, conclut-il avant de raccrocher.

Bobbie libéra ses cheveux et se laissa retomber sur l'un des quatre canapés disposés en carré autour de la table basse en cuivre et verre teinté.

L'amour et le mariage lui avaient semblé si simples avant cette journée où elle avait suivi son mari jusqu'à cet hôtel. Son père n'appréciait pas la promesse qu'elle s'était faite de s'accorder une année sans homme mais, alors que l'intense douleur étreignait sa poitrine, elle se demandait si cela suffirait à guérir son cœur avant qu'il puisse accueillir de nouveau l'amour.

Lincoln s'étira longuement dans son lit. Puis il s'assit sur le bord du matelas avant de se lever, nu, pour traverser la vaste pièce, gagner la salle de bains et prendre quelques minutes pour se brosser les dents et se laver le visage.

Une fois de retour dans la chambre, il saisit son téléphone sur la table de nuit et ouvrit l'application lui permettant de consulter ses comptes bancaires. Ceux-ci affichaient généralement des sommes à six chiffres mais, avec le virement effectué par Phillip Cress, la somme à sa disposition avait grimpé à un total… de huit chiffres. Il était loin d'être démuni avec sa maison de bord de mer, ses deux voitures, son portefeuille d'actions et son restaurant, une affaire florissante, mais l'écart était grand entre une vie aisée, la sienne, et une immense fortune, celle des Cress de New York.

Il n'avait pas voulu cet argent. C'était Phillip Sr qui avait insisté pour qu'il le prenne.

Ce qu'il désirait le plus au monde était de connaître la vérité. Et cette dernière était gratuite.

Son père lui avait-il fait don de cette forte somme d'argent pour aider ce fils dont il avait toujours ignoré l'existence, ou bien pour apaiser le sentiment de culpabilité qu'il ressentait pour ne pas s'être occupé de lui ?

Qui mentait, dans cette histoire ?

Sa mère qui l'avait élevé ou son père qui n'avait jamais fait partie de sa vie ?

Le temps était venu d'obtenir des réponses.

Il enfila un bas de pyjama noir, attrapa son téléphone et se dirigea vers la fenêtre pour ouvrir les rideaux de velours gris. Au loin, le soleil scintillait au-dessus des gratte-ciel.

Il était 7 h 30 à New York et donc midi et demi en Angleterre.

Il contacta sa mère sur Face Time, tout en sentant la tension le gagner peu à peu. Tout était toujours possible avec Poppy…

Le visage de cette dernière apparut bientôt sur l'écran. C'était une charmante femme aux cheveux gris. Et, comme à son habitude, elle arborait faux cils et rouge à lèvres éclatant.

La ressemblance était grande avec Nicolette.

Phillip Sr avait un type de femmes, décidément.

— Eh bien, voyez un peu qui se souvient *enfin* de sa vieille maman, les amis ! s'exclama Poppy, en tournant le téléphone vers l'assemblée de ses amis réunis dans le pub où elle se trouvait.

Lincoln fronça les sourcils quand tous commencèrent à le saluer bruyamment en levant leur pinte de bière.

— Et il est de mauvaise humeur, comme toujours, chérie, cria quelqu'un avec un lourd accent des Cornouailles, ce qui eut pour effet de déclencher des rires.

Poussant un soupir, Lincoln mit fin à la session et rappela sa mère sur son téléphone.

— D'accord, d'accord, Linc. Ne te fâche pas pour ça, dit Poppy dès qu'elle décrocha.

— Et toi, éteins le haut-parleur, s'il te plaît.

Elle soupira, et le bruit à l'arrière-plan se fit moindre.

— Tu as saturé ma ligne d'appels et de textos, j'ai donc supposé que tu voulais me parler, et non avoir une discussion de groupe, dit-il.

— Comment va l'abruti ?

En entendant l'insulte dédiée à Phillip, Lincoln se massa le front.

— Il soutient n'avoir jamais su que tu étais enceinte.

— Fichu imbécile !

— Maman…

— Ne te laisse pas manipuler, mon fils !

— Personne ne me manipulera.

— Ce type est capable de tout, rétorqua sa mère en laissant échapper un rire méprisant.

— Maman…

Le silence s'installa un instant, et Lincoln fit rouler ses épaules pour chasser la tension qui s'intensifiait dans ses muscles.

— Dis-moi que tu me crois, Linc, reprit sa mère d'une voix larmoyante.

Et voilà. Comme toujours, elle lui faisait son fameux petit numéro.

Elle avait toujours eu pour habitude, chaque fois qu'elle rompait une promesse ou l'embarrassait en public, de le regarder, les yeux pleins de larmes et la bouche tremblante dans le but de susciter sa compassion.

— Que s'est-il passé exactement entre vous deux ? demanda-t-il. Tu n'as cessé de le traiter de tous les noms, mais tu n'as jamais expliqué les faits.

— Dis-moi que tu me crois, Linc.

Au comble de l'exaspération, il jeta son téléphone qui atterrit au milieu du lit.

Poppy Bridges était une éternelle enfant. Même si elle avait désormais atteint la soixantaine.

C'était à cause d'elle qu'il était si sérieux, si peu enclin à l'humour. Il n'avait jamais aimé les frivolités car il était déterminé à ne pas être comme sa mère. Il l'adorait, mais son mode de vie insouciant le rendait fou. Lui, il préférait l'ordre.

— Dis-moi que tu me crois, *moi*, Linc.

— Au revoir, maman, dit-il en traversant la pièce pour saisir le téléphone sur le lit et mettre fin à l'appel.

Elle le rappela aussitôt.

Il éteignit l'appareil et le jeta de nouveau sur le lit.

— Bon sang !

S'il avait été chez lui, il serait immédiatement parti courir sur la plage. Au lieu de cela, il s'installa sur le tapis et enchaîna une série de pompes, les poings serrés contre le sol.

Alors que la douleur commençait à gagner les muscles de ses bras, on frappa à la porte.

Il s'interrompit, se releva avec agilité, enfila sa veste de pyjama et alla ouvrir.

— Bonjour, Phillip, dit-il en découvrant son père, un homme grand et robuste à la peau sombre déjà vêtu d'un costume trois-pièces fait sur mesure et assorti d'une cravate de soie à motif cachemire.

Tel le véritable gentleman anglais qu'il était.

Tout comme lui, Phillip était originaire de St Ives. Il avait bâti son succès après avoir quitté sa ville natale à l'âge de dix-huit ans pour suivre les cours d'une école de cuisine à Paris. Ses succès étaient bien connus à

St Ives, et nombreux étaient ceux qui étaient fiers de lui. Poppy exceptée, évidemment. Et malgré le dédain que sa mère affichait à son sujet, Lincoln avait été lui aussi plein de fierté pour cet homme.

Était-il en train de se faire manipuler, comme le pensait sa mère ?

— T'ai-je réveillé ? demanda Phillip d'un ton où dominait toujours son accent britannique en entrant dans la chambre. La famille est déjà réunie en bas pour le petit déjeuner. Le chef a préparé de la brioche et des saucisses de poulet maison. Mais si cela ne te convient pas, tu peux commander tout ce qu'il te plaira.

Lincoln lutta pour ne pas montrer que l'idée de prendre tous les repas en famille lui déplaisait. Cette habitude différait tant de son mode de vie solitaire.

Cela ne durera que deux semaines, ensuite je rentrerai chez moi, se dit-il pour se rassurer.

— Bien sûr, j'arrive tout de suite, répondit-il.

Phillip lui adressa un sourire légèrement figé. L'atmosphère entre eux n'était pas encore des plus détendues mais, bien qu'ils soient encore des étrangers l'un pour l'autre, Lincoln avait déjà pu voir en lui un homme austère, doté d'une présence impressionnante.

Très semblable à lui.

Son père hocha la tête tout en se tournant vers la porte avant de marquer une pause.

— Je ne t'ai pas demandé de nouvelles de Poppy, dit-il, les yeux rivés au sol.

Lincoln se demanda ce que Phillip pensait de cette femme qu'il n'avait pas revue depuis leurs dix-huit ans.

— Elle va bien, répondit-il tout au désir de la

protéger et de ne pas écorner l'image de son enfance passée auprès d'elle.

Phillip hocha la tête et fit une petite moue.

— Peut-être devrions-nous parler, elle et moi, suggéra-t-il.

« Fichu imbécile ! »

Alors qu'une des insultes de sa mère résonnait dans sa tête, Lincoln se contenta de répondre :

— Peut-être.

Phillip lui adressa un dernier signe de tête et referma la porte derrière lui.

Tout en songeant à l'enfer que Phillip risquait de déchaîner s'il contactait sa mère, Lincoln gagna la salle de bains et prit une douche rapide.

Vingt minutes plus tard, il quittait la suite, vêtu d'une veste de lin, d'un polo et d'un jean, tous d'un bleu sombre, assortis d'élégantes chaussures de cuir caramel. Comme il foulait le tapis de soie persan pour rejoindre l'escalier, il consulta sa montre. Son second de cuisine, Zander, avait reçu pour consigne de lui téléphoner chaque jour entre le service du midi et celui du soir afin de le tenir informé de la situation au restaurant Shores.

Très bien. Il avait suffisamment de temps devant lui.

Il descendit les marches et rejoignit rapidement la salle à manger, à l'arrière de la maison.

— Bonjour, dit-il en saluant d'un hochement de tête la famille rassemblée autour de la table.

Raquel, l'épouse de Phillip Jr, et leur fille, Collette, s'apprêtaient à quitter leur chaise.

— Bonjour, Lincoln. Il est temps pour nous de partir pour l'école, dit Raquel, avant d'embrasser son mari tandis que leur petite fille de cinq ans courait autour de la table pour donner des baisers à ses grands-parents et à ses oncles Sean et Lucas.

Collette se précipita ensuite vers Lincoln avec un large sourire.

— *Mon grand-père dit que tu es mon nouvel oncle*, dit-elle en français.

— En anglais, intervint Nicolette avec un fort accent français.

La fillette s'exécuta, et Lincoln adressa un bref regard à Nicolette avant de reposer les yeux sur son adorable nièce.

— *Je parle un peu français*, dit-il. *Et, oui, je suppose que je suis ton oncle Lincoln, en effet.*

Collette lui adressa un sourire ravi et noua ses bras autour de sa jambe.

Lincoln se tint raide de surprise jusqu'à ce qu'elle le relâche.

— *Au revoir, oncle Lincoln !* s'exclama-t-elle en français d'un ton enjoué avant de quitter la pièce en courant.

Tout le monde rit.

Lincoln, quant à lui, s'éclaircit la voix et prit place sur la chaise que Raquel venait de libérer à la droite de Nicolette, tout en prenant soin de laisser une chaise vide entre lui et Phillip Jr. Son demi-frère semblait ne pas apprécier l'enthousiasme manifesté par sa fille.

Un petit homme potelé vêtu d'une veste de cuisinier rouge s'approcha de lui.

— Que désirez-vous pour votre petit déjeuner ? demanda-t-il.

— Un café, ce sera tout. Mon déjeuner est généralement mon premier repas, expliqua Lincoln. Mais merci.

— Oui, merci, chef Carlisle, dit Nicolette en souriant d'un air guindé.

Lincoln essayait encore de cerner chaque personnalité de cette famille. Il avait passé peu de temps auprès de Nicolette, cette reine de la gastronomie, mais il avait l'impression qu'elle ne donnait à voir qu'une facette de son caractère. Il lui semblait par conséquent difficile de lui faire confiance.

— Lincoln, nous mangeons tous ensemble aussi souvent que possible, ajouta-t-elle, avec un sourire qui se refléta à peine dans son regard. Nous avons regretté ton absence, hier soir.

Lincoln but une gorgée de café.

— J'ai pris mon repas à l'extérieur, répondit-il, n'appréciant pas d'avoir le sentiment de se voir réprimandé.

— Seul ? demanda Nicolette.

Il riva son regard à ses yeux bleus qui l'étudiaient avec attention. Peut-être ne lui faisait-elle pas confiance, elle non plus.

— Nicolette, intervint Phillip Sr d'un ton ferme.

Elle sourit avant de tapoter les coins de sa bouche avec sa serviette en lin.

Phillip Sr, quant à lui, reposa ses couverts.

— Lincoln, j'ignore si tu connais bien Cress, Inc., dit-il.

— C'est le cas, répondit-il.

— Bien sûr que c'est le cas, grommela Phillip Jr.

Lincoln soupira. Son frère le détestait visiblement, et il commençait à en avoir assez de ses réflexions désobligeantes.

Sean et Lucas échangèrent un regard avant de fusiller leur frère des yeux.

Et peut-être qu'il n'était pas le seul dans ce cas.

— Chacun de mes fils occupe un poste à responsabilité dans l'entreprise, reprit Phillip Sr. Gabe dirige la division chargée des restaurants ainsi que son propre établissement. Phillip Jr supervise la fondation de la famille Cress, Sean les émissions culinaires, et Cole le marketing digital et nos marques à l'échelle mondiale par le biais de nos sites et magazines en ligne. Quant à notre plus jeune fils, Lucas, il est à la tête du pôle chargé des articles culinaires. Lincoln, nous voulions parler avec toi d'un poste au sein de Cress, Inc.

— Comment ! s'exclama Phillip Jr en jetant sa serviette sur la table.

— Du calme, Phil ! intervint Sean.

— Oui, ça suffit, mon vieux, renchérit Lucas.

Phillip Jr bondit sur ses pieds.

— Vous allez rester là sans rien dire ! rétorqua-t-il. Nous nous battons pour savoir qui occupera le poste de directeur général une fois papa parti à la retraite, et voilà qu'il propulse un nouveau combattant dans l'arène !

Lincoln en avait vraiment assez.

— Tu sais, Phillip, je suis désolé si la seule chose dont tu pouvais te targuer était d'être le fils aîné et l'héritier présomptif, ou du moins si tu *pensais* que tel était le cas, dit-il avec une froideur qui s'était nourrie de chacune des piques de son demi-frère.

— Va donc au diable ! s'écria Phillip Jr.

Lincoln hocha la tête d'un air parfaitement calme.

— Voyons un peu si j'ai raison, dit-il. Sean est la vedette. Pas vrai ?

— C'est exact, admit Sean, qui présentait plusieurs émissions et fréquentait nombre de célébrités.

— Gabe est le bon garçon et Cole le rebelle, poursuivit Lincoln. Quant à Lucas, il est le fils préféré. Est-ce que je me trompe ?

Lucas, le plus jeune des fils Cress, sembla comme intimidé par la vérité ainsi exposée.

— Mais bon sang ! Pour qui te prends-tu ? s'exclama Phillip Jr.

— Pour l'aîné des frères Cress, répondit Lincoln, railleur.

Phillip Jr s'avança vers lui, et il se leva tranquillement à son approche.

— Assez ! intervint Nicolette tout en frappant dans ses mains pour mettre fin à leur joute verbale.

Phillip Jr se mit à arpenter la pièce, et Lincoln se rassit.

— Je pense qu'il est évident que Lincoln doit passer du temps avec ses frères et nouer une relation avec eux, fit remarquer Nicolette. L'hostilité entre vous n'est pas envisageable.

— Et quiconque espère devenir un jour directeur général d'une entreprise bâtie pour la famille par la famille devra être du même avis, intervint enfin Phillip Sr. Lincoln fait partie de la famille à présent. Et il mérite une chance équivalente à celle de *tous mes autres* fils de prendre ma succession.

— Écoutez, dit Lincoln. J'apprécie l'accueil chaleureux que la plupart d'entre vous m'ont réservé, mais j'ai une vie en Angleterre. Il y a ma mère. Mon restaurant. J'ai besoin de rentrer chez moi dans deux semaines, et c'est ce que je ferai.

À ces mots, Phillip Sr se rembrunit. Phillip Jr, lui, eut du mal à masquer son air réjoui.

Bobbie libéra ses cheveux du chignon qui les emprisonnait dès qu'elle se trouva assise derrière le volant de son SUV électrique aux vitres teintées garé dans un parking souterrain de l'Upper East Side. Elle plongea ses doigts dans la masse de sa chevelure et se massa le cuir chevelu, heureuse de sentir ses cheveux de nouveau en liberté. Elle avait adopté cette coiffure et revêtu une robe de soirée noire pour mener une mission de surveillance discrète lors d'un gala de charité au Met, le Metropolitan Museum of Art.

Elle ouvrit son ordinateur portable, se connecta à son compte crypté et mit à jour le dossier concernant le P-DG soupçonné de vendre des informations sensibles aux concurrents de son entreprise. Tandis qu'elle téléchargeait les photographies prises durant sa mission de surveillance, elle ne put réprimer un bâillement.

Le travail de détective privée était parfois épuisant, mais elle l'adorait. Depuis qu'elle avait repris l'affaire de son père, elle n'avait pas allégé sa charge de travail. Bien au contraire.

Et elle était douée dans son travail.

Peu importe l'avis de certains.

Et d'une personne en particulier.

Lincoln Cress.

« Vous devriez trouver une autre activité, un travail où vous ne seriez pas payée pour mentir, faire semblant et exploiter des gens qui n'ont pas choisi de vous avoir dans leur vie. »

— Quelle brute, marmonna-t-elle, avant de recommencer à taper sur le clavier.

Quel gâchis. Il était si sexy…

Surprise par cette pensée, elle s'interrompit de nouveau. Il était beau. Musclé. Attirant. Elle leva un sourcil étonné et, pressant sa main sur sa gorge, sentit que son pouls s'était accéléré.

La sonnerie de son téléphone retentit. Un regard jeté sur l'écran lui apprit que c'était « la brute » qui tentait de la joindre – c'était sous ce sobriquet qu'elle avait enregistré le numéro de Lincoln dans ses contacts après avoir quitté le restaurant le soir précédent. Il était fort troublant qu'il l'appelle juste au moment où elle pensait à lui. Le cœur battant plus fort soudain, elle décrocha.

— Bobbie Barnett, dit-elle sèchement.

— Lincoln à l'appareil. Lincoln Cress.

Sa voix était grave, et son accent britannique la rendait fascinante.

— J'ai besoin de vos services, ajouta-t-il.

Bobbie laissa échappa un gloussement sarcastique.

— Oh noooon ! Pas *moi* ! s'exclama-t-elle. Vous n'allez certainement pas faire appel à ces services que vous méprisez tant, monsieur Cress.

— Je vous en prie, n'hésitez pas à vous en donner à cœur joie, répliqua-t-il d'un ton crispé.

— Mais avec grand plaisir ! Je vous avais bien dit que vous pourriez avoir besoin de mes services.

Lincoln ne répondit rien.

— N'est-ce pas extraordinaire, tout de même ?

— C'est bon, vous avez fini ? demanda-t-il.

— Ai-je fini ? Bonne question.

— Écoutez, pouvons-nous nous retrouver quelque part ? Ce soir.

— Il est déjà tard, monsieur Cress.

— La question est urgente.

La curiosité était le point faible de Bobbie. Depuis toujours.

— Bon. Si vous insistez. Pouvez-vous me retrouver devant le Met, sur la Cinquième Avenue ? demanda-t-elle en fermant son ordinateur portable.

— Je pars tout de suite, dit-il, avant de raccrocher.

— Quel grossier personnage, marmonna Bobbie tout en ouvrant la boîte à gants pour en extraire un Taser qu'elle glissa dans sa pochette d'appareil-photo.

Juste au cas où cela s'avérerait utile.

Elle quitta et verrouilla sa voiture avant de partir à grands pas vers l'ascenseur qui la mènerait du parking à la rue.

Les bruits de New York résonnèrent bientôt tout autour d'elle. Les coups de klaxon, les rugissements de moteurs, mais aussi les rires, les cris et autres bruits propres à la vie nocturne.

Elle adorait l'énergie de cette ville.

Elle s'arrêta un instant pour admirer de loin les marches du Met, l'un des plus grands musées d'art du pays. L'endroit était splendide, en particulier la nuit grâce aux illuminations.

Elle traversa la rue et se mêla à la foule de touristes et de personnes élégamment vêtues pour le gala qui s'attardait encore près de l'entrée principale. Elle resserra son châle autour de ses épaules car le vent était glacial.

Elle aperçut soudain Lincoln qui marchait vers elle. Il portait un pardessus de cachemire, et elle ne put ignorer le regard de plusieurs femmes qui se posa sur lui quand il passa près d'elles.

Il s'arrêta devant elle et l'examina des pieds à la tête.

— Mademoiselle Barnett. Vous portez un sacré accoutrement, dites-moi.

— Je menais une mission de surveillance, expliqua-t-elle, luttant contre l'agacement qu'il faisait naître en elle.

— Habillée ainsi ? Quelle était donc votre couverture ?

Elle visualisa l'image qu'elle lui offrait vêtue de cette robe au décolleté audacieux et à la jupe trapèze s'arrêtant au-dessus des genoux. Elle arborait en outre un maquillage plus spectaculaire que lors de leur dernière rencontre. Son regard était charbonneux, ses joues teintées de blush et ses lèvres lustrées d'un gloss rose pâle irisé.

— N'avez-vous jamais rien d'aimable à dire ? demanda-t-elle d'un ton exaspéré.

Lincoln parut surpris.

— Que vous ai-je donc dit qui n'était pas aimable ?

Elle écarquilla les yeux et les baissa vers le bout de ses chaussures. L'envie de sortir son Taser était forte. Une bourrasque s'éleva, et elle sentit ses cheveux se soulever et dégager son visage. Elle releva la tête vers lui.

Lincoln parut soudain stupéfait.

— Quelque chose ne va pas ? s'enquit-elle.

Son séduisant visage retrouva dans l'instant sa sévérité habituelle.

— Non, répondit-il.

— Que puis-je faire pour vous aider, monsieur Cress ? demanda-t-elle, pressée d'en finir avec cette conversation.

— J'ai besoin que vous jouiez le rôle de ma petite amie durant mon séjour à New York.

— *Pardon* ? C'est une blague !

— Écoutez. Côtoyer la famille Cress n'est pas une mince affaire, et ils en demandent un peu trop à mon goût. Ils veulent que je prenne part à une foule d'événements familiaux, durant mon séjour.

L'enquête qu'elle avait menée lui avait appris que Lincoln était l'unique enfant d'une fille unique et qu'il n'avait par conséquent aucune autre famille. Elle pouvait comprendre qu'il lui faille un peu de temps pour s'habituer à une famille nombreuse telle celle des Cress.

— Pourquoi moi ? s'enquit-elle.

— Vous êtes la seule autre personne que je connaisse dans ce pays.

— Pas de petite amie ?

— Non. Aucune.

Elle lui jeta un regard surpris.

— Par *choix*, précisa-t-il comme s'il lui revenait en mémoire ce qu'elle lui avait dit au sujet du fait qu'il avait besoin d'une vie sexuelle exaltante.

— Monsieur Cress, nos tempéraments ne s'accordent pas et je crois qu'il vaut mieux pour nous que nous restions éloignés l'un de l'autre parce que…

— N'est-ce pas justement le genre de choses que vous faites dans votre métier ? Faire semblant ? l'interrompit-il en scrutant son visage.

Elle secoua la tête.

— Euh… Non. Pas pour ce genre de scénario, répondit-elle.

— Cinquante mille, dit-il d'un air pincé.

— Dollars ?

— Non, boutons, répondit-il d'un ton sarcastique. Bien sûr, dollars.

Elle n'était absolument pas en manque d'argent, mais une proposition si généreuse n'était pas à négliger.

Elle observa Lincoln attentivement, se demandant ce que cette demande surprenante cachait réellement.

— La situation est-elle si terrible que cela ? demanda-t-elle d'une voix dont la douceur la surprit.

Et à en juger par l'expression qui apparut sur les traits de Lincoln, ce dernier partageait son étonnement.

— Oui, avoua-t-il avec une réticence manifeste.

Cela suffit à la convaincre. Elle aidait toujours ceux qui étaient en position de faiblesse.

Même s'il s'agissait de ronchons impolis tels que Lincoln Cress.

— D'accord, répondit-elle, tout en sentant qu'elle regretterait ce choix.

Il acquiesça d'un hochement de tête.

— Le premier événement aura lieu demain, dit-il.

— Ce qui explique que vous ayez voulu me voir si vite.

— En effet.

— Retrouvons-nous un peu avant pour mettre au point notre histoire.

— Je vous téléphone demain matin, dit Lincoln avant de tourner les talons et de s'éloigner à grands pas.

Debout sur les marches du Met, elle resta les yeux rivés sur lui jusqu'à ce qu'il disparaisse complètement au milieu de la foule.

Elle venait vraiment d'accepter d'être la fausse petite amie de cet homme odieux ? Mais qu'est-ce qui lui avait pris ?

- 3 -

Le soleil avait déjà entamé sa lente descente dans le ciel lorsque Lincoln quitta l'arrière du SUV que son chauffeur venait d'arrêter dans une rue du quartier de Tribeca, dans Manhattan. Il leva les yeux vers l'entrepôt de briques de deux étages. « AGENCE DE DÉTECTIVES B. BARNETT. Fondée en 1981 », indiquait une plaque de bronze.

Voilà qui était bien plus prestigieux que ce à quoi il s'était attendu.

Au moment d'ouvrir la porte, il marqua une pause, le temps de se laisser aller à une délicieuse vision : celle de Bobbie, les cheveux étalés sur les draps et cambrant le dos dans un moment d'intense passion… Réalisant combien ces pensées étaient inconvenantes, il toussota avant d'entrer.

Une fois dans le bâtiment, il vit, sur sa droite, une salle d'attente délimitée par des parois de verre et abritant télévision à écran plat et fauteuils en cuir. Une vingtaine de box vitrés étaient alignés contre les murs de briques de l'entrepôt. Une douzaine de personnes au moins occupaient ces bureaux. Au centre de cet espace trônait une longue table de réunion en bois autour de laquelle vingt personnes pouvaient aisément prendre place. Et de l'autre côté de la table, contre le mur opposé, se trouvait un bureau aux parois de verre où il aperçut

Bobbie occupée à téléphoner, assise derrière sa vaste table de travail.

— Bonjour. Bienvenue à l'agence B. Barnett. Puis-je vous aider ?

Lincoln s'approcha du bureau d'accueil, situé sur sa gauche. Une femme dans la soixantaine, au visage constellé de taches de rousseur et coiffée d'un carré argenté légèrement teinté de rose, l'observait par-dessus la large monture noire de ses lunettes.

— Lincoln Cress. J'ai rendez-vous avec Bobbie Barnett.

La femme lui adressa un regard perçant.

— Bonjour, dit-elle d'un ton insistant.

Il fronça les sourcils.

— Je vous demande pardon ? demanda-t-il.

— *Bonjour.* Je pensais pourtant que les Anglais étaient des champions de la bienséance ?

— Des leçons sur les bonnes manières ? De la part d'une personne arborant des cheveux roses et visiblement occupée à jouer sur sa tablette ? Voilà qui ne manque pas de piquant !

La femme écarquilla les yeux sous l'effet de la stupeur.

— Eh bien, je refuse d'annoncer votre présence tant que vous que ne m'aurez pas saluée convenablement, répliqua-t-elle, croisant les bras sur sa poitrine.

Tous deux se toisèrent un long moment en silence.

Bon sang ! Il n'aurait pas le dernier mot, avec cette femme.

— Bonjour, marmonna-t-il enfin.

— Bonjour, dit-elle en affichant un sourire satisfait avant d'appuyer sur un bouton de son téléphone.

— Oui, madame Pott ? dit la voix de Bobbie.

— M. Cress est arrivé.

Lincoln vit à l'autre bout de l'entrepôt Bobbie qui levait les yeux vers lui.

— J'arrive tout de suite.

Il ne détacha pas son regard d'elle quand elle se leva et contourna son bureau. Elle était éblouissante, dans un tailleur-pantalon sur mesure d'un rose éclatant. La coupe ajustée épousait à merveille ses hanches voluptueuses. Ses cheveux étaient tirés en arrière en un élégant chignon bas qui mettait en valeur les anneaux d'or qu'elle portait aux oreilles.

— Êtes-vous prêt ? demanda-t-elle d'une voix rauque en lui adressant un sourire poli.

— Et vous ?

Le sourire de Bobbie s'évanouit, et ses yeux bruns se voilèrent d'une touche d'agacement.

— Que voulez-vous dire ? s'enquit-elle.

— Il s'agit d'un dîner, pas d'une réunion de travail.

Elle se força à sourire, mais son regard resta froid.

— Estimez-vous heureux que votre virement me soit parvenu ce matin, dit-elle, les dents serrées, avant de tourner les talons. Suivez-moi, je vous prie, monsieur Cress.

— Lincoln.

— Pardon ?

— Ne devriez-vous pas m'appeler par mon prénom ?

Bobbie étouffa un petit rire.

— Il y a bien des noms dont j'aimerais vous affubler à vrai dire, répliqua-t-elle.

— Moi aussi, renchérit sèchement Mme Pott derrière eux.

Lincoln jeta à la secrétaire un regard noir avant de

suivre Bobbie jusqu'à la porte de son bureau qu'elle ouvrit en pressant le pouce sur un verrou biométrique.

Il était impressionné et devait lutter de toutes ses forces pour ne pas river les yeux sur le langoureux balancement de ses hanches tandis qu'elle se dirigeait vers un vaste ascenseur. Une autre pression sur un verrou biométrique suffit à ouvrir les portes chromées. Elle pénétra dans la cabine.

— Suivez-moi, dit-elle.

Ces simples mots firent s'accélérer le rythme de son cœur.

— Voilà une impressionnante installation, fit-il remarquer.

— Grands dieux ! Un compliment de la part de Lincoln Cress ? s'exclama-t-elle avec un étonnement feint.

— On ne peut pas dire qu'il y ait beaucoup d'occasions de vous en adresser.

L'ascenseur s'arrêta, et les portes s'ouvrirent sur un loft au plafond vitré et à l'atmosphère accueillante.

— Quand j'ai succédé à mon père, j'ai décidé d'acheter le bâtiment. Restez ici, dit Bobbie, en tournant une clé dans le panneau de commande pour garder les portes ouvertes.

Lincoln ne la quitta pas des yeux tandis qu'elle se débarrassait de ses chaussures à talons et prenait un plateau sur une table placée près du mur de l'entrée. Elle alluma un rouleau de feuilles vert pâle. La flamme s'éteignit bientôt, mais une lente combustion demeura.

Elle recula vers l'intérieur de l'ascenseur et entreprit de suivre les contours du corps de Lincoln avec le rouleau fumant.

L'odeur âcre le fit tousser bruyamment.

— Mais qu'est-ce que vous faites brûler ? demanda-t-il tandis qu'elle tournait autour de lui.

— De la sauge. Vous véhiculez beaucoup d'énergie négative, et je n'ai aucune envie que vous la répandiez chez moi.

Il poussa un soupir exaspéré.

— C'est une plaisanterie ? répliqua-t-il en saisissant doucement le poignet de Bobbie pour prendre la sauge dans sa main. L'odeur va imprégner mes vêtements… et l'intérieur de mes poumons !

Bobbie lui reprit la sauge et éteignit les braises sur le plateau.

— Laissez-moi un instant pour me changer. Je vous en prie, asseyez-vous, dit-elle, avant de quitter les lieux.

Lincoln observa attentivement l'appartement.

Ses yeux se portèrent vers une zone où étaient rassemblés tapis de yoga, bougies, cristaux colorés de toutes tailles et un autre rouleau de feuilles de sauge.

Il secoua la tête d'un air désapprobateur. Bobbie semblait portée sur une forme de quête spirituelle à laquelle il ne croyait pas le moins du monde.

Il s'approcha des fenêtres et jeta un regard vers la rue où son chauffeur les attendait. Songer à dîner avec ses frères le rendait nerveux. Bien qu'il ne les connaisse pas, ils étaient du même sang que lui. Ils étaient sa famille. Et sa présence à New York avait pour but de découvrir qui ils étaient et d'évaluer si leurs univers seraient compatibles.

Il admira la vue qu'offrait le soleil se couchant derrière un pont, au loin. À mesure que le ciel s'assombrissait, les fenêtres de l'appartement de Bobbie devenaient transparentes et, soudain, cette dernière apparut à sa vue, en soutien-gorge fuchsia et sur le point d'enlever son pantalon…

Cette vision envoûtante fit s'emballer son cœur. Bien qu'il détournât les yeux pour préserver son intimité, il ne put nier qu'une envie urgente s'était éveillée en lui.

L'envie de voir.

De toucher.

De goûter.

Tout comme le soir précédent. Alors qu'ils se tenaient devant le Met, le vent s'était engouffré dans les cheveux de Bobbie, dégageant ainsi son visage avant qu'elle lève son regard vers lui. Elle était magnifique. Ces cheveux… Ces lèvres… Ces yeux… Tout juste superbe.

Le désir brûlant de l'embrasser s'était alors emparé de lui.

Et cette robe…

Quand il avait marché vers elle pour la rejoindre, il s'était permis de se délecter de la vision si attirante qu'elle offrait. Bobbie était l'incarnation même du sex-appeal. Et son attitude semblait naturelle, aucunement forcée. Elle était audacieuse, sûre d'elle et parfaitement maîtresse d'elle-même. Et il émanait d'elle une sorte de vibration qui laissait entendre qu'elle savait faire en sorte qu'un homme se sente pleinement homme.

« Une vie sexuelle exaltante », avait-elle dit, était l'une des trois choses dont il avait besoin.

Il ne doutait pas un instant qu'elle serait capable de lui fournir exactement cela. Des étreintes qui dureraient jusqu'au bout de la nuit. Encore et encore…

— Lincoln ?

Surpris, il s'éclaircit la gorge pour chasser ces pensées enfiévrées.

En se retournant, il vit que Bobbie se tenait près de l'îlot de cuisine vêtue d'un pull noir au décolleté plongeant et d'un pantalon cargo dont la taille basse reposait sur ses hanches voluptueuses, révélant un peu de la peau de son ventre.

— Qu'en pensez-vous ? demanda-t-elle en faisant mine de prendre une pose de mannequin.

— J'aime vraiment ce pantalon.

Et il préféra en rester là. Son cœur s'était mis à cogner dans sa poitrine.

Bobbie vint se poster devant lui.

— Et pour quelle raison l'aimez-vous ? demanda-t-elle d'un ton insistant.

Il se raidit et recula d'un pas.

— Il vous va bien, répondit-il, en se forçant à donner à sa voix un ton formel.

Elle haussa les épaules en tournant les talons.

— C'est exact, dit-elle en regagnant sa chambre.

Il soupira. Bobbie Barnett, avec ses lèvres pulpeuses et brillantes, ses cheveux en liberté et son style sexy bohème s'avérait représenter plus que ce qu'il était en mesure de gérer. Ou d'ignorer. Quelque chose, ou peut-être tout, en elle l'attirait. Le tentait. Le rendait curieux.

Gémissait-elle ou criait-t-elle pendant l'amour ?

Le corps vibrant de désir, il se tourna de nouveau vers la fenêtre.

Bon sang !

Le défi de la séduire l'excitait, certes, mais il savait qu'il n'en ferait rien. Il n'était en quête de relations d'aucune sorte. Son séjour à New York serait bref. Sa dernière rupture en date avait éteint en lui tout désir de vivre la moindre liaison. Même brève.

Cependant…

Il se retourna et observa Bobbie tandis qu'elle enfilait son manteau.

Il n'y avait rien de mal à profiter du spectacle offert par la somptueuse Bobbie Barnett, n'est-ce pas ?

Bobbie entra dans la cuisine et ferma les rideaux à l'aide d'une télécommande.

— Prêt ? lança-t-elle, tout en glissant sa pochette sous son bras en se dirigeant vers l'ascenseur.

Lincoln hocha la tête et la rejoignit.

— Puis-je me permettre ? demanda-t-il alors que les portes de la cabine commençaient à se refermer.

— Comment ?

Il posa les mains sur ses épaules pour la faire pivoter doucement vers lui.

Elle le regarda, surprise. Il la scruta avec intensité puis tendit la main vers les épingles retenant ses cheveux.

— Waouh, dit-elle. Vous n'aimez pas mes cheveux non plus, c'est ça ?

Il rassembla les épingles enlevées dans sa main puis glissa ses doigts dans ses cheveux pour les libérer et leur laisser reprendre tout leur volume. Au contact de ses doigts, elle sentit un éclair électrique traverser son corps.

— J'ai compris, dit-elle, basculant la tête en arrière pour libérer elle-même ses cheveux.

Elle se détourna de lui tout en espérant qu'il n'avait pas remarqué l'accélération soudaine de son souffle et la façon dont la pointe de ses seins s'était durcie contre la maille fine de son pull.

— Je pensais que vous les préféreriez attachés, fit-elle remarquer.

— Absolument pas.

Pour la première fois, elle n'avait aucune réplique à lui retourner, mais elle était troublée. Sa sensibilité à la présence de Lincoln, si vive en cet instant, et le fait qu'il ait révélé qu'il appréciait ses cheveux en liberté l'ébranlaient terriblement.

Mais que se passait-il donc, bon sang ?

Reconnaître qu'un homme était séduisant était une chose entièrement différente que d'être attirée par lui.

Tandis qu'ils sortaient du bâtiment, elle attendit que ce qui s'était éveillé en elle se dissipe. En vain.

Lincoln fit un signe de la main au chauffeur pour lui indiquer de ne pas quitter son siège et il ouvrit lui-même la portière arrière du SUV. Quand il se tourna et tendit vers elle sa large main, elle ne put s'empêcher de détailler son visage sévère mais ô combien séduisant, sa haute stature et ses larges épaules. La couleur bordeaux de son pull se mariait à merveille à son teint et renforçait l'éclat sombre de son regard.

Elle avait envie de faire courir ses doigts sur sa mâchoire carrée et de faire naître un sourire sur ses lèvres.

Et ce sont deux choses que je pourrais faire, songea-t-elle.

Cet homme ténébreux avec le pire comportement qu'elle ait jamais rencontré avait dénoué ses cheveux et, à présent, le feu du désir s'était allumé au fond d'elle.

Elle ignora sa main tendue et passa devant lui pour

s'installer sur le siège arrière. Quand il s'assit à ses côtés et referma la portière, son parfum l'enveloppa avec une telle force que, voulant mettre plus de distance entre eux, elle se pressa contre la portière.

— Je ne vous mordrai pas, mademoiselle Barnett, dit-il.

Cela ne me dérangerait pas, songea-t-elle.

Elle cligna rapidement des paupières pour chasser la vision de sa bouche contre sa peau.

— Bobbie, dit-elle, la gorge nouée. Vous vous en souvenez ? Nous devons nous appeler par nos prénoms.

— C'est vrai. Bobbie. Et il nous faut également nous tutoyer, n'est-ce pas ?

Elle tenta de se détendre tandis que la voiture se mettait en route.

— Chez lequel de tes frères nous rendons-nous ? demanda-t-elle.

— Cole.

C'étaient lui et son frère Gabe qui l'avaient embauchée pour mener l'enquête sur Lincoln.

Lincoln garda le silence tandis que la voiture se dirigeait vers le quartier de Chelsea, dans l'ouest de Manhattan, où Cole résidait avec sa fiancée, Jillian. Bientôt le véhicule s'arrêta devant un imposant bâtiment des années 1950.

— Prête ? demanda-t-il, en ouvrant la portière.

— Et toi ?

— Excellente question. Il est vrai que je ne suis pas un expert quand il s'agit de faire semblant.

— Dit l'homme qui s'offre mes services.

Lincoln s'immobilisa et jeta un regard vers elle par-dessus son épaule.

— J'imagine que cette phrase pourrait être mal interprétée, fit-il remarquer, narquois.

Il avait raison.

— Tu sais très bien ce que je veux dire, précisa-t-elle vivement.

Lincoln sortit et lui tendit la main.

— Penses-tu pouvoir supporter de me toucher, cette fois-ci ? s'enquit-il.

Elle glissa sa main dans la sienne mais s'assura que le contact soit bref et léger.

Ils pénétrèrent dans le bâtiment, passant devant le portier qui tenait le battant ouvert pour eux.

— Es-tu sûre de pouvoir supporter de te trouver dans l'ascenseur avec moi ? ajouta-t-il tandis qu'ils entraient dans la cabine.

— Je l'ignore. Aurai-je assez de place avec toute cette arrogance qui ne te quitte jamais ?

— Avec la masse imposante de tes cheveux, je n'en suis pas sûr.

Les portes se refermèrent, et la cabine entama son ascension.

— Tu sembles décidément obsédé par ma chevelure, ce soir, fit-elle remarquer.

— Je ne vois pas ce que tu veux dire.

Elle se tourna pour lui faire face et posa son doigt contre sa poitrine. Pour rencontrer aussitôt un mur de muscles.

— Fais-tu beaucoup de sport ? demanda-t-elle, soudain distraite.

— Tu sembles décidément obsédée par mon corps, répliqua-t-il, moqueur.

La cabine s'immobilisa, et Bobbie leva les yeux vers lui.

— Je ne vois pas ce que tu veux dire. Espèce d'arrogant et grossier pers…

— Lincoln, te voilà enfin ! s'exclama Cole, tout juste sorti de son appartement pour les accueillir.

La surprise puis la perplexité se lurent sur son visage.

— Mademoiselle Barnett ? Êtes-vous… ensemble ? demanda-t-il.

Bobbie se ressaisit à ces mots et, passant en mode « travail », prit la main de Lincoln dans la sienne pour sortir de l'ascenseur.

— Oui, en effet, répondit-elle. Je suppose que nous devons vous remercier, Gabe et vous, puisque c'est grâce à l'enquête que j'ai menée pour votre compte que nous nous sommes rapprochés.

Elle leva les yeux vers Lincoln, un doux sourire aux lèvres.

— Nous avons repris contact quand il est arrivé en ville et à présent nous profitons de nouveau d'être ensemble, précisa-t-elle.

Lincoln acquiesça d'un hochement de tête.

— J'étais impatient de la retrouver et de finir ce que nous avions commencé, ajouta-t-il d'un ton plein de chaleur.

Bobbie dissimula sa surprise et, glissant son bras sous le sien, pénétra dans l'appartement.

— Intéressant rebondissement, fit remarquer Cole, un sourire aux lèvres.

Quand Lincoln l'aida à retirer son manteau, ses doigts effleurèrent son cou. Elle frissonna et s'écarta vivement de lui.

Cole les conduisit au salon, et toutes les personnes présentes se tournèrent vers eux.

Une charmante jeune femme coiffée d'un carré bouclé auburn et vêtue d'un pull blanc ainsi que d'un élégant pantalon s'avança vers eux pour les accueillir.

— Bienvenue, dit-elle chaleureusement en pressant la main de Bobbie. Je suis Jillian. La fiancée de Cole.

— Bobbie. Bobbie Barnett.

— Et je suis ravie de te revoir, Lincoln, dit Jillian en déposant un baiser sur sa joue. Entrez, je vous en prie.

Lincoln plaça sa main au creux du dos de Bobbie, et ils s'avancèrent dans un vaste salon à la décoration luxueuse. Bobbie était *très* consciente de la présence de sa main et troublée par sa réaction.

Le sexe lui manquait-il tant ?

Plusieurs mois s'étaient écoulés depuis qu'elle avait quitté son époux infidèle et demandé le divorce. Mais une chose était sûre, même un si long moment de disette sexuelle ne pourrait la rendre vulnérable à une brute telle que Lincoln Cress.

Elle leva les yeux vers son visage. Avec ses pommettes hautes et sa mâchoire carrée, il était indéniablement superbe.

Jillian présenta les personnes rassemblées, mais Bobbie, qui n'en dit rien, reconnaissait tout le monde en raison de l'enquête qu'elle avait menée.

Phillip Jr et son épouse Raquel. Sean. Gabe et Monica. Ainsi que Lucas.

— Ravie de vous revoir, Bobbie, dit Monica en lui tendant ainsi qu'à Lincoln des flûtes de champagne.

— Merci. Ravie également.

— De vous *revoir* ? demanda Sean.

— Bobbie est la détective privée que nous avons embauchée pour trouver Lincoln, expliqua Gabe.

— Comment ! s'exclama Phillip Jr.

— Et si nous passions à table, intervint soudain Cole. Arrête tes bêtises, Phillip, veux-tu ? Tu es champion pour gâcher les bons moments, et j'en ai vraiment plus qu'assez.

Bobbie jeta un regard vers Raquel qui semblait sermonner son mari à voix basse.

— Que se passe-t-il ? murmura-t-elle à Lincoln en se dirigeant vers la salle à manger.

— À propos de Phillip ? Oh ! il est toujours fidèle à lui-même, répondit-il en tirant sa chaise pour qu'elle s'installe à la table avant de s'asseoir près d'elle.

Bobbie vit bientôt Cole et Jillian apporter de grands plats de porcelaine. Une famille de chefs talentueux et reconnus ? Ce repas serait certainement délicieux.

Le jeune couple ne tarda pas à se montrer enjoué et tout à fait adorable. En observant les convives, Bobbie constata que tous les invités appréciaient leur gaieté. Même Lincoln paraissait aussi amusé que cela lui était possible.

— Dis-nous ce que tu vas nous servir, Cole. Je meurs de faim, dit Sean en remontant les manches de son pull.

Tout le monde éclata de rire. Sauf Lincoln, bien sûr.

Bobbie était surprise. Les enfants Cress avaient grandi dans le luxe, leurs photos apparaissaient dans la presse et à la télévision, et elle avait mangé dans leurs célèbres restaurants new-yorkais. Jamais elle n'aurait imaginé qu'ils soient si aimables et détendus.

Elle jeta un regard en direction de Lincoln. Il paraissait moins à son aise que le reste de l'assemblée.

Pas étonnant qu'il ne se sente pas à sa place. Leur complicité était profonde et authentique.

— Eh bien, notre menu, ce soir, sera centré sur les fruits de mer, annonça Cole.

— Et pour le dessert, nous vous servirons un baklava aux noix de macadamia et aux noisettes, ajouta Jillian en agrémentant ses paroles d'une petite révérence.

Ainsi Jillian était chef, elle aussi ? Voilà qui était impressionnant.

Cole s'installa à l'extrémité de la vaste table de verre, face à sa future épouse.

— Lincoln, nous aurions dû te demander si tu étais allergique aux fruits de mer, dit-il.

— Il ne l'est pas, répondit Bobbie alors qu'elle se servait à son tour d'un plat dont s'échappait une succulente odeur.

Lincoln se pencha plus près d'elle, et elle sentit son pouls s'affoler.

— Tu crois tout savoir à mon propos, murmura-t-il près de son oreille.

Elle sentit la muraille de sa résistance s'effondrer à ces mots.

Sa proximité, son souffle chaud contre son oreille évoquaient un instant de sexe torride. Endiablé et fougueux. Puis lent et enivrant.

Un feu se mit à flamber tout au fond d'elle.

Bon sang ! Ils avaient un problème.

Elle reposa sa cuillère et saisit le poignet de Lincoln pour solliciter son attention.

— Nous devons parler, dit-elle à voix basse.

Lincoln se recula légèrement pour scruter son visage.

Leurs yeux se croisèrent et ne se quittèrent plus. Puis son regard se posa sur sa bouche.

Et alors elle sut.

Lui aussi avait envie d'elle.

Le regard de Lincoln se fit plus sombre, plus intense.

Oui, ils avaient vraiment un gros problème.

— Comment s'est déroulée votre rencontre ? s'enquit Phillip Jr, brisant ainsi l'intensité du moment.

Bobbie détacha son regard des yeux de Lincoln.

— Je me suis rendue en Angleterre sous une fausse identité pour mener des recherches à son sujet, répondit-elle. Nous avons ressenti une forte attirance, mais rien ne s'est passé entre nous.

— Nous avons un peu flirté, c'est tout, ajouta Lincoln.

Conformément au récit qu'ils avaient prévu de livrer.

— Je ne mélange pas affaires et plaisir, donc rien ne s'est passé entre nous, poursuivit Bobbie. Et ce, d'autant plus que je travaillais sous couverture.

— Mais quand je suis arrivé à New York et que j'ai demandé le nom du détective privé qui avait mené cette enquête sur moi, je me suis rapidement retrouvé en présence de cette splendide femme que je ne pouvais oublier, enchaîna Lincoln. J'ai laissé tomber mon idée initiale qui était de la retrouver pour lui faire savoir ce que je pensais du fait qu'elle se soit immiscée dans ma vie et j'ai été simplement heureux de renouer le contact avec elle. Et voilà où nous en sommes. Pas vrai, chérie ?

Bobbie arrima son regard au sien et sentit son cœur s'accélérer.

Ils avaient un immense problème.

Elle avait oublié tout ce qu'elle avait prévu de dire sur leur rencontre. Une seule idée occupait son esprit :

comme elle aimerait oublier la règle qu'elle voulait suivre durant une année pour chevaucher le corps nu, musclé et couvert de sueur de Lincoln Cress…

Elle se sentit soulagée quand tout le monde recommença à manger. Elle couvrit le poignet de Lincoln de sa main pour lui signifier d'approcher son oreille de sa bouche.

Lui parler ainsi paraîtrait peut-être impoli, mais elle ne pouvait attendre plus longtemps pour mettre les choses au clair.

— Je suis attirée par toi, Lincoln.

Sous ses doigts, le pouls de Lincoln s'accéléra soudain.

Ce qui eut pour effet de faire s'emballer son cœur jusqu'à ce qu'elle se sente prise d'un léger vertige.

— Mais je ne peux rien faire à ce propos parce que j'ai récemment divorcé et que je me suis promis que durant une année je ne sortirais ni ne ferais l'amour avec personne, précisa-t-elle.

Lincoln acquiesça d'un hochement de tête avant d'approcher à son tour sa bouche de son oreille.

— C'est pareil pour moi. J'ai envie de toi, Bobbie. Très envie, dit-il doucement d'une voix rauque.

Elle croisa les jambes et laissa échapper un soupir, tandis qu'une onde de chaleur déferlait en elle.

— Je suis en ville pour deux semaines, et ce ne serait rien de plus qu'une aventure, ajouta-t-il, en posant un regard brûlant sur elle.

Et elle savait – elle en était *certaine* - que faire l'amour avec Lincoln serait un pur délice.

— Nous devrons résister. Le travail, rien que le travail, dit-elle.

— Le travail, pas le plaisir, précisa-t-il en reposant ses yeux sur ses lèvres.

Elle y fit courir sa langue – sans l'avoir consciemment voulu –, et il réprima à grand-peine un juron.

— Marché conclu ? demanda-t-elle.

— Marché conclu.

Elle leva sa flûte et, comme il l'imitait, ils portèrent un toast. Au travail et non au plaisir.

- 4 -

Une semaine plus tard

Installé à l'arrière du SUV, Lincoln jeta un regard en direction de Bobbie qui observait les rues de New York à travers la vitre teintée. Elle avait noué ses cheveux avec un élastique et portait de grandes lunettes de soleil. Son T-shirt moulant laissait entrevoir son ventre, son jean élimé épousait la courbe de ses hanches et elle portait une écharpe négligemment nouée à son cou, une veste en tissu fin et un trench de laine surdimensionné au col relevé.

Naturellement sexy.

À quoi pensait-elle ?

Au cours de la semaine précédente, ils avaient poursuivi la mascarade destinée à la famille Cress. Ils avaient accompagné Phillip Jr et son épouse à l'opéra, participé à une soirée jeu avec Gabe et Monica à bord du yacht familial, suivi Lucas dans un club et Sean dans les casinos de Las Vegas.

À chaque fois, Bobbie s'était tenue à ses côtés. Il avait fini par apprécier son humour et son sens de $1a repartie. Les piques qu'ils échangeaient s'étaient faites moins acerbes, mais l'humour de Bobbie subsistait.

Tout comme le désir qu'il éprouvait pour elle.

Plus important encore, au cours de la semaine écoulée, ils avaient noué une amitié qui l'emportait sur son ardente envie de lui arracher tous ses vêtements et d'enfouir son visage dans…

— Où allons-nous exactement ? demanda Bobbie, l'arrachant à ses rêves érotiques.

— Pourquoi ces lunettes de soleil ? répliqua-t-il d'un ton moqueur en relevant la monture du bout du doigt.

Bobbie repoussa vivement sa main avant de relever ses lunettes sur le sommet de sa tête.

— Je pensais que nous avions conclu une trêve, fit-il remarquer.

— Oui, c'est vrai, répondit-elle, en se mordillant la lèvre.

— Bobbie…

Elle lui jeta un regard plein d'une innocence à laquelle il n'était pas certain de pouvoir se fier.

— Oui, Lincoln. Qu'y a-t-il ?

— Entendu. Tu n'as qu'à jouer avec le feu, si cela te chante.

— Oh ! mon pauvre bébé. Mes lèvres sont-elles ton point faible ? répliqua-t-elle en faisant une moue exagérée.

— Pas vraiment, en cet instant, rétorqua-t-il d'un ton plein de sarcasme.

Elle lui pinça le bras.

— Ouille ! s'écria-t-il tout en remarquant soudain qu'elle ne portait pas de soutien-gorge. Dis-moi, qu'as-tu donc contre les soutiens-gorge ?

Elle baissa les yeux et remit sa veste bien en place.

— Je porte plusieurs épaisseurs de vêtements,

expliqua-t-elle. Personne ne le remarquerait… à part un certain Anglais grincheux qui m'observe de près.

— Je regarde, c'est vrai. Mais je ne touche pas. Comme convenu.

Elle acquiesça d'un hochement de tête.

— Désolée de t'avoir taquiné. J'aime ces moments trop rares où tu perds ton sang-froid, mister British, dit-elle, employant le nouveau surnom qu'elle lui avait attribué.

— Une fois la porte ouverte, il n'est pas facile de la refermer et de la garder verrouillée, reconnut-il d'une voix pleine de gravité.

— De quoi parles-tu ?

— De mon désir pour toi.

Il la vit inspirer brusquement. Comme si ce qu'il venait de dire l'ébranlait. Ce qui le troubla au plus haut point.

Elle hocha brièvement la tête et pressa sa main sur sa gorge.

Il se douta que son cœur s'était emballé et qu'elle était aux prises avec d'insistants tourments. Tout comme lui.

— C'est impossible, murmura-t-elle dans un souffle.

Il sentit l'atmosphère changer entre eux. Il en était ainsi depuis le dîner chez Cole et Jillian. Tout se déroulait agréablement jusqu'à ce qu'un contact ou une phrase dotée d'un double sens involontaire leur rappelle ce qu'ils tentaient désespérément d'ignorer.

Il se voyait si nettement l'attraper par la taille, l'amener à prendre place sur ses genoux et s'emparer de ses lèvres… De cette bouche. Si charnue, si pulpeuse. Son point faible, incontestablement.

— Je le sais, dit-il tout en laissant la vision si tentante née dans son esprit s'évanouir.

Chacun tourna la tête vers sa vitre, et le silence s'installa entre eux quelques instants.

— Allons-nous à Jersey ? demanda Bobbie quand elle reconnut la sortie qu'ils empruntaient sur la route.

— Exactement.

— Pour quelle raison ?

— Tu le sauras bientôt. Sois patiente.

Ils échangèrent un nouveau regard.

Le désir de la tenir entre ses bras, lovée contre lui, le submergea aussitôt.

Bobbie inclina la tête sur le côté et l'observa, devinant immanquablement ce qui flambait en lui.

— Lincoln…

— Oui ?

— Nous ne pouvons pas faire cela. Et nous ne le ferons pas.

Il acquiesça d'un hochement de tête et joignit les mains. Fermement. Pour s'empêcher de les poser sur elle.

— Je croyais que tu avais dit qu'il me fallait une vie sexuelle exaltante, fit-il remarquer.

Bobbie sembla déglutir avec peine, comme si un nœud s'était formé dans sa gorge.

— Et selon toi, ce serait exaltant ? s'enquit-elle, moqueuse.

— Pourquoi ne le serait-ce pas ?

Elle pinça les lèvres avant de relâcher son souffle.

— Pour de nombreuses raisons, répondit-elle. Il pourrait ne pas y avoir d'alchimie entre nous. Tu pourrais être un amant incapable de fougue. Tu pourrais être… déficient sur les points essentiels, précisa-t-elle en jetant un regard appuyé vers le haut de ses cuisses.

Il écarta plus largement ses genoux.

— Je peux te jurer que je n'ai jamais reçu de plaintes à ce sujet, dit-il en souriant.

Bobbie mordilla le côté de son pouce et se força à tourner les yeux vers la vitre.

Son téléphone sonna, et il mit l'appareil en mode silencieux en voyant que sa mère cherchait à le joindre. Pas maintenant. Il passait d'excellents moments en compagnie de Bobbie et ne voulait pas que l'instant soit gâché par d'autres remontrances de Poppy au sujet de sa supposée trahison.

— T'entends-tu bien avec ton père ? demanda-t-il.

— Il m'a élevée après la mort de ma mère. Il était la seule personne sur laquelle je pouvais compter et il ne m'a jamais fait défaut. Il m'a toujours soutenue, même quand il n'était pas d'accord avec mes choix.

— Tu as beaucoup de chance.

Bobbie posa sa main sur son bras et glissa plus près de lui sur le siège, ce qui mit tous ses sens en alerte.

— Qui te cause du tracas ? Phillip ou ta mère ? s'enquit-elle, le regard empli d'inquiétude.

Lincoln la regarda. Il n'avait pas l'habitude de se plaindre, mais Bobbie en savait plus concernant sa famille que la plupart des gens, que cela lui plaise ou non.

— Je suppose que tu sais certaines choses à propos de ma mère, n'est-ce pas ?

— En effet. Je l'ai rencontrée lors de mon enquête.

— Dans ce cas, tu sais qu'elle n'est pas toujours facile à vivre. Je ne comprends pas pourquoi mon séjour à New York représente un si gros problème à ses yeux. Pourquoi ne voudrait-elle pas que je vive ce moment ? Ce moment où je retrouve mon père.

Bobbie pressa son bras en signe de réconfort.

— C'est à cause de la peur, fondée ou non, de te perdre, répondit-elle. La famille Cress est immensément riche, contrairement à elle. Et peut-être ressent-elle aussi de la colère contre Phillip Sr parce qu'il est parti et qu'elle estime qu'il ne mérite pas l'attention de son fils si génial après toutes ces années.

Lincoln sentit un peu de tension quitter ses épaules.

— Je peux te dire qu'elle t'aime, poursuivit Bobbie. Qu'elle est fière de toi et veut le meilleur pour toi. Et je pense que, si elle manifeste son désaccord, c'est parce qu'elle croit sincèrement que ce n'est pas la meilleure chose pour toi. Cela ne lui donne pas raison, mais cela fait d'elle une féroce maman ours qui veille sur son petit de près de deux mètres et aux puissantes épaules.

Lincoln lui jeta un regard furtif.

— Puissantes épaules, c'est bien ça ?

— Reste concentré, répliqua-t-elle.

— Difficile à faire avec ta main posée sur moi et alors que tu es si proche.

Ses yeux se posèrent un instant sur la bouche de Bobbie.

— Sais-tu si Phillip Sr connaissait mon existence ? reprit-il, d'une voix plus sérieuse que jamais.

— En toute honnêteté, je l'ignore. C'est sa parole contre celle de ta mère, malheureusement. Et il s'agit d'une question à laquelle tu n'auras jamais de réponse parce que… qui croire, en pareil cas ?

— C'est vrai, murmura-t-il en soupirant.

Il tressaillit quand Bobbie vint poser sa tête contre son bras.

Il tourna la tête et inspira profondément l'odeur de ses cheveux, un doux parfum de beurre de cacao. Il sentait ses seins plaqués contre son bras et sa cuisse pressée contre la sienne. Les contours de leurs deux corps s'épousaient à merveille.

Ce qui était tout à fait excitant.

— Bobbie, dit-il d'une voix tendue alors qu'il luttait de toute son âme pour ne pas l'embrasser. J'ai besoin d'un peu d'espace, s'il te plaît. Souviens-toi de la règle que tu veux t'imposer durant une année et de mon retour en Angleterre dans une semaine.

Elle secoua la tête.

— Non, ce dont tu as surtout besoin en cet instant, c'est d'une amie qui voit combien tu es bouleversé. Alors joue les grands garçons et souffre en silence parce que tu n'échapperas pas à ce moment de réconfort, Lincoln Cress.

Quelques minutes lui furent nécessaires pour repousser les pensées liées à son désir pour Bobbie ainsi qu'aux blessures causées par le comportement de ses parents, et se détendre.

Ils poursuivirent le chemin en silence, et il se contenta de caresser la main de Bobbie jusqu'à ce que le SUV s'arrête. C'est alors qu'il entendit de légers ronflements.

— Nous sommes arrivés, Bobbie, dit-il, en la réveillant doucement.

Elle grogna et releva la tête pour jeter un regard encore ensommeillé dehors.

— Nous sommes sur la côte ? demanda-t-elle, étonnée. Mais il fait un froid glacial.

Le chauffeur vint ouvrir sa portière, et elle le remercia en quittant la banquette.

Lincoln contempla la jetée devant eux et un immense manège.

— Je ne suis jamais monté sur des montagnes russes, dit-il. Je n'ai jamais eu le temps pour cela. J'avais bien trop de responsabilités et j'ai à peine vécu une vie d'enfant. Eh bien, aujourd'hui est le jour pour le faire.

— Je ne connais pas non plus ce genre de manège, mais j'ai le vertige, donc aujourd'hui n'est certainement pas le jour pour moi ! rétorqua Bobbie en se tournant pour ouvrir de nouveau la portière.

Lincoln se précipita pour l'en empêcher.

— Bobbie, durant toute la semaine tu m'as entraîné à travers cette ville pour me faire goûter ce…

— Tu as *adoré* ce sandwich à la viande !

— Oui, mais pas du tout le quartier louche où nous l'avons acheté.

Bobbie rejeta la tête en arrière et éclata de rire.

— Tu étais avec moi, Lincoln. Et puis le combat rapproché n'a aucun secret pour moi.

— Tout d'abord, je suis tout à fait capable de m'occuper de ma propre sécurité. Et ensuite… Tu es une spécialiste du combat rapproché, c'est bien ça ?

— Absolument ! répondit-elle avec aplomb.

— Monte dans ce manège avec moi, et après cela nous pourrons nous entraîner au combat, tous les deux, répliqua-t-il en tendant la main vers elle.

— J'en ai terrassé des plus grands que toi, tu sais.

— Oui, mais pas de meilleurs.

L'éclat joyeux qui brillait au fond des yeux de Bobbie se mua aussitôt en une lueur plus sensuelle.

— Sommes-nous toujours en train de parler de combat ? demanda-t-elle d'une voix rauque.

Il ne répondit pas et baissa légèrement la tête tout en plongeant son regard dans le sien.

— Je suis curieuse de savoir si tu es aussi bon au lit que tu le laisses entendre. Avec ton corps parfaitement musclé… J'en ai vraiment envie. Mais je vais oublier cette idée. C'est certain.

— Et toi, es-tu aussi merveilleuse que le laissent supposer ta chevelure de lionne et ta bouche pulpeuse ? Chacun de tes mouvements semble crier à la face du monde que tu es une déesse de l'amour.

Il n'aurait jamais dû se lancer dans cette voie. Il devait absolument retrouver son calme. Lutter contre cette chose qui ne cessait de les tenter, cette promesse d'une alchimie parfaite entre eux. D'une passion sans limites. D'étreintes passionnées.

Peut-être juste une seule fois ?

— Je ne sais pas. Je suis simplement moi. Mon ex n'était pas du même avis que toi, apparemment, répondit-elle.

Il nota à cet instant l'éclair de douleur qui traversa le regard de Bobbie. Le désir de punir l'homme qui l'avait ainsi blessée le frappa aussitôt.

— C'est un fichu idiot, décréta-t-il sèchement.

— Oui. Mais laisse-moi te dire une chose. Je ne suis pas une divorcée qui se reproche les actions de son ex-mari. Je ne cherche pas à savoir ce que j'ai mal fait ou ce que j'aurais pu faire différemment. Parce que je n'ai rien fait de mal. À part accorder ma confiance à quelqu'un qui ne la méritait pas. Ce qui s'est passé est sa faute. Pas la mienne. Et ça, j'en suis certaine. D'accord ?

Il admirait ce cran. Cette confiance. Cet amour-propre.

Au fil des ans, il avait vu comment sa mère avait été presque détruite par une rupture.

Bobbie était faite d'une autre étoffe. Elle était capable de raisonner tel un vieux sage et de faire preuve à la fois de la force d'une guerrière et de la vulnérabilité d'une femme qui s'était ouverte à l'amour.

Ils marchèrent côte à côte sur la jetée en direction des montagnes russes. Ce n'était pas encore l'été, la pleine saison pour le parc d'attractions, et par conséquent seuls quelques personnes patientaient pour prendre place sur le manège.

— Je n'arrive pas à croire que tu m'aies entraînée jusqu'ici, dit Bobbie, visiblement nerveuse, tandis qu'ils s'installaient côte à côte et qu'on les attachait.

— J'ai risqué ma vie pour un sandwich, lui rappela-t-il. Tu peux faire cela.

— Mon Dieu ! s'exclama-t-elle en imitant son accent britannique au moment où le chariot du manège était propulsé sur les rails.

Lincoln saisit sa main, et elle agrippa la sienne avec force. Les paupières closes, elle ne cessa de hurler à chaque virage, à chaque boucle du parcours.

Soudain le chariot s'immobilisa.

— Ouvre les yeux et profite de la vue, Bobbie.

Le souffle court, elle fit non de la tête.

— Fais-moi confiance, s'il te plaît, ajouta-t-il d'un ton plein de douceur.

Elle serra sa main davantage, ouvrit lentement les yeux et observa le paysage offert du sommet du manège.

— Mes jambes tremblent, dit-elle alors que son souffle s'apaisait.

— Prends le temps de profiter de la vue.

Elle lui lança un bref regard de côté.

— OK, dit-elle en imitant le ton d'une célèbre animatrice de télévision.

— Amusant.

— Bon sang, Lincoln, t'arrive-t-il de rire ou même de sourire ?

— Lorsque c'est justifié, répliqua-t-il avec le plus grand sérieux. Ce qui est fort rare.

Le manège redémarra au moment où elle réalisait qu'il venait de tenter de s'amuser à ses dépens.

— Espèce de…

Le chariot se précipita dans une pente raide.

— Mon Dieu ! hurla-t-elle avant que sa voix se mue en un cri retentissant.

Bobbie jeta un regard par-dessus la large épaule de Lincoln. Alors qu'ils dansaient dans la salle de réception d'un hôtel de luxe du centre-ville, elle gardait les yeux rivés sur sa cible, l'épouse de son client, un homme soupçonnant cette dernière de le tromper avec son associé et meilleur ami. La femme, une blonde sexy, rejeta ses longs cheveux en arrière et leva les yeux vers le grand et séduisant homme roux avec lequel elle dansait.

Le client de Bobbie avait orchestré la soirée. Il était parti délibérément en voyage d'affaires et avait encouragé son épouse à participer à l'événement, sachant que son associé y serait également.

— Tu es superbe, Bobbie, murmura Lincoln près de son oreille.

Elle frémit.

— Merci, répondit-elle en passant sa langue sur ses lèvres.

Elle portait une combinaison noire de laine légère

dépourvue de bretelles qui laissait penser à première vue qu'il s'agissait d'une robe. Elle avait coiffé ses cheveux en queue-de-cheval pour éviter à sa chevelure d'attirer l'attention durant cette mission de surveillance

Lincoln, élégamment vêtu d'un smoking noir, glissa la main au bas de son dos nu, et elle leva les yeux vers lui.

— Tu m'as accompagnée dans cette mission pour m'aider, pas pour me distraire, lui fit-elle remarquer alors que les doigts de Lincoln jouaient sur sa peau.

Son corps était comme une marionnette qui réagissait immédiatement au moindre geste de Lincoln. Elle frissonna et sentit la pointe de ses seins se durcir.

— Dans ce cas, il me faut te dire que la cible quitte les lieux, murmura-t-il, en désignant du menton la direction empruntée par la femme blonde.

Bobbie vit alors l'épouse et l'associé de son client traverser séparément la salle de réception pour se diriger vers la sortie.

— Le mari avait donc raison ? demanda Lincoln.

— Nous allons bientôt le savoir, répondit-elle en glissant son bras sous le sien tandis qu'ils suivaient l'épouse hors de la salle.

Cette dernière poursuivit son chemin à travers le hall richement décoré, gagna la réception, s'arrêta brièvement afin d'échanger quelques mots avec la personne installée derrière le comptoir d'accueil, puis se dirigea vers l'ascenseur.

— Eh bien… ils ne manquent pas d'audace, fit remarquer Lincoln.

— J'ai vu bien pire.

Quand la femme de son client s'arrêta et jeta un regard par-dessus son épaule avant d'entrer dans la cabine, Lincoln attira Bobbie contre lui et pressa ses lèvres sur les siennes.

Elle se raidit l'espace d'un bref instant avant de s'abandonner à son étreinte et de refermer ses mains sur ses bras puissants.

C'était si bon…

Lincoln interrompit rapidement leur baiser.

— Et maintenant, qu'allons-nous faire ? s'enquit-il.

— Comment ? murmura-t-elle en rouvrant les yeux et revenant à regret à la réalité.

Tout en redoutant que l'intensité des émotions procurées par le baiser de Lincoln l'amène à tituber, elle se dirigea vers un autre ascenseur et enfonça le bouton d'appel. Quand Lincoln se plaça près d'elle, elle ne put s'empêcher de contempler leur reflet dans les portes métalliques. C'était indéniable : ils formaient un couple ravissant.

Elle posa légèrement ses doigts sur ses lèvres tout en songeant qu'elle avait envie de plus de baisers. Envie de lui.

— Va-t-elle s'en tirer ? demanda-t-il alors que les portes s'ouvraient devant eux et qu'ils pénétraient dans la cabine.

Elle se mit à rirc.

— Ce smoking te donne décidément le sentiment d'être James Bond, ce soir. C'est moi la détective. L'as-tu oublié ?

— Ce soir, *nous* sommes sur l'affaire.

— Soudain te voilà d'accord pour te mêler des affaires des autres ? demanda-t-elle, feignant d'être choquée.

Tandis qu'ils arpentaient le couloir du luxueux hôtel cinq étoiles de la Cinquième Avenue au décor inspiré par la Renaissance française, elle leva les yeux vers le visage de Lincoln. Il était parfaitement impassible.

— Un jour, je réussirai à te faire sourire, déclara-t-elle.

— J'en doute fort.

Elle se contenta de rire à ces mots.

— Comment sais-tu où elle est allée ? demanda-t-il.

Elle sourit et ne répondit pas, continuant son chemin. Puis elle ouvrit sa pochette et en sortit une carte magnétique. Elle s'arrêta devant une porte qu'elle déverrouilla puis fit signe à Lincoln de la suivre dans la chambre.

Il s'exécuta et referma la porte derrière eux avant de s'avancer dans la pièce.

À l'extrémité du lit king size se trouvaient un canapé et une table basse. Bobbie prit place sur le sofa pour pouvoir observer les écrans des deux ordinateurs portables posés sur la table. Ils diffusaient des images vidéo provenant des deux mini-caméras de surveillance qu'elle avait placées dans le couloir un peu plus tôt.

— Elle a pris la chambre dans la journée, et j'ai réservé celle d'à côté, expliqua-t-elle tandis que Lincoln s'installait près d'elle.

Et que sa cuisse se pressait contre la sienne…

Elle fit de son mieux pour tenter de l'ignorer. Et échoua. Son cœur se mit à battre plus fort.

— Ne me dis pas que tu as une caméra *à l'intérieur* de sa suite ? s'exclama Lincoln d'un ton accusateur.

Elle se figea. La colère des premiers temps de leur relation venait de refaire surface.

— Tu as visiblement une bien mauvaise opinion de moi, rétorqua-t-elle sèchement. Sache que je n'agis pas comme les détectives privés que l'on voit dans les films. Il y a de nombreuses limites que je ne franchis pas. Je suis réputée pour mon intégrité.

— Hé, murmura Lincoln d'un ton doux, en pressant sa main dans son dos.

Cette fois, le contact l'agaça et elle repoussa sa main.

— Au temps pour moi, Bobbie, dit-il dans un souffle qui vint caresser sa nuque. Je te prie de m'excuser.

Elle se détendit. Il semblait sincère.

— Lincoln Cress qui fait des excuses ? C'est une première !

Il effleura son menton pour tourner doucement son visage vers lui.

— Je suis désolé, Bobbie.

Elle acquiesça d'un hochement de tête et bondit prestement sur ses pieds. Elle devait recréer de la distance entre eux avant d'être complètement happée par son magnétisme. Sa réaction était purement viscérale car Lincoln était loin d'être un charmeur ; il était beau mais si sérieux et parfois même crispé. Même si quelque chose en lui laissait supposer que le feu couvait sous la glace et qu'elle avait de plus en plus envie de se brûler à ses flammes.

Peut-être pourraient-ils se fixer un rendez-vous galant dans dix mois environ…

Elle s'assit au bord du lit et étudia le profil de Lincoln.

Elle avait envie de goûter sa bouche, ses doigts, son…

— Il est devant la porte, dit soudain Lincoln.

Elle se rapprocha de lui en consultant l'écran de l'ordinateur.

— Bien sûr. Elle l'attendait, dit-elle, tout à la fois heureuse de voir son intuition confirmée et désolée de devoir annoncer une mauvaise nouvelle à son client.

Ils observèrent le couple échanger un long baiser brûlant sur le seuil avant que l'homme entoure de son bras la taille de la femme, l'attire dans la pièce et referme la porte.

Lincoln leva les yeux vers elle, et elle se sentit incapable de détacher son regard du sien.

Tous deux savaient à quels ébats passionnés s'apprêtait à se livrer le couple et combien ils aspiraient à vivre la même chose. Preuve que cette envie les tenaillait, ils jetèrent un regard rapide vers le lit avant de s'observer de nouveau.

— Que faisons-nous, à présent ? demanda Lincoln.

Déshabille-toi.

— Pardon ? s'enquit-elle en repoussant l'image qui venait de s'imposer à son esprit.

— Tu as la preuve qu'ils couchent ensemble. Que vas-tu faire, à présent ?

— Attendre pour voir quand il va, ou ils vont, repartir, expliqua-t-elle en enlevant d'un geste vif ses chaussures à talons. Parfois cela dure toute la nuit. Mais ce ne sera pas le cas, cette fois-ci. Mon client sait qu'elle attend un appel de sa part sur le téléphone de leur manoir à minuit. Tu n'as pas à attendre, précisa-t-elle, tout en prenant la tablette permettant de passer commande au room service.

— Je n'ai pas envie de rentrer.

Elle n'osa pas lever les yeux vers lui.

— De quoi as-tu envie ? demanda-t-elle en s'approchant de lui avec la tablette.

Elle s'interrompit et ferma les yeux, réalisant combien sa question pouvait être mal interprétée.

— Pour ton dîner, se hâta-t-elle d'ajouter, en sentant le tremblement nerveux dans sa voix.

Lincoln se mit à rire, et elle le regarda.

— Te moques-tu de moi ?

— Certainement pas, répondit-il.

Elle reporta son attention sur la tablette et passa rapidement commande d'un filet mignon en croûte de cèpes accompagné de légumes cuisinés au foie gras.

— Veux-tu bien me commander un plat, s'il te plaît ? demanda-t-il.

Elle s'exécuta puis s'approcha de lui pour lui montrer l'écran.

— Je suis curieuse. Qu'aurais-tu choisi ?

— Quel que soit ton choix, il sera parfait.

— Oui, mais qu'aurais-tu commandé ?

— Très bien, dit-il en examinant l'écran. Le saumon au fenouil.

— Oui ! C'est justement ce que j'ai choisi pour toi ! Je voulais juste vérifier que mon intuition était bonne.

Soudain, Lincoln referma ses bras autour d'elle et la serra contre lui.

— Et que te dit ton instinct, à présent ? murmura-t-il.

Oh ! il voulait vraiment jouer à ce petit jeu ?

Et, enchaînant trois mouvements rapides, elle plia les genoux, leva vivement les mains pour briser le cercle de ses bras et se décala sur le côté pour se libérer. Pour sceller son sort, elle exécuta deux autres contorsions qui amenèrent Lincoln à se retrouver au sol.

— Impressionnant, fit-il remarquer.

Le souffle court, elle étudia son visage avec attention. Le grain de beauté sur sa joue. Ses longs cils. Et sa bouche… si tentante.

Et si proche.

Les yeux de Bobbie passèrent de ses lèvres à ses yeux et, alors qu'elle lisait au fond de son regard l'éclat d'un feu ardent, elle dut s'efforcer de reprendre le contrôle.

De son corps.

De son désir.

Lutter contre ce besoin viscéral d'embrasser cet homme. De goûter ses lèvres. De le faire sien.

Mais non. Elle ne pouvait pas. C'était impossible.

Puis Lincoln leva la main pour libérer ses cheveux et glissa les doigts dans la masse de ses boucles pour attirer son visage vers le sien.

Elle poussa un doux soupir.

Songer à ce qui allait se produire était tout simplement enivrant. Le premier contact de sa langue sur sa bouche eut raison de sa résistance, et tout son corps s'embrasa comme jamais auparavant.

Tremblante, le cœur battant à tout rompre, elle céda à l'appel puissant de la passion.

C'était exaltant. Nouveau. Différent.

— Lincoln, murmura-t-elle juste avant qu'il intensifie leur baiser tout en laissant échapper un gémissement guttural.

Elle comprenait la puissance de sa fièvre, si semblable à celle qu'elle éprouvait. Alors, nouant les bras autour de son cou, elle s'agrippa à lui et succomba à l'appel irrésistible du désir.

- 5 -

Bobbie mêla sa langue à celle de Lincoln. Il l'allongea sur le sol et la recouvrit de son corps puissant. Au moment où elle noua ses jambes autour de sa taille, un intense contact se créa au point le plus brûlant de leurs deux corps. Elle laissa échapper un long gémissement et se cambra sous l'assaut du plaisir tandis que Lincoln parsemait sa gorge de baisers fiévreux. Elle dut mordre ses lèvres pour retenir un cri.

Haletante, elle l'observa tandis qu'il baissait la fermeture Éclair de sa combinaison puis en faisait glisser les manches sur ses épaules.

— Bon sang ! jura-t-il en découvrant sa somptueuse poitrine nue avant d'abaisser la tête pour caresser de sa langue chacune des pointes tendues de ses seins.

Elle ne put retenir un cri de plaisir.

— Lincoln… Lincoln !

Il la transperça du regard tout en continuant à faire jouer sa bouche et sa langue sur sa poitrine offerte.

Elle couvrit son visage de ses mains, tout en secouant la tête. Elle avait beau désirer intensément cet homme, le plaisir était si puissant qu'il lui faisait peur. Jamais elle ne s'était crue aussi proche de perdre la tête.

Elle sentit qu'il lui enlevait sa combinaison et ouvrit les yeux juste au moment où il agrippait son tanga de dentelle pour l'arracher avant de s'agenouiller entre ses jambes. Elle les écarta plus largement et porta ses mains à ses seins pour en taquiner langoureusement la pointe.

— Bobbie ! lâcha-t-il dans un souffle, en se hâtant de retirer sa veste de smoking et en arrachant presque son nœud papillon avant d'ouvrir son pantalon pour libérer son sexe tendu.

Puis il sortit un préservatif de son portefeuille et le mit en place. En le voyant faire, elle sentit un frisson puissant la parcourir.

Elle garda les yeux rivés sur son expression ténébreuse et fit glisser ses mains sur son corps jusqu'à venir caresser le point le plus intime de son être.

Le premier contact de ses doigts lui arracha un gémissement de plaisir. Comme hypnotisé par cette scène, il riva son regard sur elle avant d'enfouir sa tête au creux de ses cuisses. Au premier assaut de sa langue, elle se sentit trembler de tout son corps. Elle l'attira plus près encore.

Ce moment enivrant représentait tout ce dont Lincoln avait rêvé au cours de la semaine écoulée. Et même davantage.

Il interrompit un instant ses caresses pour savourer la vision du corps abandonné et brûlant de désir de Bobbie.

Son sang bouillait avec force dans ses veines. Il baissa de nouveau la tête pour reprendre son exquise torture tout en savourant la sensation des doux tremblements et des cris de Bobbie. Il tentait de maîtriser l'élan de son désir mais ne voulait qu'une chose : plonger en elle.

Le cœur battant à tout rompre, le souffle saccadé et le corps vibrant au rythme de puissantes pulsations, il leva de nouveau les yeux vers elle.

— J'ai envie de te sentir en moi, dit-elle, d'un ton presque implorant.

Comme s'il était nécessaire qu'elle le supplie !

Il la couvrit alors de son corps et prit ses lèvres dans un profond baiser dont l'intensité réduisit à néant ses dernières résistances. Il n'était plus question de raison. Seulement de plaisir, de désir à assouvir.

Il la désirait. Voulait à tout prix la faire sienne. Et en cet instant, il avait aussi besoin d'elle. Aucune autre ne pouvait éteindre ce feu qui avait grandi en lui durant la semaine.

Ils étaient allés trop loin. Reculer n'était plus possible.

Il entra en elle d'une franche et puissante poussée, et éprouva aussitôt une fabuleuse sensation.

Leurs corps étaient si étroitement, si parfaitement ajustés, qu'il devait lutter pour ne pas perdre tout contrôle. Le moment n'était pas venu.

Pas encore. Il n'était pas prêt.

— Je t'en prie, murmura-t-elle dans son cou en glissant les mains sous sa chemise blanche pour agripper sa taille. J'en ai besoin. Terriblement besoin. Je brûle pour toi.

Pressant alors vivement ses mains sur son torse, elle l'amena à s'allonger sur le dos. Elle put alors prendre place à califourchon sur lui et l'accueillir tout entier en elle. Enivré par la puissance de la sensation, il referma ses mains sur ses hanches généreuses tandis qu'elle commençait à le chevaucher avec vigueur.

C'était elle qui avait pris le contrôle désormais, traçant des cercles enfiévrés avec ses hanches, plaquant ses mains sur son torse, la tête rejetée en arrière. La voir, la sentir, était tout simplement merveilleux.

Il glissa ses bras sous ses cuisses et souleva son corps pour pouvoir laisser libre cours à ses propres mouvements enfiévrés.

Les gémissements qu'il lui arrachait le firent redoubler d'ardeur. Et quand elle plongea les mains dans la masse de ses cheveux et laissa échapper un cri d'extase, il atteignit la limite de sa résistance. Il avait envie de la rejoindre dans ce moment de béatitude. Désespérément envie.

— Bon sang ! rugit-il au moment où il fut submergé par un plaisir tel qu'il lui sembla avoir perdu la raison.

Tous deux étaient allongés sur le sol tandis que le bruit de leurs souffles saccadés emplissait l'atmosphère.

Oh non ! Non. Non.

Le corps encore parcouru des derniers soubresauts du plaisir, Bobbie couvrit ses yeux de ses bras croisés.

— Mon Dieu, qu'ai-je donc fait ? murmura-t-elle avant de se relever d'un bond et de ramasser ses vêtements.

Ils avaient fait l'amour par terre ! En pleine mission !

Elle jeta un regard vers Lincoln, à présent assis, à moitié vêtu après ce torride moment de sexe éclair.

Sans perdre un instant, elle plongea la main dans sa pochette pour en sortir un petit cristal de citrine et alla s'asseoir sur le lit, jambes croisées, afin d'entamer des exercices de respiration.

— Je m'accorde la permission de donner un nouveau départ à ma guérison, dit-elle à voix basse.

— Mais que fais-tu ?

Elle ouvrit un œil et le vit près du lit, occupé à se rhabiller.

— Je procède à un nettoyage spirituel, répondit-elle.

Je remplace l'énergie négative de la culpabilité et de la déception que je ressens envers moi-même.

Lincoln ne put réprimer un petit rire, ce qui eut pour effet de lui donner envie de lui jeter le cristal à la tête.

— On dirait qu'il s'en va, dit-il soudain.

Le regard de Bobbie vola vers l'ordinateur portable. Le meilleur ami de son client quittait les lieux, un grand sourire aux lèvres. Elle se précipita vers la table basse.

— Il a l'air satisfait, fit remarquer Lincoln, moqueur.

— Tout comme toi, répliqua-t-elle en lui lançant un regard de côté.

— Absolument, assura-t-il en détaillant son corps d'un œil appréciateur. Et ce n'est pas ton cas ?

Elle était tout à fait satisfaite et dut se faire violence pour ne pas songer à ce que serait une nuit entière en compagnie de Lincoln.

— Oui, mais je suis vraiment déçue d'avoir rompu ma promesse, dit-elle alors que les larmes lui montaient aux yeux.

Lincoln releva sa tête du bout de l'index et plongea son regard sombre dans le sien.

— Nous nous voilions la face en pensant que nous pourrions être plus forts que ce désir, Bobbie.

Elle croisa les bras sur sa poitrine pour cacher ses pointes de seins qui s'étaient tendues. Son corps n'en avait pas fini avec Lincoln.

— Oui, nous nous trompions totalement, avoua-t-elle.

Lincoln l'attira contre lui.

— Nous n'aurons plus à y penser, maintenant que nous l'avons fait, dit-il. Revenons à notre ancienne relation, soyons simplement amis. Peu importe combien le sexe a été bon entre nous.

Si bon, songea-t-elle tout en se rhabillant.

Lincoln pointa alors le doigt vers l'écran de l'ordinateur.

— Elle repart.

Ensemble, ils regardèrent la femme émerger de la suite d'un air parfaitement calme. Comme si aucun rendez-vous fiévreux n'avait eu lieu derrière la porte close.

— Et voilà, c'est fini, dit Bobbie en éteignant les caméras et en refermant les ordinateurs portables. Une épouse fautive va bientôt voir sa tromperie révélée.

Ils échangèrent un regard, et aussitôt l'alchimie invisible fut de retour, tentant de les pousser de nouveau l'un vers l'autre.

Ils se détournèrent à contrecœur, visiblement déterminés à ignorer leur attirance mutuelle et à ne pas faire la même erreur deux fois.

Le lendemain matin, Lincoln entra en chantonnant dans la salle à manger de la résidence de la famille Cress. Il s'interrompit en voyant que tous les regards étaient tournés vers lui, emplis de la plus parfaite curiosité, ce qui lui fit plisser le front d'étonnement.

— Bonjour, dit-il en gagnant sa place habituelle entre Sean et Lucas.

Il avait à peine fini de verser son café dans sa tasse que le chef Carlisle entra avec une assiette qu'il posa devant lui.

— Une petite tranche d'Angleterre à ce que je vois, dit Lincoln en découvrant un petit déjeuner anglais complet composé de saucisses, de bacon, d'œuf poché, de haricots blancs à la tomate, de tomates grillées et de champignons, accompagné de toasts.

En tant que chef, Lincoln pouvait voir que le chef

Carlisle avait mis sa touche personnelle pour atteindre une qualité culinaire au-dessus de la normale pour un tel plat.

— Mon oncle Lincoln est content, déclara Collette.

— Je suis toujours content, dit Lincoln.

— Tu sembles plus léger, intervint Sean. Plus détendu.

Lincoln se contenta de hausser les épaules tout en songeant à Bobbie. Pas uniquement au moment de sexe endiablé qu'ils avaient partagé quelques heures plus tôt, mais également à sa nature positive et enjouée, si communicative. Il appréciait sincèrement le simple fait d'être auprès d'elle. Sentir cette attirance vibrer entre eux alors même qu'ils luttaient contre elle avait été exaltant.

Jusqu'à ce qu'ils cèdent à leur désir.

Et que tout devienne explosif.

— Nous pourrions repartir à Las Vegas en jet, proposa Sean.

— Nous nous sommes déjà beaucoup amusés, répondit Lincoln. Je me disais que je pourrais préparer le dîner, ce soir. Je veux vous montrer à tous que j'ai bel et bien hérité des gènes qui font des Cress des as de la cuisine.

— Au fait, j'ai visité le site Internet de Shores, reprit Sean. J'apprécie sincèrement tes efforts en matière de durabilité.

— Merci. Je veille à réduire mes déchets et à utiliser des ingrédients locaux et de saison. Ces questions me passionnent. Nous avons même réduit de 25 % l'empreinte carbone du restaurant, l'an dernier.

— Peut-être devrions-nous réaliser un épisode sur ce thème ? Je pense que mes fans adoreraient cela.

Sean présentait plusieurs émissions culinaires produites par Cress, Inc. et diffusées sur différents services de streaming et chaînes de télévision. Il était très apprécié et le savait fort bien.

— Et que nous prépareras-tu, Lincoln ? demanda Nicolette.

— Des fruits de mer, principalement. Chez moi, en Angleterre, j'ai l'habitude de pêcher des crabes, du homard…

— Vois plus loin qu'un seul épisode, lança soudain Phillip Sr à Sean d'une voix sévère.

— Une chaîne dédiée à ces questions ? proposa Sean.

— Quelque chose de réaliste, répondit Phillip Sr.

Lincoln observa les deux hommes tout en remplissant de nouveau sa tasse de café. Il avait découvert que leur père dirigeait ses affaires avec une poigne de fer et tolérait peu les différences de points de vue.

Cela lui rappelait ses interactions avec son propre personnel. Il retrouvait beaucoup du caractère de son père en lui, et cette réalité était un peu difficile à accepter.

— Je pense dans tous les cas que diversifier nos activités en ayant une chaîne dédiée à la cuisine serait malin et rentable, fit remarquer Sean.

— Tu as déjà été très clair sur ce point, répliqua Phillip Sr. Et j'imagine que tu aimerais apparaître dans chaque émission.

Sean laissa alors le sourire charmeur que ses millions de spectateurs adoraient éclairer son visage.

— Bien sûr que non, répondit-il.

Nicolette ne put s'empêcher de rire.

— Je crois que votre père voulait parler de créer un poste de direction pour Lincoln chez Cress, Inc. qui serait centré sur les questions de durabilité… si jamais il faisait le choix de s'impliquer dans notre groupe.

Phillip Jr laissa retomber sa fourchette dans son assiette, mais tout le monde l'ignora.

Lincoln se redressa sur sa chaise.

— Dans tous les restaurants ? demanda-t-il, grandement intéressé par l'impact qu'il pourrait avoir, l'entreprise possédant onze établissements à travers le monde.

— Oui. Ainsi que la restauration des bureaux et l'école de cuisine. N'est-ce pas ? dit-elle, en lançant un regard à son mari.

— Tout à fait, répondit ce dernier.

— Et c'est fantastique, dit Sean. Mais la chaîne de télévision est une bonne idée. Cole, Gabe et Lucas sont pour.

— Eh bien, moi, je suis contre, décréta Phillip Jr.

Felice fit alors son entrée dans la salle à manger. Et quand son regard attristé se posa sur lui, Lincoln sentit son estomac se nouer.

Quelque chose n'allait pas.

Il songea à sa mère puis à Bobbie, tout en sentant une vague d'inquiétude déferler en lui.

— Oui, Felice ? demanda Nicolette.

— Il y a des paparazzis devant la maison, répondit cette dernière.

Phillip Sr lâcha un juron tandis que Nicolette abandonnait sa froide réserve habituelle pour bondir sur ses pieds et se précipiter vers la fenêtre. Elle poussa une exclamation horrifiée.

— Ils sont au moins une douzaine, Phillip, dit-elle.

Lincoln sentit son corps se raidir.

— C'est à cause de moi, n'est-ce pas, Felice ? s'enquit-il.

Felice acquiesça d'un hochement de tête tout en sortant une télécommande de la poche de son tablier pour allumer le poste de télévision.

Lincoln laissa à son tour retomber sa fourchette en voyant sur l'écran sa photo apparaître à côté de celle de son père.

— « La ressemblance est indéniable, disait le présentateur de l'émission spécialisée dans les ragots. Mes chers amis, il semblerait que les frères Cress ne soient plus cinq désormais. Avec cet héritier illégitime, Lincoln Cress, le total s'élève à présent à six ! »

— Mon Dieu ! s'exclama Nicolette.

Le visage de Phillip Sr s'était assombri.

A-t-il honte de moi ? se demanda Lincoln.

Il serra plus fort sa tasse en voyant apparaître des photos de son restaurant.

— « La question est la suivante, disait le présentateur. Que pense la célèbre chef Nicolette Lavoie-Cress de l'apparition de ce beau-fils ? Et Phillip avait-il gardé le secret quant à son existence ? Comme vous le savez, la fameuse famille Cress a suscité dernièrement beaucoup d'intérêt de la part de la presse, tout d'abord à cause de son ancienne gouvernante et future belle-fille, Monica Darby, qui travaillait pour elle sans savoir qu'elle était l'héritière illégitime d'une célèbre star de cinéma lui ayant légué, semble-t-il, cinquante millions de dollars. Les scandales semblent se succéder dans… »

— Éteignez donc cet appareil ! ordonna Phillip Sr.

Felice s'exécuta et quitta la pièce dans laquelle un silence de plomb s'était abattu.

Lincoln était blême. Voir sa vie privée ainsi exposée lui était insupportable.

— J'espère qu'il ne s'agit pas de l'œuvre de la petite détective privée, fit sèchement remarquer Nicolette.

— Qui d'autre ? répliqua Phillip Jr tout en lançant un regard lourd de reproches à Lincoln.

Lincoln les fusilla tous deux du regard.

— Nicolette, intervint Phillip Sr. Quand j'ai su qu'un détective menait une enquête sur nous, je me suis renseigné à son propos et je te garantis que sa réputation est excellente.

— Personne n'a-t-il donc le moindre respect pour la vie privée des gens ? s'exclama soudain Lincoln avant de se lever brusquement.

— Oncle Lincoln, l'appela Collette.

Il se retourna et, esquissant un rapide sourire, s'accroupit devant la petite fille. Elle noua les bras autour de son cou et déposa un baiser sonore sur sa joue.

— *Mon professeur dit qu'être en colère n'est qu'une raison de ne pas être heureux*, murmura-t-elle en français.

C'était adorable. Bobbie aurait pu prononcer la même phrase.

Lincoln fit reposer sa tête contre sa petite épaule l'espace d'un instant.

— *Merci beaucoup*, murmura-t-il, avant de se relever et de quitter la pièce.

Bobbie laissa échapper un petit gémissement en se remémorant la sensation de la bouche de Lincoln sur la sienne… Les caresses de sa langue… Ses baisers…

Le souvenir, toujours aussi vif, lui procura un délicieux frisson.

Puis elle l'avait senti en elle. À chaque coup de reins. Plus profondément à chaque poussée.

Leur étreinte avait été ardente. Son orgasme explosif.

Il était le meilleur amant qu'elle ait jamais eu.

— Qu'en pensez-vous, patronne ?

Elle tressaillit et leva les yeux vers son équipe de détectives privés au grand complet réunie autour de la table. Tous les regards étaient tournés vers elle. Sur l'écran placé dans un coin de la pièce apparaissaient les visages des enquêteurs dirigeant chacun de ses douze autres bureaux présents dans divers pays et États américains. Elle s'était entourée d'enquêteurs expérimentés, la majorité d'entre eux étant d'anciens inspecteurs de police et d'ex-agents de la CIA, notamment.

— Pardon, Rick ? demanda-t-elle en se redressant sur son siège et en tentant de se reconcentrer sur l'instant présent.

— Toa parlait d'une agence à Dubaï qui aimerait travailler pour nous, expliqua son bras droit.

Bobbie jeta un regard en direction de Toa, une beauté à la peau sombre dont les longues tresses fines pendaient sur l'une de ses épaules. C'était une enquêtrice redoutable.

— Toa, tes derniers résultats sont exceptionnels, dit Bobbie.

— Merci, répondit la jeune femme en souriant.

— Une agence de Dubaï… c'est une idée intéressante, poursuivit Bobbie. Envoyez un dossier sur cette agence à Mme Pott et laissez-moi mener quelques recherches. Nous mettrons ce point à l'ordre du jour de la prochaine réunion.

— Parfait, dit Toa.

Bobbie se força à sourire.

— Vous avez tous dû constater que je suis un peu distraite aujourd'hui, reprit-elle. Je vous prie de m'en excuser. Si vous avez la moindre question, je serai dans mon bureau toute la journée, donc n'hésitez pas à venir me voir, ajouta-t-elle pour conclure la réunion.

Une fois tout le monde parti, elle s'enfonça dans son siège et s'étira, les yeux clos.

— Hello… J'avoue que je suis un peu curieuse.

Bobbie éclata de rire en reconnaissant la voix de Mme Pott.

Cette semaine, les cheveux argentés de Mme Pott avaient adopté une teinte mauve pâle. Sa personnalité était tout aussi haute en couleurs que ses coiffures, et elle était une figure centrale de la société depuis le jour où son père avait monté son affaire. Elle était douée dans son travail, et Bobbie la considérait presque comme un membre de sa famille.

— À quel sujet ? s'enquit enfin Bobbie en se redressant.

— Quelle est donc la cause de votre distraction ? demanda Mme Pott tout en déposant une tasse de thé fumant devant elle.

La porte d'entrée s'ouvrit, et Lincoln apparut.

Bobbie sentit aussitôt son corps réagir.

— Lui, répondit-elle tandis que son cœur s'emballait.

— Mister British ? Il est si impoli !

— Tout comme vous, répliqua Bobbie.

Mme Pott leva les yeux au ciel et ne parut pas vexée le moins du monde.

Bobbie adressa un signe à Lincoln avant de se lever et de lisser le tissu de sa robe courte en soie mélangée qu'elle portait avec des bottes de cuir de la même couleur ivoire.

À mesure qu'elle s'approchait de Lincoln, elle distinguait la colère qui se peignait sur ses traits.

— Qu'est-ce qui ne va pas ? demanda-t-elle, inquiète.

— Le fait que je sois le fils illégitime de Phillip Sr vient d'être révélé dans tous les tabloïds, répondit-il, furieux.

La nouvelle arracha une grimace à Bobbie.

— Je suis écœuré, poursuivit Lincoln. La nouvelle est partout. Même dans la presse anglaise ! Et pour couronner le tout, Nicolette t'a accusée d'avoir vendu l'histoire à ces journaux à scandales.

— Comment ? s'exclama-t-elle.

Lincoln l'attira vers lui et la serra dans ses bras.

— Ce sont des absurdités, et je n'en crois pas un mot, lui assura-t-il avant de la libérer pour arpenter la pièce.

— C'est tout de même très insultant, marmonna-t-elle.

— Ce n'est pas ce que je recherchais en venant ici. Je voulais simplement faire la connaissance de ces personnes qui forment une partie de ma famille, et non voir toute ma vie privée exposée sur la place publique.

— Je comprends, Lincoln. Cela fait beaucoup de choses à gérer, dit-elle, en pressant son poignet pour le réconforter.

Elle fut surprise quand il recouvrit sa main de la sienne. Le contact propulsa un éclair de désir à travers son corps.

— J'ai dû fendre la foule des paparazzis pour quitter

la maison, dit-il en rivant son regard au sien. Je vais rentrer chez moi plus tôt que prévu, Bobbie. Je repars aujourd'hui.

Elle retira sa main et baissa la tête pour l'empêcher de lire dans son regard et d'y voir sa tristesse ainsi que le puissant sentiment de regret qui venait de la submerger. Il aurait dû partir à la fin de la semaine, et elle s'était préparée à cela. Ce départ soudain la percutait plus violemment qu'elle ne l'aurait imaginé.

Deux semaines plus tôt, ils se détestaient mutuellement.

Mais tout avait changé.

— Hé, murmura Lincoln en relevant son menton. Je voulais juste te dire au revoir en personne et te préciser que je m'étais trompé à ton propos, au tout début, Bobbie Barnett. Je te considère comme une amie.

Elle hocha doucement la tête et se força à lui sourire.

— Pareil pour moi, dit-elle.

Il caressa son menton de son pouce.

— Et la nuit dernière…

— Est oubliée, l'interrompit-elle. C'était un moment délicieux… mais qui est à présent derrière nous. Pas vrai ?

Elle tendit les doigts vers lui, tout en luttant contre l'envie féroce de le retenir.

Il prit sa main dans la sienne, et elle sentit l'étincelle habituelle la traverser.

— C'est bien ça, dit-il, bien que son regard démente ses propos.

Il leva sa main vers ses lèvres pour y déposer un doux baiser.

Elle frémit et poussa un soupir.

Il s'éloigna puis lui jeta un dernier regard appuyé avant de quitter les bureaux.

Mme Pott apparut aux côtés de Bobbie et entoura ses épaules de ses bras.

— Tout va bien ? demanda-t-elle.

— Non. Pas du tout, répondit-elle en voyant derrière la vitre le SUV de Lincoln qui démarrait.

- 6 -

Un mois plus tard

Bobbie tapotait son stylet contre sa tablette tout en se massant le front. Elle passait en revue les éléments d'un dossier concernant une affaire de vol non résolue et était incapable de se concentrer. Elle posa le stylet pour enfouir ses mains dans la masse de ses cheveux. Le souvenir de la façon dont Lincoln avait défait sa coiffure trop stricte pour lui, avant d'aller chez Cole et Jillian, fit aussitôt naître un sourire sur ses lèvres.

Tout simplement fabuleux.

Elle laissa échapper un doux gémissement et se mordilla la lèvre. Comme elle regrettait qu'il ne soit pas là…

Il lui manquait horriblement.

Le temps écoulé depuis son départ n'avait pas atténué ce manque. Peu importait son caractère maussade. Durant les presque deux semaines qu'il avait passées à Manhattan, elle avait fini par comprendre son sens de l'humour pince-sans-rire, avait adoré lui faire visiter la ville et découvrir ce qu'étaient les montagnes russes parce qu'elle se sentait en sécurité près de lui.

Ensemble ils avaient lutté contre l'attirance qu'ils éprouvaient l'un pour l'autre. Et ils avaient échoué.

Spectaculairement.

Cela n'avait ressemblé à rien qu'elle avait connu jusqu'alors. L'alchimie, les étincelles et le feu d'artifice d'émotions étaient la réplique exacte de ce que l'on rencontrait dans les films d'amour. Une pure félicité.

Et absolument la dernière chose dont elle avait besoin dans son existence.

Durant la journée, elle songeait par moments à Lincoln tandis que la nuit il s'invitait dans ses rêves, la laissant brûlante de désir. Au point d'avoir à jouer de ses mains sur son corps pour libérer l'insupportable pression.

Tout en imaginant que Lincoln la regardait…

Elle chassa ces pensées érotiques malvenues et se concentra un instant sur une photo de la scène de crime avant de repousser sa tablette en soupirant.

Lincoln Cress ne cessait de détourner son attention.

De son travail. De son nouvel équilibre. De sa guérison.

Depuis qu'il était rentré en Angleterre, ils se parlaient une fois par semaine par le biais de Face Time. Ensuite, elle se sentait plus heureuse… jusqu'à ce que de douloureux souvenirs liés à la trahison de son ex lui rappellent qu'elle n'avait pas fini de recoller les morceaux de son cœur brisé.

Après presque vingt ans de mariage, rien ne l'avait laissée soupçonner que Henny la trompait. Il ne rentrait jamais tard dans la nuit et était toujours joignable. Leur vie sexuelle ne connaissait aucune difficulté. L'annonce de sa double vie avait été un véritable choc.

Quand cela cessera-t-il de la faire souffrir ?

Elle prit une profonde inspiration.

Son chagrin l'avait amenée à se concentrer sur la dimension spirituelle de sa vie. Mais malgré tous ses efforts, elle cherchait encore des réponses à nombre de questions.

Elle alluma son ordinateur et consulta la chaîne YouTube d'une médium qui tirait également le tarot. La jeune femme avait une personnalité des plus apaisantes et, si Bobbie avait découvert son site par hasard, elle trouvait toujours quelque chose dans ses publications qui faisait écho en elle.

Comme en cet instant.

La dernière vidéo en date consistait à choisir des cartes. Bobbie se livra à l'exercice. Les explications livrées à chaque tour ne manquèrent pas de la stupéfier une nouvelle fois. Il était question de cœur brisé et de victoire sur la peur de souffrir de nouveau.

« La peur vous contrôle, expliquait la médium. Ne la laissez pas gagner. Le pardon est la clé de votre liberté. »

Longtemps après le visionnage de la vidéo, des images continuèrent à hanter l'esprit de Bobbie. N'y tenant plus, elle quitta son bureau, perdue dans ses pensées.

— Vous avez rendez-vous ? demanda Mme Pott quand elle passa près d'elle.

— Oui. Avec mon passé.

Sur le trajet la menant à Weeksville, ce quartier de Brooklyn où elle avait adoré vivre et qui était si important dans l'histoire des Afro-Américains, elle commença à regretter cette décision impulsive. Mais elle essayait de prêter attention à son intuition féminine. Et cette dernière lui hurlait de mettre un point final à cette histoire. De passer à autre chose et de guérir.

Elle s'arrêta dans la rue où elle avait vécu et aperçut son ancienne maison. Elle n'avait rien de la grandeur de la résidence de la famille Cress, mais la bâtisse de brique avait suscité en elle un véritable coup de cœur dès le premier regard.

Et elle y avait conçu des rêves insensés d'amour éternel.

Elle tapota nerveusement le volant tout en fixant la porte d'entrée en acajou.

Qu'était-elle en train de faire ?

Au moment du divorce, elle avait vendu sa part de la maison à Henny et avait quitté les lieux, incapable de supporter l'idée de continuer à vivre dans cet endroit il avait eu l'audace de rompre leurs vœux.

— Je ne le fais pas pour lui. Je le fais pour moi, murmura-t-elle.

Elle quitta son SUV et lissa le pull court qu'elle portait sur un jean élimé tout en contournant le véhicule.

« La peur vous contrôle. Ne la laissez pas gagner. Le pardon est la clé de votre liberté. »

Après un dernier signe de tête destiné à s'encourager, elle s'avança vers la maison et gravit les marches du perron, le cœur battant. Elle allait sonner quand on l'appela.

— Bobbie ?

Elle se retourna et vit son ex-mari, Henny Santana, un bel homme à la peau sombre et aux longues boucles, qui se tenait dans la rue avec sa maîtresse.

Le regard de Bobbie se posa aussitôt sur le ventre arrondi de la femme, signe d'une grossesse qui semblait proche de son terme.

— Oh ! s'exclama-t-elle d'une voix étranglée tandis que la douleur transperçait sa poitrine.

Elle se précipita au bas des marches sous leurs regards stupéfaits et embarrassés.

— Bobbie, attends, je t'en prie ! dit Henny avant de saisir son poignet.

Elle se libéra vivement et, alors qu'elle lui jetait des regards furieux, elle le vit baisser la tête d'un air piteux.

— Je ne voulais pas que tu l'apprennes ainsi, murmura-t-il.

— De combien de semaines est enceinte ta… ta… ?

— Ma femme. Et elle est enceinte de sept mois.

Les vagues dévastatrices de sa trahison la frappèrent avec tant de force qu'elle craignit de voir ses jambes se dérober sous elle. Elle courut vers sa voiture mais dut marquer une pause tant la douleur était vive.

— Je regrette chaque jour passé avec toi, Henny. Je n'aurais pas dû venir ici et m'immiscer dans ta nouvelle vie. Faisons comme si nos chemins ne s'étaient jamais croisés, tu veux bien ?

— Bobbie !

Elle l'ignora et grimpa dans sa voiture. Voir combien ses mains tremblaient au moment de mettre le contact ne faisait que renforcer sa colère. Elle démarra mais dut se garer deux pâtés de maisons plus loin. Ses vieilles blessures avaient été rouvertes. Et la douleur était intense.

Mais, refusant de laisser les larmes couler, elle lutta pour ne pas se laisser submerger par les vagues.

De douleur. De déception. D'amertume.

— Relève la tête, Bobbie. Vois plus loin, plus haut. Sois une meilleure personne encore.

Elle souffrait. Terriblement. Et au cœur de ce tourbillon de douleur et d'émotions, elle peinait à se raccrocher à tout ce qu'elle avait appris au cours de son itinéraire spirituel.

Elle jura et rejeta la tête en arrière tandis que ses

yeux se noyaient de larmes. Alors qu'une foule de jurons envahissait son esprit, son téléphone sonna. Son père cherchait à la joindre. Elle décrocha.

— Salut, papa, dit-elle en luttant de toutes ses forces pour ne pas laisser transparaître son désarroi.

— J'ai eu soudain le sentiment que je devais t'appeler. Est-ce cela cette intuition à laquelle tu crois dur comme fer ? Tout va bien, ma chérie ?

Elle renifla bruyamment.

— Je ne sais plus en quoi je crois dur comme fer parce que mon instinct vient de me propulser au milieu de la nouvelle vie de Henny et qu'il a… une épouse qui attend leur enfant.

— Oh ! bon sang ! s'exclama son père.

— Je le déteste. Vraiment. Terriblement. Je le déteste tellement que…

— Ne laisse pas l'homme qu'il est changer la femme que tu es, Bobbie. Réjouis-toi de savoir qu'il est à présent le problème de quelqu'un d'autre.

— Je suis allée là-bas pour lui pardonner et pouvoir tourner cette page de ma vie, et tout ce que j'ai découvert c'est qu'il vit la vie que je voulais pour nous deux avec une autre ! Comme si je n'avais jamais existé, ni compté à ses yeux ! Comme si j'avais occupé une place en attendant qu'il la trouve, elle. Il repoussait toujours la question à plus tard quand je lui parlais d'avoir un enfant. Pas maintenant, disait-il. On est si bien rien que tous les deux. La vie est belle.

— Bobbie, prends une grande inspiration. Je ne t'ai pas vue si bouleversée depuis longtemps. Aimes-tu toujours Henny ? Est-ce cela le problème ?

— Non. C'est d'avoir l'impression qu'il m'a fait

perdre mon temps parce qu'il savait que je n'étais pas celle qu'il attendait et que ce que j'ai pris pour une liaison était plus que cela. C'est ce que j'ai compris aujourd'hui. Il est heureux. Alors que je suis là avec mes cristaux, mes efforts pour être positive, trouver le meilleur côté de chaque chose, être meilleure et grandir. Tout en vivant dans la peur d'être blessée. Lui, il est heureux. Cela me rend folle.

— Aimerais-tu qu'il soit malheureux ?

— Oui ! s'exclama-t-elle, en frappant le volant du poing. C'est ce que je veux.

— Et toi, Bobbie ? Es-tu malheureuse ?

Elle ferma les yeux et songea à Lincoln près d'elle au sommet des montagnes russes, l'encourageant pour qu'elle se montre courageuse, ouvre les yeux et profite de la vue. Son ami britannique musclé et à l'air sombre, capable de sarcasmes et de regards noirs, l'avait rendue joyeuse.

Elle pressa contre sa bouche le dos de sa main qu'il avait embrassé, et sourit à travers ses larmes. Et une étrange joie l'attira hors de la sombre caverne de la douleur.

— Non, je ne le suis pas, avoua-t-elle.

Lincoln.

Elle revit si clairement le moment où il l'avait fixée alors qu'ils se tenaient devant le Met et qu'il lui avait proposé de jouer cette mascarade devant sa famille. Si grand, si puissant, si beau.

Un signal l'avertit d'un appel, et elle laissa échapper un petit rire en découvrant que Lincoln tentait de la contacter par Face Time. Ce n'était pas la première fois qu'il l'appelait juste à l'instant où elle pensait à lui.

— Merci, papa. Je te rappellerai.

Le séduisant visage de Lincoln apparut sur l'écran. Elle pouvait voir à l'arrière-plan l'agitation régnant dans la cuisine de son restaurant.

— Viens-tu de pleurer ? demanda-t-il.

— Non, mentit-elle en remarquant soudain son air abattu. Lincoln, quelque chose ne va pas ?

Il détourna le visage, et elle put voir un muscle se contracter le long de sa mâchoire carrée. Il prit une profonde inspiration et baissa la tête.

— Lincoln. Qu'y a-t-il ?

Il la regarda, et l'air tourmenté qui hantait son regard la frappa droit au cœur.

— C'est ma mère. Elle vient de mourir, dit-il dans un souffle. Ma mère nous a quittés.

Bobbie ne put réprimer un cri. Elle se sentit furieuse qu'une telle distance les sépare. Furieuse de ne pouvoir le serrer contre elle pour lui apporter le réconfort nécessaire.

— Lincoln, je suis sincèrement désolée. Je pars tout de suite. Tu m'entends ? Je serai bientôt là.

Il acquiesça d'un hochement de tête.

— Je t'en prie, viens vite, murmura-t-il.

Pieds nus, un verre de brandy à la main, Lincoln se tenait sur la terrasse en bois devant sa chambre, contemplant la plage de Carbis Bay, située à quelques centaines de mètres de sa maison, un bâtiment vitré doté d'un étage, situé dans un endroit retiré de la plage, un lieu de toute beauté dans lequel sa vie privée était préservée. Le soleil de l'après-midi brillait haut dans le ciel, mais il y avait toujours une pointe de fraîcheur qu'il trouvait vivifiante. Il avait tant besoin de sentir autre chose que cette douleur constante.

Il prit une longue gorgée et savoura la sensation de brûlure que le liquide fit naître le long de sa gorge.

Le superbe paysage ne l'aidait cependant pas à trouver la paix. Sous la surface des apparences, il bouillait littéralement d'une sourde colère. Envers lui-même, envers les médecins mais aussi envers sa mère qui lui avait caché souffrir d'un cancer. N'avait pas pris de traitement. Ne s'était pas battue pour vivre.

Il poussa un juron et vida son verre d'un trait.

Il sentit battre son cœur un peu plus vite quand il aperçut Bobbie qui remontait l'allée dallée en faisant rouler une valise derrière elle.

Le simple fait de la voir fut un soulagement. Il se précipita pour la rejoindre.

— Tu es là, dit-il en la serrant fort entre ses bras et en sentant aussitôt un frisson parcourir sa peau. As-tu fait bon voyage ?

— J'ai pris un jet privé. Puis un taxi m'a amenée jusqu'ici. Donc, oui, me voilà. Avec toi. Comment vas-tu ?

Lincoln détailla son visage, ses yeux brillants d'inquiétude et sa bouche si tentante, comme toujours. Le désir de l'embrasser le submergea au moment où le vent souleva ses cheveux. C'était si bon de la sentir si près. Dans ses bras. Dans sa vie.

— Merci d'être venue, Bobbie, dit-il tout en s'interdisant de goûter ses lèvres car il respectait les limites qu'imposait leur amitié.

Il déposa un baiser sur son front avant de la libérer et de se saisir de la poignée de sa valise.

— As-tu faim ? demanda-t-il.

— Oui, je suis affamée. Et toi ? As-tu consommé autre chose que du bourbon ?

— Voilà que tu joues les détectives, comme toujours, fit-il remarquer d'un ton moqueur tandis qu'ils gravissaient les marches menant à la terrasse. Rien ne t'échappe, décidément.

Elle noua ses bras autour de l'un des siens et y posa sa tête. Et quand elle le lâcha pour qu'il puisse faire coulisser la baie vitrée et l'inviter à entrer, il résista à l'envie de la serrer contre lui.

— Lincoln, ta maison est splendide ! s'exclama-t-elle en découvrant les larges baies donnant sur la plage et le mobilier moderne aux chaudes teintes chocolat.

— Merci. Ma mère a embauché un décorateur quand je l'ai achetée. Et elle a eu raison. C'est exactement ce dont j'avais besoin.

Bobbie se tourna vers lui, un doux sourire aux lèvres.

— Parlons d'elle, veux-tu ?

— Non. Je ne me sens pas encore prêt. Tu comprends ?

Elle hocha la tête et vint le rejoindre.

— Entendu. Je dois trouver un hôtel, mais tu n'auras qu'à m'appeler et j'arriverai aussitôt.

— Un hôtel ? C'est hors de question. Tu séjourneras ici.

Une expression qu'il ne pouvait déchiffrer se peignit sur les traits de Bobbie qui lui adressa un sourire hésitant tout en secouant doucement la tête.

— Non, Lincoln.

Il s'éloigna, sa valise à la main.

— Je n'ai qu'une chambre, mais je dormirai sur le canapé, dit-il.

— Non, Lincoln, répéta Bobbie en le contournant pour venir lui bloquer le passage. Non.

Il reposa la valise et plongea son regard dans le sien.

— Tu es la bienvenue ici, Bobbie. J'ai envie que tu sois ici… avec moi.

Bobbie détacha un instant son regard du sien puis lui adressa un sourire qui s'effaça bientôt.

— Nous trouver proches l'un de l'autre ne nous a pas très bien réussi à l'hôtel, fit-elle remarquer. Tu t'en souviens ?

— Si je m'en souviens ? Je ne l'oublierai jamais. Seulement le sexe est bien la dernière chose que j'aie à l'esprit pour le moment.

— Très bien.

— Tu sais… je crois que tu es devenue ma meilleure amie. Reste. Je t'en prie.

Elle acquiesça d'un hochement de tête, et il la conduisit jusqu'à sa chambre.

— Je vais me doucher, me changer et ensuite nous mangerons tous les deux quelque chose, dit-elle. L'alcool est banni, à présent.

Il ne fit aucun commentaire, gagna la cuisine, y prit la bouteille de vieux bourbon et un autre verre, puis retrouva son siège de cuir patiné sur la terrasse. Il se versa trois doigts d'alcool et les engloutit rapidement tout en contemplant l'horizon.

Puis il posa sur le sol bouteille et verre, et ferma les yeux.

L'image de sa mère souriante et courant pieds nus sur le sable lui apparut alors. Elle savourait la vie sans se soucier de l'avis des autres.

La douleur l'étreignit violemment et, quand l'alcool le fit glisser vers le sommeil, il fut incapable de lutter.

Il s'éveilla en clignant les yeux de surprise. L'obscurité

régnait à présent autour de lui, et la lune brillait haut dans le ciel.

— Bon retour parmi nous.

Il sursauta en entendant la voix rauque de Bobbie s'élever près de lui. Elle était assise sur le long alignement de coussins qui bordait la terrasse. Il la regarda sans croire à ce qu'il voyait. Comme si elle était tout droit sortie de l'un de ses rêves peuplés du souvenir de leur étreinte passionnée.

— Combien de temps ai-je dormi ? demanda-t-il.

— Dix heures.

En tenue de yoga coordonnée, avec ses cheveux rassemblés en un chignon ébouriffé et le ciel étoilé derrière elle, et alors qu'un feu de bois crépitait dans la cheminée extérieure, elle semblait parfaitement dans son élément.

Et absolument adorable.

— Toutes mes excuses, marmonna-t-il tout en constatant que sa bouteille d'alcool avait disparu. Je ne suis pas un très bon hôte.

— Je ne suis pas ici pour que tu me divertisses. Je suis une femme adulte. J'ai fait une sieste. Une balade sur la plage. J'ai géré quelques appels professionnels.

— Aimerais-tu manger quelque chose ?

— J'ai cuisiné, répondit-elle en se levant.

Il détourna les yeux des courbes exquises de ses hanches et de ses cuisses.

— Vraiment ? demanda-t-il. Euh… tu sais cuisiner ?

— Attends un peu et tu le sauras, répondit-elle en rentrant dans la maison.

Il repoussa le plaid dont Bobbie l'avait recouvert, se leva et attisa le feu. Puis, une fois qu'il se fut redressé de toute sa hauteur, il observa Bobbie qui s'activait dans la cuisine.

Quand il avait reçu la nouvelle de la mort de sa mère, elle avait été la première qu'il avait eu envie d'appeler, et voilà qu'elle était venue le rejoindre sans la moindre hésitation. Elle avait franchi un océan pour l'aider à traverser un moment difficile. Et elle semblait parfaitement à sa place.

Il dut se forcer à détourner les yeux d'elle tandis qu'elle le rejoignait avec un grand plateau entre les mains.

Il la suivit vers les coussins disposés sur la terrasse et fut surpris de constater que son appétit était revenu.

— Qu'as-tu préparé ? demanda-t-il au moment où ils s'asseyaient en plaçant le plateau entre eux.

— Du poisson, répondit-elle en lui tendant assiette et couverts.

Il examina le plat de lotte, d'épinards et de homard à l'élégante présentation, et sourit.

— Et tu veux me faire croire que c'est *toi* qui as préparé cela ?

— On dirait bien que tu m'as percée à jour, répliqua-t-elle avec un petit gloussement. Mes talents culinaires ne vont pas au-delà de la confection d'œufs brouillés. C'est ton second de cuisine qui a envoyé plusieurs plats du restaurant pour toi.

— Étant donné qu'il s'agit de l'un des premiers plats que j'ai créés pour Shores, je l'avais deviné, dit-il, amusé.

Ils commencèrent à manger en silence. Bobbie était la première femme avec laquelle il se sentait bien sans avoir à parler.

— C'est délicieux, Lincoln.

— Ma mère adorait ce plat.

Sentant la main de Bobbie se poser sur la sienne, il leva les yeux vers elle.

— Parle-moi d'elle, Lincoln.

— Elle n'était pas parfaite, mais elle était une mère parfaite pour moi. Elle adorait profiter de chaque instant de l'existence. Sans se soucier de ce que les autres pensaient. Et je déteste l'idée d'avoir été contrarié par son attitude parce qu'à présent qu'elle est partie je sais qu'elle méritait de vivre ainsi qu'elle avait envie de le faire.

Bobbie serra plus fort sa main.

— Elle m'encourageait toujours bruyamment. Peu importait l'endroit, poursuivit-il, le cœur serré. Elle mettait ses mains en coupe autour de sa bouche et poussait un cri. Et elle levait les bras et battait des mains en criant : « C'est mon fils ! »

— Oh ! Lincoln…

Il tourna la tête pour l'empêcher de voir les larmes qui lui montaient aux yeux.

— Jamais plus je n'entendrai sa voix, murmura-t-il.

Bobbie se leva pour se mettre derrière lui et l'entourer de ses bras.

— Je suis là, dit-elle doucement. Laisse tes larmes couler. Je suis là pour toi.

Et il le croyait sans l'ombre d'un doute.

- 7 -

Bobbie observait Lincoln qui, à l'autre bout du salon, feuilletait un album photo pris dans l'appartement de sa mère. Ils avaient passé la journée à emballer ses affaires. Elle se servit un autre verre de vin rouge et regagna sa place sur le canapé auprès de lui.

Elle but une gorgée et baissa les yeux vers une photo qu'il tenait. Même enfant, il avait cette expression pleine de sérieux.

— T'est-il déjà arrivé de sourire, Lincoln ?

Il haussa légèrement les épaules.

— Dieu sait combien ma mère a essayé de me faire sourire, dit-il. Cette photo a été prise dans une fête foraine. J'avais six ans et une seule idée en tête : rentrer chez moi. Et je n'ai plus jamais remis les pieds dans un tel endroit durant toute mon enfance.

— Voilà pourquoi tu n'étais pas familier des montagnes russes, toi non plus.

— Exactement, répondit-il, en prenant une autre photo de l'album. Ma mère me taquinait en me demandant de fonder une famille pour qu'elle sache à quoi cela ressemblerait d'aller dans un parc de loisirs avec un enfant amusant.

— Je trouverais adorable un mini Lincoln avec une mine renfrognée.

— Un jour, peut-être, murmura-t-il en refermant

l'album. Qu'en est-il pour toi ? Envisages-tu d'avoir des enfants ?

Elle détourna le regard. La question l'avait fait songer à la nouvelle vie de Henny et à la douleur qu'elle avait éprouvée en la découvrant. Ces émotions ressenties juste avant que Lincoln lui apprenne le décès de sa mère étaient toujours là.

— Qu'y a-t-il, Bobbie ? Désolé si je me suis montré indiscret.

Elle secoua la tête et riva son regard au sien.

— Non, tu n'y es pour rien, dit-elle, soucieuse de le rassurer. J'ai découvert que mon ex s'est remarié et qu'il attend un bébé. Ce qui ne poserait aucun problème s'il n'avait cessé de repousser mes demandes concernant le fait d'avoir des enfants pendant des années.

Elle lui raconta rapidement sa visite et la découverte qui l'avait tant choquée.

— C'est un sacré imbécile, décréta Lincoln.

— Je suis entièrement d'accord, répondit-elle, en s'enfonçant sur le canapé et en repliant ses jambes sous elle.

— Puis-je te donner un conseil que tu m'as un jour prodigué ?

— Ai-je vraiment envie de l'entendre ?

— Probablement pas.

Elle se força à sourire.

— Et si tu n'étais pas destinée à avoir un enfant avec cet homme qui ne t'a pas respectée ? Et si tu étais destinée à tomber amoureuse de la bonne personne et à avoir ensuite un bébé, une splendide petite fille avec des yeux de biche, une crinière de lionne et une magnifique bouche ?

Joignant le geste à la parole, il toucha tour à tour ses yeux, ses cheveux puis sa bouche.

Il sembla un instant hypnotisé par ses lèvres mais se ressaisit rapidement et poursuivit :

— Et s'il avait disparu de ta vie pour te permettre de construire l'avenir que tu es censée vivre avec quelqu'un d'autre ? Change ta façon de considérer les choses.

Elle partit d'un grand éclat de rire.

— Donc, à présent, tu crois au destin ? Ce n'est qu'une supposition, bien entendu.

— Bien entendu.

La nouvelle sensibilité de Lincoln à ces questions était agaçante… et bienvenue.

Elle leva son verre comme pour saluer ses paroles avant de lui adresser un sourire réticent.

Des heures plus tard, Lincoln, appuyé contre le cadre de la porte, un verre de scotch et soda à la main, observait Bobbie, occupée à méditer sur la plage. Il leva les yeux vers la super lune rose. Bobbie lui avait indiqué qu'il s'agissait d'un phénomène rare à la puissante portée spirituelle.

Bien que sceptique quant à ces croyances, il avait adoré la voir courir joyeusement pieds nus sur la plage au moment où l'éclat avait été le plus vif pour faire le plein d'énergie positive.

À présent perdue dans sa méditation, elle paraissait parfaitement paisible et détendue. Et quand elle bondit sur ses pieds et fonça vers l'eau, il reposa son verre et traversa la terrasse en courant pour la rejoindre.

Bobbie ajusta la serviette nouée sur ses cheveux mouillés avant de s'asseoir près de l'îlot de cuisine où Lincoln leur préparait un dîner à près de 2 heures du matin. Elle étouffa un bâillement de sa main.

— Il nous faut dormir un peu, dit-elle tandis qu'il ouvrait la porte du four pour en retirer un plat de viande dégageant un délicieux fumet. L'enterrement aura lieu tôt demain matin.

— Je n'arrive toujours pas à croire qu'elle a organisé tout cela seule.

— Je pense qu'elle a voulu alléger le fardeau pour toi. Elle s'est comportée en mère jusqu'à la fin.

Elle s'interrompit en voyant la concentration dont faisait preuve Lincoln en hachant quelques herbes fraîches pour agrémenter son plat. Cette volonté de donner le meilleur de lui-même lui rappela la façon dont ils avaient fait l'amour.

Elle retint un soupir.

Ils étaient amis, rien de plus.

Lincoln plissa les yeux sous l'éclat du soleil. Le temps était radieux. C'était tout à fait le genre de journée que sa mère aurait voulu pour un dernier adieu.

Au moment où le cercueil fut descendu dans la tombe, il chercha la main de Bobbie et sentit une vague de réconfort se diffuser en lui quand elle agrippa aussitôt la sienne. Elle devrait bientôt reprendre sa vie, et il se demanda quel vide il ressentirait quand elle serait retournée à New York.

— Mesdames, messieurs, Poppy avait une dernière volonté, dit le directeur funéraire en ouvrant un ordinateur portable.

Le visage souriant de Poppy apparut sur l'écran, et elle adressa un signe de la main à l'assistance.

Lincoln serra un peu plus fort la main de Bobbie.

Après quelques mots à l'intention de la population de St Ives, presque réunie au grand complet, Poppy s'adressa à lui.

— Lincoln. Je te connais, mon fils. Tu es perturbé parce que je ne t'ai pas donné la chance de m'emmener voir une foule de docteurs et de dépenser chaque sou de ton argent durement gagné pour tenter d'empêcher l'inévitable. Mon fils si talentueux, entêté et ronchon. Mon fils au si grand cœur. J'ai besoin que tu me pardonnes, dit-elle d'une voix douce tandis que ses yeux s'emplissaient de larmes.

Bobbie serra plus fort la main de Lincoln.

— Tu es la plus belle chose que j'aie faite, mon enfant. Et tu as été si bon pour moi. Lincoln, je t'aime au-delà des mots. Voici un conseil pour toi. Vis ta vie, mon fils. Amuse-toi davantage. Ris. Tombe amoureux. Fais des bébés. Pour l'amour du ciel, trouve une raison de sourire. La vie est parfois courte, et je ne désire qu'une chose : que tu n'aies pas de regrets.

Lincoln acquiesça d'un hochement de tête, comme si elle pouvait le voir. Elle demanda ensuite d'un ton enjoué à ses amis d'encourager Lincoln ainsi qu'elle l'avait fait toute sa vie les jours où ils le verraient déprimé. Après qu'elle leur eut adressé à tous un dernier clin d'œil, l'écran s'assombrit.

Les dernières images, quand elle avait imité sa manière de l'encourager bruyamment, étaient plus que Lincoln ne pouvait supporter.

Il laissa retomber sa tête, et Bobbie appuya son visage contre son bras.

Et c'est alors qu'il sentit des mains se poser l'une après l'autre sur ses épaules et dans son dos. Il releva la tête pour découvrir que ses frères avaient quitté la foule pour venir l'entourer. Le soutenir.

Phillip Jr. Sean. Gabe. Cole. Et Lucas.

Les larmes qu'il s'était efforcé de retenir jusqu'à présent lui brouillèrent la vue.

Bobbie sourit en voyant la foule se presser autour de Phillip Sr. Réunis dans le pub local, les habitants de sa ville natale se réjouissaient manifestement de son retour. C'était la première fois qu'elle voyait Phillip Sr détendu. Nicolette l'observait, surprise, comme si elle non plus ne l'avait jamais vu aussi à son aise.

Bobbie se souvint que Nicolette l'avait accusée d'avoir vendu aux tabloïds des ragots au sujet des Cress mais, ne voulant pas semer la zizanie entre Lincoln et sa famille, elle lutta contre la tentation de l'affronter.

Ce n'était ni le moment ni l'endroit.

Lorsque Nicolette jeta un regard dans sa direction, elle ne détourna toutefois pas les yeux et leva sa flûte de champagne comme pour lui adresser une promesse muette.

Bientôt, le jour viendrait.

Détournant les yeux, elle aperçut Lincoln près du bar, entouré de ses frères. Tous étaient grands, beaux et bien bâtis, mais c'était sur Lincoln que son regard s'attarda.

Son air sombre était si sexy.

Et bien qu'il n'en montre rien, elle le savait heureux et

surpris de la venue de la famille Cress à l'enterrement de sa mère. Ils étaient arrivés dans la matinée et devaient repartir le soir même. Mais ils étaient là pour lui.

— Ils forment un beau tableau, n'est-ce pas ? demanda Monica, le regard fixé sur Gabe.

Bobbie décela au fond de ses yeux un feu qui lui fit songer au désir qu'elle éprouvait elle-même pour Lincoln. Jillian et Raquel semblaient elles aussi absorbées dans la même sorte de contemplation.

— Bobbie ?

Elle fit volte-face, et son regard se posa sur une femme aux cheveux raides et au teint brun clair, qui arborait une expression qu'elle peinait à identifier.

— Oui ?

— Je suis Raven. L'amie de Lincoln. Enfin, ex-amie.

Bobbie lui adressa un sourire rapide et lui serra la main.

— Heureuse de faire votre connaissance, répondit-elle en détaillant l'ex de Lincoln.

Durant les longues conversations qui avaient ponctué son séjour à St Ives, il lui avait raconté les difficultés qu'avait eues Raven pour mettre fin à leur relation qui ne supposait pourtant aucun engagement.

La femme garda le silence mais ne bougea pas.

— Que puis-je faire pour vous ? demanda Bobbie sans cacher son agacement.

Raven lui sourit, secoua la tête puis s'éloigna avant de lui lancer un dernier regard par-dessus son épaule et de quitter le pub.

Bobbie se tourna et vit Lincoln qui l'observait d'un air inquiet. Elle lui adressa un petit sourire qui se voulait rassurant, mais il s'excusa auprès de ses frères et la rejoignit.

— Quelque chose ne va pas ? demanda-t-il.

— Non, rien. Ton ex vient juste de m'indiquer qui elle était, répondit-elle avec un petit rire.

— Ce n'est pas mon ex. Nous n'avons jamais été un couple.

— Oh ! je suis sûre du contraire, répondit-elle en riant.

Le visage de Lincoln se rembrunit.

— Tu sais très bien ce que je veux dire, marmonna-t-il.

— S'il ne s'agit pas de ton ex, alors à quoi avons-nous affaire ?

— À une erreur que j'aurais préféré ne jamais commettre, répondit-il avant d'aller rejoindre ses frères.

Lincoln parcourut lentement du regard le petit appartement situé au-dessus de son restaurant. C'était ici qu'il avait été élevé. Seul avec Poppy. Quand il avait acheté le pub où elle avait travaillé et l'avait transformé en restaurant, sa mère avait été immensément fière. Et quand il lui avait donné les clés de l'appartement tout juste rénové, elle avait crié et dansé, puis l'avait serré fort contre elle.

Et aujourd'hui, elle n'était plus là…

— Fils.

Lincoln se tourna et découvrit son père sur le seuil de la pièce.

Après que tous les invités se furent réunis au pub à la suite de l'enterrement, Lincoln avait invité sa famille pour un dîner privé au restaurant avant qu'ils ne prennent le vol qui les ramènerait aux États-Unis.

Son cœur s'était gonflé de fierté lorsqu'ils avaient loué son travail.

L'espace d'un instant, il se tint sur la défensive, conscient du fait que sa mère n'aurait pas voulu de la présence de Phillip Cress en ces lieux.

— Je n'entrerai pas, lui dit son père. Je sais très bien désormais ce que Poppy ressentait à mon sujet. Mais un terrible malentendu s'est installé durant toutes ces années.

— À quel sujet ?

— J'ai parlé à l'une des amies de Poppy, quand nous étions au pub. Il semble que ta mère m'a écrit une lettre pour m'informer de sa grossesse quand elle était enceinte d'environ trois mois. Mais à cette époque, j'étais déjà parti pour Paris depuis plusieurs semaines, et mes parents avaient vendu leur ferme et n'habitaient plus à St Ives. Tout cela peut être confirmé sans peine. Je n'ai jamais reçu cette lettre, Lincoln.

Comme Lincoln le regardait sans rien dire, il ajouta :

— Je n'aurais jamais délibérément abandonné l'un de mes enfants. Jamais !

Lincoln hocha la tête, comme pour dire qu'il le croyait.

— Je suis fier de t'avoir pour fils, Lincoln. Il y a beaucoup de choses encore dont nous devrons parler. Mais pas ce soir.

— Non, murmura Lincoln en parcourant des yeux l'appartement si douloureusement vide. Pas ce soir.

Bobbie consulta l'heure sur l'écran de l'ordinateur portable sur lequel elle avait passé en revue les rapports mensuels de ses détectives privés. Il était presque minuit mais seulement près de 19 heures à New York.

Elle contacta Mme Pott par le biais de Face Time et vit bientôt son visage apparaître sur l'écran.

— Hello, belle inconnue !

— Je ne suis partie que depuis une semaine, répondit Bobbie en souriant.

— Comment se porte mister British ?

— L'enterrement a eu lieu hier. J'ai dû insister pour qu'il fasse une sieste pendant que je travaillais.

— Dormir aide à guérir.

Bobbie acquiesça d'un hochement de tête.

— Prête à le quitter ? s'enquit Mme Pott.

Non.

Mais elle refusait de dévoiler cette vérité parce qu'elle n'était pas prête à l'accepter.

– Je rentre, répondit-elle simplement. J'ai besoin de reprendre mon travail.

— Votre vol en première est réservé. Pour demain matin.

— À bientôt, madame Pott, dit Bobbie avant de raccrocher.

Elle prit une longue gorgée de thé et gagna la chambre. La lueur de la lune filtrant entre les rideaux lui permit de voir Lincoln allongé au milieu du lit, les bras croisés sous sa tête et le visage parfaitement détendu. Abandonné dans le sommeil, il avait un air absolument adorable.

Cédant à une impulsion, elle se pencha pour approcher ses lèvres de son front.

— Je ne dors pas.

Le son de sa voix la fit sursauter, et son cœur s'emballa en voyant son regard perçant rivé sur elle. Au moment où elle s'apprêtait à s'écarter de lui, il referma doucement la main sur sa nuque pour la garder près de lui. Ses yeux plongèrent dans les siens. Leurs souffles se mêlèrent.

— Bobbie, dit-il d'un ton fiévreux, avant de s'emparer de sa bouche.

Quand elle sentit sa langue courir sur ses lèvres, elle lâcha sa tasse et remarqua à peine le liquide éclabousser sa jambe. Il l'attira contre lui et fit rouler leurs corps sur le lit jusqu'à se retrouver sur elle.

Un gémissement s'échappa de ses lèvres quand les mains de Lincoln agrippèrent ses hanches. Elle enfonça ses doigts dans ses épaules et noua une jambe autour de sa taille.

— Lincoln..., murmura-t-elle contre sa bouche.

C'était si bon...

Elle repensa à cette nuit, quand ils avaient fait l'amour par terre, à l'hôtel. Et à ses regrets pour avoir rompu la règle qu'elle s'était fixée.

Et voilà qu'elle recommençait...

Elle détacha ses lèvres des siennes.

— Que sommes-nous en train de faire ? demanda-t-elle.

— Nous cédons à notre désir, répondit-il, son regard fiévreux parcourant son visage avec une attention avide.

— Je ne peux pas. Nous ne pouvons pas... Dans quel but céder ainsi ? Nous avons agi de même à New York, et tu es parti le lendemain. Je m'en vais demain matin. Pourquoi à présent ? Pas d'aventure, t'en souviens-tu ?

Le baiser que Lincoln déposa sur son front la fit tressaillir. Tout comme ceux qu'il sema sur ses joues puis dans son cou.

— J'ai envie de toi, Bobbie. Et je suis fatigué d'essayer de trouver des raisons pour ne pas avoir envie de toi.

— Lincoln, nous...

— Pourquoi lutter contre cette attirance qui ne s'éteint pas ? Je rêve de toi la nuit et je pense à toi toute la journée. À nous.

Nous ?

Comme ce mot était plaisant à entendre…

— Que veux-tu dire par « nous » ? demanda-t-elle, se sentant tout à la fois nerveuse et effrayée parce qu'un espoir avait éclos dans sa poitrine.

— Je n'ai pas envie d'une simple liaison passagère. Je veux plus qu'une relation purement sexuelle. Je te veux dans ma vie, expliqua-t-il en entrecoupant ses paroles de baisers. Nous pouvons le faire. Nous l'avons déjà fait.

Elle ferma les yeux et tourna la tête pour s'arracher à la magie du moment mais, quand elle sentit l'érection de Lincoln pressée contre le centre de son être, elle ne put s'empêcher de se tordre de plaisir. Tout cela l'empêchait de réfléchir.

Lui faisait oublier la règle qu'elle s'était fixée.

Une fois encore.

Lui donnait envie de l'oublier pour toujours.

Lincoln. Lincoln. Lincoln.

Elle brûlait de désir pour lui. Cette pulsion ne la laisserait pas en paix.

— Oui, Lincoln, laissa-t-elle échapper dans un soupir.

Il repoussa alors son T-shirt et son soutien-gorge de sport au-dessus de ses seins et emprisonna l'une des pointes tendues dans sa bouche. Le soupir de plaisir de Bobbie résonna dans la pièce et se prolongea quand il titilla légèrement l'autre pointe du bout de sa langue. Encore et encore…

Et quand il releva la tête pour plonger son regard dans le sien, elle y lut la même fièvre que celle bouillonnant dans ses veines. Mais elle éprouvait autre chose encore que la passion et le désir.

Alors qu'il se tenait agenouillé sur le lit pour la déshabiller lentement en entrecoupant ses gestes de caresses et de baisers, elle sut qu'un lien profond avec lui était né. Elle se délecta de la vision offerte par son corps sublime au moment où il enleva son T-shirt avant de se débarrasser vivement de ses autres vêtements et de révéler sa virilité conquérante. Son corps, semblable à de l'acier, était tendu de désir.

Il prit tout son temps pour explorer son corps. En savourer la beauté. L'honorer. L'embrasser. Le caresser. Depuis ses épaules jusqu'à ses seins dressés. Sans oublier son ventre. Ses hanches. Et même ses genoux qu'il écarta avant de plonger sa tête au creux de ses jambes pour lui faire subir de délicieux tourments. Avec une exquise lenteur.

— Le meilleur. Tu es le meilleur, murmura-t-elle tout en se cambrant et en faisant doucement tanguer ses hanches d'avant en arrière.

Les caresses expertes de la langue de son amant l'amenaient aux limites de sa résistance, et elle ne savait plus si elle devait le repousser ou l'attirer plus près encore. C'était pure folie.

Et elle adorait ça.

Une fois que l'orgasme eut explosé en elle, Lincoln releva la tête et parut comme émerveillé de la vision qui s'offrait à ses yeux.

— Comme tu es belle, murmura-t-il avant de saisir un préservatif sur la table de nuit.

Alors qu'elle se sentait toujours faible et tremblante, elle se rassit et fit courir sa bouche sur son torse musclé.

Après lui avoir pris la protection des mains, elle enroula ses doigts autour de son sexe dressé. Il était brûlant et terriblement dur. Elle sentit un frisson traverser le corps de Lincoln. Un frisson qui lui donna une énergie nouvelle. L'envie de lui faire plaisir et de voir combien son pouvoir de séduction avait d'effet sur lui. Ils étaient tous deux emportés dans le même tourbillon de folle passion. Et à égalité. Chacun donnant autant de plaisir qu'il en recevait.

Un feu ardent brûlait au fond des yeux de Lincoln.

Dès que sa bouche se referma sur son sexe, Lincoln ne put s'empêcher de pousser les hanches en avant et de laisser échapper un rugissement qui sembla surgir du fond de son être.

— Non ! s'écria-t-il soudain en s'écartant. J'étais sur le point d'exploser.

Un sourire malicieux aux lèvres, elle ouvrit l'étui du préservatif et déroula la protection sur son érection.

Lincoln l'amena alors à s'étendre sur le lit et, tout en l'embrassant, guida son sexe en elle. Il contrôla son mouvement pour la pénétrer lentement. Jusqu'à prendre entièrement possession de son corps.

La voyant légèrement grimacer, il s'arrêta.

— Tout va bien ? demanda-t-il.

— C'est juste que je te sens, murmura-t-elle avant de mordre sa lèvre. Tout entier. Et c'est… c'est impressionnant.

Le sourire de Lincoln s'épanouit alors lentement sur ses lèvres, révélant deux adorables fossettes.

Les yeux de Bobbie s'écarquillèrent sous l'effet du choc.

— Je savais bien que je réussirais à te faire sourire,

dit-elle à voix basse en faisant courir ses mains sur son dos. Tu devrais le faire plus souvent. Cela te va à merveille.

— Oh ! vraiment ? répliqua-t-il tout en commençant à se mouvoir en elle.

La sensation, délicieuse, lui arracha un grognement de plaisir.

— Lincoln…, murmura-t-elle en savourant ses mouvements langoureux.

C'était si lent. Si sensuel. Et en même temps si électrique.

Elle commença à faire onduler ses hanches au rythme de ses va-et-vient.

— Oui, gémit-il. Oui.

C'était au tour de Bobbie à présent de sourire.

Quand il le remarqua, il intensifia le rythme de ses assauts, et ses poussées se firent plus profondes.

— Songer à ton départ, demain, m'a fait réaliser que j'ai besoin de toi dans ma vie, Bobbie Barnett, dit-il en s'immobilisant un instant. Dis-moi que nous pouvons trouver une solution.

Elle ne répondit pas. Sa peur et son ancienne douleur étaient toujours présentes à son esprit. Tout comme ses pensées pessimistes.

C'était trop tôt.

Ils vivaient trop loin l'un de l'autre.

Et si ça ne marchait pas entre eux ?

Et s'il la faisait souffrir ?

Au moment des funérailles de sa mère, ils avaient avancé ensemble avec l'énergie d'un couple. Elle avait aimé cette idée et la sensation qui en résultait.

Cela lui avait semblé naturel. Parfait comme aucune autre de ses relations précédentes.

Elle devait se fier à son instinct.

Elle lui adressa un sourire hésitant et acquiesça d'un hochement de tête avant de lever la tête pour l'embrasser.

Sa peur tenta de prendre le dessus sur son désir, mais bientôt la passion l'emporta et plus rien d'autre ne compta.

Ils se laissèrent submerger par les vagues du plaisir, et leurs cris se mêlèrent jusqu'à l'explosion qui les laissa tous deux hors d'haleine et épuisés.

- 8 -

Un mois plus tard

Au comble de l'impatience, Bobbie peinait à rester concentrée sur sa réunion avec Monica, la fiancée de Gabe, et l'équipe de son association à but non lucratif, le Pont. Ayant elle-même connu les failles des familles d'accueil, Monica avait pour projet de fournir une aide financière aux enfants placés qui, une fois majeurs, n'étaient plus protégés par le système.

Bobbie se souvenait du scandale causé lorsque Monica, alors gouvernante des Cress, avait découvert que le père qui l'avait abandonnée était une star de cinéma, Brock Maynard, et qu'il lui avait légué toute sa fortune à sa mort survenue l'année précédente. Elle aimait l'idée que la jeune femme utilise cette richesse toute neuve pour aider des personnes en détresse.

Monica était accompagnée de Choice Kingsley, une avocate de premier plan, et de Montgomery Morgan, une attachée de presse réputée.

— Nous pensons que travailler avec une agence de détectives privés est la solution pour retrouver les enfants trop âgés dont la trace est perdue une fois qu'ils ont quitté le système, expliqua Monica.

— Le Pont leur apporterait une aide précieuse, ajouta Choice.

— Et ce partenariat pourrait être bénéfique pour l'image de l'agence de détectives B. Barnett, conclut Montgomery.

— Ou cela pourrait tout simplement être la bonne chose à faire, intervint Bobbie. J'aimerais aider ces enfants et, sans vouloir vous vexer, je ne pense pas qu'il soit nécessaire que la presse apprenne mon implication.

— Oui, mais faire connaître les actions de la fondation permet de récolter plus de fonds, ce qui renforce notre capacité à aider. Sans vouloir vous vexer, c'est un cercle vertueux et une démarche utile, fit remarquer Montgomery.

— Le Pont est très important pour moi, insista Monica.

— Si important que tu n'as pas pris le temps de prévoir ton mariage avec Gabe ! s'exclama Choice en riant.

Tandis que la conversation se poursuivait entre les trois femmes, Bobbie consulta l'heure.

Il était temps de mettre fin à l'entretien, elle avait d'autres choses à faire.

— Bonne chance avec vos projets de mariage, dit-elle en souriant. Et je suis partante pour cette collaboration.

— Vraiment ? demanda Monica. J'en suis ravie !

— Nous allons bien travailler, ensemble, dit Bobbie en jetant un nouveau regard furtif vers l'écran de son téléphone.

— As-tu quelque chose de prévu ? s'enquit Monica.

À cet instant, la porte du bureau s'ouvrit et Lincoln fit son entrée, superbe avec sa chemise bleu marine et son jean sombre. Ses yeux se rivèrent à ceux de Bobbie, et un large sourire s'épanouit sur ses traits.

— Oui, répondit Bobbie, le souffle court, en se levant.

Ils ne s'étaient pas vus depuis un mois. Une durée bien trop longue. Lincoln était revenu pour le mariage de Cole et de Jillian, prévu le week-end suivant.

Monica jeta un regard en direction de l'entrée, et ses yeux s'écarquillèrent de surprise.

— Lincoln ! Et il *sourit* ? dit-elle. C'est la première fois que je le vois sourire.

Bobbie lui adressa un clin d'œil complice.

— Je lui fournis une foule de raisons de le faire, expliqua-t-elle.

— C'est charmant, intervint Choice en l'observant avec soin. Tant mieux pour vous.

Bobbie éclata de rire.

— Monica, nous reparlerons de tout cela bientôt pour régler les détails, dit-elle.

Elle raccompagna les trois femmes puis, dès qu'elle l'eut rejoint, Lincoln enroula un bras puissant autour de sa taille et la souleva avec aisance contre lui pour s'emparer de sa bouche. Elle ne put réprimer un gémissement quand sa langue se mêla à la sienne.

— Bienvenue à New York, murmura-t-elle après avoir rompu leur baiser.

— Je suis heureux d'être de retour.

— Prenez donc une chambre, tous les deux ! s'exclama Mme Pott derrière eux d'un ton moqueur.

Bobbie saisit la main de Lincoln et le conduisit vers son bureau pour rejoindre l'entrée de son loft.

— Bloquez tous mes appels, madame Pott !

Lincoln contemplait Bobbie endormie à ses côtés. Une faible lueur filtrant à travers les rideaux lui permettait de profiter de la vision qu'elle offrait. Sa bouche était légèrement entrouverte, son visage détendu et un doux ronflement s'échappait de ses lèvres.

Elle méritait ce repos.

Ils avaient à peine quitté ce lit, depuis son arrivée. Seulement lorsque c'était nécessaire. Pour y retourner ensuite afin de partager plus de baisers.

De caresses.

D'étreintes fiévreuses.

Et alors qu'elle dormait étendue sur le dos, le drap entourant sa taille, il avait envie de plus encore. Et pas seulement de moments de sexe incendiaire.

Plus de sourires. De rires. De conversations. De projets pour l'avenir.

Au cours des dernières semaines, sa relation avec Bobbie lui avait apporté plus de joie et de paix qu'il n'en avait jamais connues.

Il enfouit son visage dans la masse de ses cheveux et se délecta du doux parfum qu'il y trouva, frais et fruité à la fois. D'un geste rapide, il retira le drap qui couvrait leurs corps, exposant ainsi leur nudité tout autant que son sexe tendu.

— Bobbie, murmura-t-il en semant de délicats baisers sur ses lèvres tout en faisant glisser sa main sur le doux renflement tout en haut de ses cuisses.

Un léger grognement de plaisir s'échappa des lèvres de Bobbie quand ses doigts commencèrent à taquiner le point si sensible qui se cachait dans les replis de sa chair. Et quand il sentit son corps s'éveiller et répondre à ses caresses, le rythme de son cœur s'accéléra soudain.

— Bobbie. Je t'en prie, chérie. Réveille-toi, chuchota-t-il contre ses lèvres tout en glissant un puis deux doigts en elle.

Elle laissa échapper un petit hoquet de surprise et se cambra tout en écartant les jambes.

Il sentit son désir se faire plus ardent encore. Il avait tellement envie d'elle… Et il aimait tant voir cet air de ravissement sur son visage tandis qu'elle mordillait sa lèvre et cherchait son sexe à tâtons. Puis elle referma sa main sur son érection et entreprit de le caresser avec application.

Frémissant, il poussa ses hanches vers sa main.

Bobbie ouvrit les yeux et leva son visage vers lui pour lui offrir ses lèvres. Tandis que ses doigts jouaient toujours de manière experte sur sa peau, il lui donna un profond et fiévreux baiser, puis sa bouche étouffa presque ses cris de plaisir quand il l'amena à un orgasme explosif dont il perçut les moindres soubresauts.

Voir le plaisir sur ses traits tout en sentant sa main intensifier le rythme de ses caresses sur son sexe le conduisit à son tour au point ultime. Il laissa échapper un cri sourd, et son cœur lui sembla sur le point d'exploser au moment où le plaisir le terrassa.

Bobbie observait Lincoln assis face à elle. Ils se trouvaient dans le restaurant du centre de Manhattan où avait eu lieu leur première discussion houleuse, précisément à la même table.

— Nous avons parcouru un long chemin, dit-elle.

Lincoln leva les yeux du menu en lâchant un petit rire.

— Tu te souviens de cette soirée, toi aussi ? demanda-t-il.

Elle acquiesça d'un hochement de tête.

— Que s'est-il passé pour le couple ? s'enquit-il.

— Crois-le ou pas, mais ils sont toujours ensemble.

— Eh bien, je leur souhaite bonne chance, dit-il, en levant son verre de brandy à leur santé.

— Moi aussi. Mais les gens changent, tu sais. Prends notre exemple. Nous nous tapions sur les nerfs et maintenant…

Nous avons tant besoin l'un de l'autre, pensa-t-elle sans le dire.

Les yeux de Lincoln s'emplirent de douceur.

— Et maintenant ? demanda-t-il, un léger sourire aux lèvres.

La peur de souffrir et d'être trahie contre laquelle elle se battait constamment enfla en elle.

Quand les choses deviendront-elles faciles ? Lincoln lui donnait tellement envie qu'elles le soient…

— J'ai besoin de toi, dit-elle simplement, repoussant ses craintes et voulant affirmer le bonheur qu'elle vivait avec lui.

Lincoln se leva et fit le tour de la petite table ronde pour venir s'accroupir près d'elle.

— Je sais combien avoir foi en moi, en nous, est un combat pour toi. Je ne te ferai pas souffrir, Bobbie. Je t'en fais le serment.

Elle lui sourit et déposa un baiser dans le creux de sa paume.

Lincoln prit les deux flûtes de champagne que lui tendait le barman, but une gorgée dans la sienne et rejoignit la grande salle de réception du luxueux hôtel de Manhattan où se déroulait le mariage de Cole et de

Jillian. L'immense espace avait été transformé en une magnifique féerie florale.

— Heureux de te voir, fils, dit Phillip Sr en venant à sa rencontre.

— Il en est de même pour moi, Phillip.

— As-tu réfléchi au fait d'accepter un poste chez Cress, Inc. ?

Lincoln jeta un regard de l'autre côté de la salle de réception en direction de Bobbie qui faisait une ronde avec la jeune mariée, Raquel et quatre autres femmes, tandis que Cole et ses frères les observaient en souriant.

À présent que Bobbie faisait véritablement partie de sa vie, l'idée de vivre en Amérique était bien plus séduisante. Mais il était trop tôt pour s'engager dans ce sens. Il y avait tant de choses à prendre en compte.

Il contempla Bobbie, vêtue d'une minijupe et d'un haut coordonné orné de perles, ses cheveux en liberté rebondissant au rythme de la danse. Elle souriait, et son sourire était sincère et contagieux. Elle irradiait littéralement de joie.

— Je l'envisage sérieusement, dit-il.

Quand la chanson prit fin, Cole rejoignit Jillian sur la piste et, quand il saisit son visage entre ses mains pour l'embrasser, Lincoln vit la profondeur de son amour pour elle.

À cet instant, Bobbie tourna la tête vers lui et leurs regards s'arrimèrent l'un à l'autre. Il sentit son cœur se serrer avec force quand elle lui adressa un sourire malicieux, et une intense chaleur se répandit en lui.

Ce n'était pas la fièvre du désir, mais quelque chose d'autre. Quelque chose de plus profond.

— Lincoln, je ne suis pas un homme parfait, ni un

père parfait, mais j'aime mes fils, reprit Phillip Sr. Je les pousse à réussir parce que je veux le meilleur pour eux, et je veux être certain que, quand je ne serai plus de ce monde, ils se souviendront de ces leçons durement dispensées et s'en serviront.

Lincoln se raidit puis se rapprocha de son père. Il posa sa main sur sa large épaule et le regarda droit dans les yeux.

— C'est pour cela qu'a lieu cette compétition pour le poste de directeur général ? s'enquit-il. Est-ce que tout va bien ?

Son père pinça les lèvres et ne répondit pas.

— Je t'en prie, ne me cache pas la vérité sur ton état alors que je viens de perdre ma mère. Je te demande de me faire confiance. Vas-tu bien ?

L'expression de son père se fit plus sombre.

— Non, avoua-t-il en détournant le regard.

— Que se passe-t-il ? demanda Lincoln, surpris par l'élan d'affection qu'il ressentait pour ce père qu'il ne connaissait encore que fort peu.

— Insuffisance cardiaque.

Imaginer qu'il pouvait perdre ce père qu'il venait tout juste de retrouver l'ébranla profondément.

— Mon état n'est pas trop grave pour l'instant, mais mon cardiologue veut que je lève le pied, poursuivit Phillip.

Voyant que Lincoln allait parler, il se hâta de poursuivre :

— Je comprends que tu aies des questions, mais ce n'est pas le moment. Pas ici. Pas ce soir. Et laisse-moi être celui qui annoncera la nouvelle à tes frères, conclut-il en lui adressant un regard sévère.

Puis il pressa brièvement son épaule avant de s'éloigner à grandes enjambées.

Lincoln avala le contenu de la première puis de la seconde flûte de champagne tandis que les pensées se bousculaient dans son esprit.

Quel était exactement le diagnostic ?

Pourquoi son père n'avait-il pas encore quitté son poste ?

Bobbie remarqua l'air sombre sur le visage de Lincoln alors qu'il regardait s'éloigner son père. Sa curiosité se mua rapidement en inquiétude quand elle le vit vider à la suite les deux flûtes de champagne, et elle se hâta de le rejoindre.

— Quelque chose ne va pas, Lincoln ?

Il noua ses doigts aux siens avant de déposer un baiser au creux de son poignet.

— J'ai une foule de choses en tête, répondit-il.

— Veux-tu en parler ?

— Pas pour l'instant.

— Puis-je faire quoi que ce soit pour t'aider ?

Lincoln fit non de la tête et esquissa un rapide sourire.

— Si tu le pouvais, tu le ferais, n'est-ce pas ? s'enquit-il.

— Dans l'instant.

Et c'était bien ce qu'elle ferait.

Lincoln Cress était devenu une part très importante de sa vie. Une priorité.

Et chaque jour il lui faisait sentir qu'elle aussi était importante pour lui. Elle détestait songer à son retour en Angleterre, qui approchait à grands pas.

— Danse avec moi, dit-elle.

— Je ne danse pas.

Elle prit ses mains pour le guider vers la piste de danse.

— J'ai vu tes hanches en action, dit-elle avec un clin d'œil. Tu peux me faire confiance, tu es tout à fait capable de danser.

— Je n'ai pas dit que je ne pouvais pas le faire. J'ai dit que je ne le faisais pas.

— Mais j'adore danser ! Et si je suis capable de faire un tour de montagnes russes avec toi, alors *toi* tu peux danser avec moi.

Lincoln se mit à rire.

— Je savais que ce moment me reviendrait comme un boomerang un jour, marmonna-t-il d'un ton amusé.

— Et ce jour vient d'arriver ! annonça-t-elle en commençant à onduler devant lui.

Lincoln secoua la tête et se mit à imiter le rythme de sa danse. Bobbie noua les bras autour de son cou, et il entoura sa taille de son bras.

— Merci de m'aider à repousser mes peurs, Lincoln. Tout d'abord sur ces montagnes russes, et à présent alors que je fais le grand saut pour être avec toi. Je ne regrette ni l'une ni l'autre de ces décisions. Grâce à toi, murmura-t-elle à son oreille.

Il la serra plus fort et déposa un baiser furtif sur ses lèvres.

— Tu peux compter sur moi, promit-il.

Et elle le croyait de tout son cœur.

Lincoln se tenait sur le balcon avec ses frères, dégustant en leur compagnie la bouteille de vieux scotch qu'il avait offerte à Cole. De la musique et des rires perçaient à travers les portes-fenêtres closes et rivalisaient avec les bruits de New York auxquels il s'habituait peu à peu.

— New York est vraiment magnifique la nuit, dit-il, hypnotisé par les millions de points lumineux dans l'obscurité.

— On dirait bien que notre grand frère est tombé amoureux de la Grosse Pomme, fit remarquer Gabe, en faisant tourner le liquide brun dans son verre.

— Ou de *quelqu'un* vivant dans la Grosse Pomme, précisa Sean, un pétillement malicieux au fond des yeux.

Lincoln resta muet mais jeta un regard par-dessus son épaule, vers l'endroit exact où il savait que se trouvait Bobbie. Il se raidit et plissa le front en la voyant parler avec Nicolette. Sachant que la tension était toujours vive entre les deux femmes, il s'apprêta à quitter le balcon pour les rejoindre.

Une main puissante se referma sur son bras.

C'était Phillip Jr.

Lincoln le fusilla du regard.

— C'est le tour de Bobbie, rien d'autre, expliqua Phillip Jr après l'avoir libéré.

— Le tour de Bobbie ? demanda Lincoln, confus.

Gabe acquiesça d'un hochement de tête.

— Notre mère a une tendance absurde à vouloir se confronter avec toute femme avec laquelle l'un de ses fils noue une relation, expliqua-t-il.

— C'est comme si elle avait peur que sa place au sein de la famille soit menacée, précisa Phillip Jr. Elle a pris Raquel à part au début de notre relation, et seule la naissance de notre fille a fait qu'elles sont proches, à présent. C'est ainsi. Pour faire partie de cette famille, toute femme doit savoir gérer notre mère.

— Et j'attends avec impatience celle qui saura trouver les mots pour mettre fin à ce comportement insensé, intervint Cole en observant Nicolette et Bobbie. Et peut-être que ta petite détective privée est justement cette femme, Lincoln.

Les six frères, à présent côte à côte, virent Bobbie presser délicatement le coude de Nicolette et lui adresser un sourire avant de s'éloigner, une expression de fierté sur le visage.

Lincoln connaissait bien cet air satisfait et il savait qu'il était très possible que Nicolette regrette à présent sa décision de se mesurer à *sa* petite détective privée.

Nicolette lança un regard frustré en direction de Bobbie, puis retrouva sa contenance habituelle.

— Messieurs, on dirait bien que nous avons peut-être une gagnante, déclara Cole avec son habituel ton sarcastique.

Les yeux de Lincoln cherchèrent Bobbie, et il se détendit en voyant qu'elle s'amusait et n'avait rien perdu de son entrain.

— J'imagine que tu as été véritablement accepté par la *grande* Nicolette Lavoie-Cress, dit Phillip Jr.

Leurs frères éclatèrent de rire, mais Lincoln scruta le visage de Phillip Jr.

— Et toi ? demanda-t-il avec sérieux. M'as-tu accepté ?

Phillip Jr le fixa sans baisser les yeux avant de répondre :

— J'ai grandi avec quatre frères. Si tu étais dans mon cas, te réjouirais-tu de découvrir qu'il en existe encore un autre ?

— Ayant grandi en étant enfant unique, j'ai été heureux de découvrir que j'avais cinq frères, répliqua

Lincoln, conscient qu'il ne lui avait pas véritablement répondu.

Il alla chercher la bouteille de scotch et remplit de nouveau le verre de chacun de ses frères.

— Trinquons au mariage de Cole et de Jillian… et aussi aux frères Cress, dit-il en levant son verre.

— Aux frères Cress ! lancèrent-ils tous en chœur.

Bobbie savourait l'exquise sensation produite par le doux martèlement des gouttes d'eau sur sa peau. Un diffuseur suspendu au-dessus de la pomme de douche faisait planer un doux parfum d'eucalyptus qui se mêlait à la vapeur baignant la pièce. Compte tenu de l'heure tardive, elle avait opté pour une douche plutôt qu'un long bain délassant.

Lincoln pénétra dans la salle de bains.

— Qu'as-tu dit exactement à Nicolette ? s'enquit-il.

Elle sourit. Le souvenir était toujours vif dans son esprit…

Elle venait de quitter la piste de danse pour regagner sa place à table quand Nicolette l'avait arrêtée, un sourire crispé aux lèvres.

— Êtes-vous vraiment prête à avoir cette conversation maintenant ? lui avait demandé Bobbie.

— Il semblerait que vous soyez vous-même toujours prête pour n'importe quelle… opportunité.

— Vous savez, parfois ceux qui imaginent le pire au sujet des autres ne font par ce biais que donner à voir ce qu'il y a de pire en eux. Vous imaginez que je

pourrais agir d'une certaine manière parce que vous savez que c'est ce que vous feriez.

Les yeux de Nicolette s'étaient mis à briller de colère.

— Rien ne possède un plus fort pouvoir d'attraction sur les gens que l'argent, mademoiselle Barnett. La fortune. Le pouvoir. Il doit être difficile de mener une enquête dans le monde des gens riches. Se déguiser pour s'immiscer dans leur vie puis retourner à la vôtre, si différente.

— Oui, ma vie est très différente parce que contrairement à vous je n'ai pas grandi dans la pauvreté et je n'agis pas à présent comme un chien enragé pour protéger une fortune avec laquelle je n'ai pas toujours vécu. Nicolette, nous sommes différentes, vous et moi. Laissez-moi me présenter parce qu'il est clair que vous n'avez pas la moindre idée de qui je suis. Je suis Bobbie Barnett. Propriétaire de l'agence de détectives B. Barnett, à la tête de plus de douze bureaux et supervisant une centaine de détectives. Un empire que m'a transmis mon père quand il a pris sa retraite.

Elle avait savouré un instant la stupéfaction de Nicolette avant de poursuivre :

— J'ai grandi dans la richesse et j'ai créé ma propre fortune. Par conséquent, la toute dernière chose que je recherche est d'en obtenir davantage par le biais de quelqu'un d'autre. De plus, mon intégrité professionnelle ne me donne pas le droit de trahir Lincoln. Aussi, je suis désolée de vous l'apprendre, mais la fuite ne provient pas de moi. À présent, je vous souhaite une excellente soirée et j'espère que vous aurez appris une fois pour toutes qu'il vous faut arrêter d'affronter les

gens en supposant que vos sentiments ne seront pas blessés. Au revoir.

Et sur ces mots, elle s'était éloignée.

— Rien d'important, répondit-elle tandis que la porte vitrée s'ouvrait et qu'un Lincoln entièrement nu pénétrait dans la douche derrière elle.

Elle se retourna et fit glisser ses mains le long de son torse musclé et de son abdomen d'acier. Ses soupirs de plaisir se perdirent dans la vapeur quand il glissa ses doigts dans ses boucles pour renverser sa tête en arrière et la mouiller sous le jet de la douche. Il dévora son cou de baisers tandis qu'elle sentait son érection se presser contre son ventre.

Elle aimait qu'il semble ne jamais être rassasié d'elle. L'envie qu'il avait d'elle était aussi puissante que celle qu'elle ressentait pour lui.

— Je déteste l'idée que tu doives partir demain, murmura-t-elle, sa bouche plaquée sur la sienne.

— On se revoit dans deux semaines, répondit-il, lui rappelant ainsi qu'ils avaient prévu qu'elle se rende à Londres.

— Deux semaines, répéta-t-elle tandis qu'il la soulevait par la taille.

Elle s'agrippa à lui au moment où sa bouche se refermait sur l'une des pointes de ses seins et fit courir ses mains le long des muscles noueux de son dos. Puis il saisit ses fesses pour la guider afin de pouvoir la pénétrer. Centimètre après centimètre.

— Lincoln ! cria-t-elle tout en enfouissant son visage dans son cou avant d'étouffer un juron.

L'eau ruisselant sur sa peau, elle prit appui contre le mur pour mouvoir ses hanches le long de son sexe.

— Tu es si belle, murmura Lincoln, avant de soulever son corps à la force de ses bras pour la placer tête en bas et enfouir son visage au creux de ses cuisses.

Bobbie ne tarda pas alors à accueillir son sexe dans sa bouche.

Et ils se guidèrent alors mutuellement vers des orgasmes explosifs, se perdant ensemble dans les abysses du plaisir tandis que l'eau ruisselait sur leurs corps enfiévrés.

- 9 -

Deux semaines plus tard

Il y avait une première fois pour toute chose.

En posant les yeux sur le visage de Bobbie, alors qu'ils étaient tous deux assis sur le canapé de son salon, Lincoln vit combien elle était blessée et furieuse. Ainsi qu'ils l'avaient prévu, elle l'avait rejoint à St Ives, mais les choses avaient pris une mauvaise tournure.

— Bobbie, dit-il, en tendant la main vers la sienne.

Elle le repoussa vivement et le fusilla du regard. Elle semblait ne pas savoir si elle devait le gifler ou tomber en larmes entre ses bras.

Quand la bouche de Bobbie, cette magnifique bouche qu'il aimait tant, dessina une moue de dégoût et qu'une larme coula lentement sur sa joue, il sentit son cœur se tordre de douleur.

Bon sang !

Et quand son visage finit par se décomposer et que les larmes jaillirent, elle ne se précipita pas vers lui pour trouver réconfort et protection mais se leva et serra les bras sur sa poitrine.

Il hésita à la rejoindre.

— Bobbie, je t'en prie, tu dois comprendre…

Elle leva une main devant elle, un sourire amer aux lèvres.

Il détestait lui faire subir cela.

— Quand la naissance est-elle prévue ? demanda-t-elle d'une voix sourde.

— Elle est enceinte de quatre mois.

Elle ferma les yeux avant de couvrir son visage de ses mains tremblantes.

Il se leva enfin pour la prendre dans ses bras, et elle le repoussa.

Tout, absolument tout entre eux, avait changé.

Regagnant le sofa, il s'assit et enfouit sa tête dans ses mains. Il était stupéfiant de constater combien un simple appel téléphonique et quatre mots de son ex, Raven, avaient fait voler sa vie en éclats.

« Je porte ton enfant. »

Dès que Raven lui avait appris la nouvelle, il avait regretté que cette femme soit enceinte de lui.

Il ne ressentait ni joie ni fierté en songeant à l'arrivée de ce bébé. Malgré tout, cela le ramenait à son enfance marquée par l'idée que son père devait regretter sa naissance.

— Bon sang ! jura-t-il.

Il savait toutefois qu'il aimerait cet enfant. Se soucierait de lui. L'élèverait.

— Félicitations, dit soudain Bobbie.

Il tourna la tête vers elle. Elle était appuyée contre le mur, les bras toujours croisés sur la poitrine et les yeux brillants de larmes.

— Bobbie…

Elle secoua la tête comme si elle souhaitait qu'il se taise.

— Je savais que c'était trop beau pour être vrai, murmura-t-elle. Je savais que *tu* étais trop beau pour être vrai.

— Bobbie, je ne t'ai pas trompée. Cela s'est produit avant que nous nous connaissions.

— Mais c'est arrivé. Qu'attends-tu de moi ?

— Ne tourne pas le dos à notre couple.

Elle ne répondit pas, se contentant de le regarder comme s'il était un inconnu.

— Je te veux dans ma vie, Bobbie. Rien ne pourra changer cela.

Son désir d'être avec Bobbie et la maladie de son père l'avaient décidé à confier le poste de direction de Shores à Zander, son second de cuisine, et à venir s'installer à New York. La nuit précédente, Bobbie et lui avaient fait l'amour et bu du champagne pour fêter ces décisions.

— Ton enfant aura besoin de toi, reprit Bobbie. Donc ton déménagement est annulé. Bien sûr.

Il ne le savait que trop ! Il devait être présent dans la vie de son enfant, et cela n'était pas compatible avec une vie menée de l'autre côté de l'Atlantique.

— Oui, répondit-il. Et cet enfant ne manquera de rien. Mais j'ai autant de choses à t'offrir, Bobbie. Tu es ma compagne. Mon avenir.

Une fois encore, elle secoua la tête.

Un sentiment de panique s'empara de lui.

— Bobbie, je trouverai une solution. Je ferai tout pour t'avoir dans ma vie, dit-il en se levant pour traverser la pièce et la serrer contre lui.

— Et comment t'y prendras-tu ? Je vis là-bas, et tu as besoin d'être ici.

— Nous ferons en sorte que les choses fonctionnent.

Bobbie scruta longuement son visage.

— Mais à présent tout a changé, Lincoln.

— Seulement si nous laissons la situation s'imposer à nous.

— C'est facile pour toi de parler ainsi, répliqua-t-elle en lui lançant un regard douloureux. Je te rappelle que je dois vivre avec l'idée qu'une autre femme porte ton enfant.

Elle s'écarta de lui.

— J'ai besoin d'être seule, Lincoln. Et toi aussi.

Il ne la détrompa pas.

Il devait faire face à nombre de questions. Sa future paternité. Le lien renoué avec une femme avec laquelle il n'avait jamais prévu de vivre. Un enfant. Des responsabilités. Et comment partager avec son fils ou sa fille ce qu'il n'avait jamais partagé avec son père ?

Il regarda Bobbie quitter la maison, traverser la terrasse et gagner la plage sous la lueur d'un splendide coucher de soleil.

Ils avaient projeté d'aller dîner dans son restaurant en le rejoignant par la plage. À présent, il n'était même pas sûr qu'ils finiraient leurs vacances ensemble.

Ni même que leur relation survivrait.

Il jeta un regard en direction de son bar. Mais il n'avait nulle envie d'alcool. Ni de nourriture. Ou de sommeil.

Il traversa la maison pour rejoindre une autre terrasse, plus petite, où se trouvait une piscine chauffée. Il se déshabilla rapidement et plongea. C'était le choc dont il avait besoin. Une fois dans l'eau, il enchaîna les longueurs avec vigueur.

Quand il sortit enfin du bassin, les dernières lueurs

du soleil caressaient la surface de la mer et ses pensées s'étaient éclaircies. Il avait pris des décisions. Il se rhabilla sous la fraîcheur de la brise de mai et entra pieds nus dans la maison.

Dans la chambre, il se changea avant de traverser de nouveau les pièces à la recherche de Bobbie. Ne la trouvant pas, il gagna la plage et, après avoir parcouru quelques centaines de mètres, il la découvrit assise sur une grande pièce de bois flotté. Le vent faisait voleter ses cheveux. Quand il la vit frotter ses bras nus pour se réchauffer, il retira son sweat à capuche et, dès qu'il fut près d'elle, il le lui tendit.

— Merci, dit-elle en prenant le vêtement.

Sa réaction raviva son espoir.

— Retournons à la maison, suggéra-t-il. Il fait un froid glacial.

Bobbie se leva, et ils marchèrent côte à côte sur le sable, en silence.

— Je vais rentrer chez moi, Lincoln.

Il s'immobilisa et, voyant qu'elle poursuivait son chemin, il saisit son poignet.

— Bobbie, chérie, ne fais pas ça. Qui aurait pu croire que nous en arriverions là après les débuts que nous avons connus ?

— Quelle scène charmante.

Tous deux se retournèrent brusquement en direction de la voix qui venait de s'élever, et Lincoln se tendit en découvrant Raven sur la terrasse.

Bobbie libéra aussitôt son bras de son étreinte.

— Nous devons parler, Lincoln, et tu ne m'as pas rappelée, dit Raven en les observant tour à tour.

Le regard de Lincoln se porta sur son ventre qui s'arrondirait bientôt.

— Nous devons parler, certes, répondit-il. Mais le moment est mal choisi, Raven.

Bobbie lui lança un regard appuyé avant de poursuivre son chemin. Elle grimpa les marches, passa devant Raven sans mot dire et pénétra dans la maison.

Lincoln gagna à son tour la terrasse, furieux.

— Il nous reste cinq mois avant l'arrivée du bébé, Raven. Mais que les choses soient claires, ta grossesse ne te donne pas un libre accès à ma maison ou à ma vie. Je serai là pour toi. Je te soutiendrai. Si toi ou le bébé avez le moindre problème, je me précipiterai à votre secours. C'est à présent mon devoir, mais j'entends fixer des limites qu'il te faudra respecter. Je me suis montré assez clair ?

— Tu ne m'as pas rappelée.

— J'allais le faire. J'avais besoin de temps pour m'habituer à l'idée de devenir père.

— Et pour convaincre ta petite amie de ne pas être jalouse, ajouta Raven tout en pressant sa main sur son ventre.

Lincoln lui lança un regard dur tout en sentant le poids des regrets peser encore davantage sur son cœur.

— Bobbie est ma compagne, Raven. Nous ne sommes plus des gamins. Et elle n'a nulle raison d'être jalouse. Elle est tout ce que je veux et tout ce qu'il me faut.

Raven fit un pas vers lui.

— *Après* ton enfant, dit-elle.

Il recula instinctivement. Cette intrusion dans son espace personnel lui était difficilement supportable.

— Es-tu venue pour dire quelque chose d'utile ou

pour créer des problèmes ? demanda-t-il tout en réservant un taxi afin qu'elle rentre chez elle. Je te souhaite une bonne soirée, Raven. Appelle-moi quand tu auras la date de ton prochain rendez-vous chez le médecin.

— Tu comptes m'accompagner ?

— Bien sûr.

— Tiens, ceci est pour toi, dit-elle en sortant une enveloppe de son sac.

Lincoln prit le document. Une échographie 4D.

— Merci, répondit-il tout en regrettant que sa mère n'ait jamais la joie de connaître son enfant.

— Il nous faudra fêter cette nouvelle, dit Raven en glissant son bras sous le sien.

Il se dégagea rapidement de son étreinte.

— Je n'ai pas envie de te faire espérer quoi que ce soit, Raven. Ce bébé ne nous amènera pas à former un couple. Nous assurerons ensemble nos responsabilités de parents, dans un respect mutuel, mais ce ne sera rien de plus que cela. Jamais.

— Avec le temps, si tu te détournes de *charmantes distractions*, dit-elle, avec un regard en direction de la maison, tu réaliseras qu'une dynamique familiale est ce qu'il y a de meilleur pour *notre* petit Lincoln Jr.

Il prit sur lui pour ne pas la jeter dehors.

— Tout comme moi, il s'adaptera à une dynamique toute différente, répliqua-t-il.

Il était absolument certain de n'avoir aucune envie de partager sa vie avec Raven.

Son téléphone annonça l'arrivée d'un texto.

— Ton chauffeur est arrivé, dit-il en prenant délicatement le bras de Raven pour l'accompagner jusqu'à l'allée où une petite voiture verte attendait. Dans les prochaines semaines, je te contacterai pour voir comment je peux contribuer à tes frais médicaux, ajouta-t-il après avoir vérifié l'identité du chauffeur.

— Euh… dans quelques semaines…, bredouilla Raven tandis qu'il ouvrait la portière arrière et l'aidait à prendre place.

— Envoie-moi un texto pour me confirmer que tu es bien rentrée, dit-il avant de refermer la portière et de donner un petit coup sur le toit du véhicule.

Puis, les poings enfoncés dans les poches de son pantalon, il regarda la voiture s'éloigner puis disparaître au bout de la rue.

La douleur était insupportable.

Bobbie était laminée par des vagues de tristesse, de déception et de peur, une peur qu'elle avait cru pourtant avoir vaincue mais qui ne cessait de l'assaillir. Sa douleur passée était ravivée, sa colère contre elle-même aussi, pour s'être rendue vulnérable.

L'odeur du parfum de Lincoln imprégnait le sweat, et l'espace d'un instant elle pressa son visage contre le tissu et inspira profondément.

Puis elle retira vivement le vêtement et le jeta par terre.

Elle enfouit alors les doigts dans ses cheveux et tenta de respirer calmement afin de retrouver sa sérénité. Son équilibre.

En vain.

Elle avait la douloureuse impression que chaque pas qu'elle avait accompli pour guérir, relever la tête et réparer son cœur brisé n'était plus qu'un lointain souvenir. Elle se sentait perdue. Terriblement perdue.

Juste au moment où elle commençait à rêver d'un amour éternel avec Lincoln.

Et de bébés. Leurs bébés.

Elle leva les yeux au moment où Lincoln entrait dans la maison. Ses yeux furent aussitôt attirés par l'échographie qu'il tenait dans sa main.

— Je sais combien c'est important pour toi, ce bébé, surtout après tout ce que ta mère et toi avez traversé, dit-elle tout en détestant son ton sans chaleur.

— Merci.

— Mais notre histoire est finie, ajouta-t-elle d'un ton ferme même si tout à l'intérieur d'elle semblait tomber en miettes.

— Non. Je prendrai l'avion pour New York chaque week-end, s'il le faut.

— Non, Lincoln, murmura-t-elle. Tout est fini, entre nous.

— Tu te comportes comme si j'avais intentionnellement mal agi.

— C'est ce que tu as fait ! Tu n'aurais pas dû risquer de t'enchaîner à une femme avec laquelle tu n'avais pas la moindre intention de partager ta vie.

Lincoln lui jeta un regard glacial.

— Tu te rends compte qu'un autre homme de ma vie va avoir un bébé avec une autre femme que moi ? ajouta-t-elle en fixant son visage qui s'était encore rembruni.

— Tu es injuste, Bobbie. Notre situation et la trahison de ton ex-mari sont deux choses différentes. Tu fais peser le poids de ses actions sur moi. Tu veux voir en moi un coupable pour ce que ton ex t'a fait subir.

Bobbie bondit sur ses pieds, le cœur battant à tout rompre.

— Tu savais ce que j'avais vécu avec lui ! Avant même que débute notre relation. Puisque tu savais ce qui m'a brisée dans ma vie de couple, et m'a brisée encore quand j'ai découvert que sa maîtresse était à présent son épouse et qu'elle était enceinte, comment ne peux-tu pas comprendre que pour moi tout ça est bien trop dur à supporter ?

Le visage de Lincoln se radoucit à ces mots.

— Sais-tu ce que c'est de savoir qu'une autre femme que moi porte ton enfant ? reprit-elle. De t'aimer et de savoir que c'est *une autre femme* qui détient ce droit. *Une autre femme* qui a reçu ce cadeau de toi.

— Tu m'aimes ?

— Comme une folle. Mais j'aime de nouveau le mauvais homme.

Elle vit une lueur s'éteindre dans le regard de Lincoln à ces mots, ce qui lui fut douloureux, mais elle ne pouvait faire autrement que de dire ce qui était sa propre vérité. En cet instant, ils avaient besoin plus que jamais de sincérité.

— Et qu'est-ce qui me vaut d'être le mauvais homme ?

— Le fait que tu ne sois pas venu jusqu'à moi libre et libéré de toute obligation, notamment en t'assurant, en mettant fin à ta précédente relation, que rien ne vous liait plus, répondit-elle en désignant l'échographie. Moi-même, je n'aurais pas dû m'impliquer dans la moindre relation avant d'y être prête. Je n'ai pas tourné la page de mon divorce. Je le savais. Et je m'excuse d'avoir apporté ce fardeau avec moi dans notre couple. Je n'étais pas prête, et ce n'est pas une surprise pour moi.

Sa bouche se mit à trembler, et elle secoua la tête tandis que les larmes inondaient ses joues. Et lorsque Lincoln traversa la pièce pour la serrer contre lui, elle ne le repoussa pas. Elle accueillit avec reconnaissance ce qui serait leur dernière étreinte. Elle s'autorisa à blottir son visage dans son cou et respira profondément son parfum. Quelle ironie amère que de sentir combien leurs corps s'épousaient si parfaitement.

Lincoln lui manquerait énormément.

— Je ne compte pas renoncer à nous deux, assura-t-il tout en déposant un baiser sur son front.

Elle perdit alors toute notion du temps. Il la pressait contre lui comme s'il craignait de ne plus jamais avoir l'occasion de le faire. À chaque moment écoulé, son cœur se fracassait un peu plus parce qu'il n'y avait rien qu'elle regrettait plus que de ne pas avoir rencontré Lincoln Cress ailleurs. À une autre époque. Avant que Henny lui ait brisé le cœur. Avant même que Lincoln rencontre Raven. Alors, peut-être, ils auraient eu une chance.

Mais ce n'était pas la réalité qu'ils vivaient.

— Ne pars pas encore, Bobbie. Accordons-nous un instant pour reprendre nos esprits. Laissons passer la nuit et reparlons de tout cela demain matin.

Elle se força à sourire.

— Je vais aller me coucher, dit-elle, épuisée par la multitude d'émotions qui la submergeait.

Quand elle tourna les talons, la main de Lincoln se referma vivement sur son poignet.

— Bobbie.

Elle ne se retourna pas.

— Promets-moi que nous en reparlerons demain, d'accord ? répéta-t-il d'un ton implorant.

Elle acquiesça d'un hochement de tête et s'éloigna rapidement. Elle sentit le soulagement l'envahir une fois qu'elle fut dans la chambre et en eut verrouillé la porte, les mains tremblantes.

Elle se laissa tomber sur le lit et, serrant les oreillers contre sa poitrine, elle se recroquevilla et laissa couler ses larmes.

De douleur.

D'amère déception.

De colère.

Elle avait véritablement cru que sa relation avec Lincoln fonctionnerait.

« Avec le temps, si tu te détournes de charmantes distractions, tu réaliseras qu'une dynamique familiale est ce qu'il y a de meilleur pour notre petit Lincoln Jr. »

Depuis l'intérieur de la maison, elle avait entendu la conversation de Lincoln et de Raven et, bien que Lincoln ait fixé des limites, Raven avait clairement fait comprendre qu'elle n'entendait pas les respecter.

Encore une autre raison pour laquelle la paternité à venir de Lincoln représentait plus qu'elle n'était prête à affronter.

Une fois ses sanglots calmés, elle songea à Henny. Une autre femme qu'elle allait lui donner un enfant. Et à présent, Lincoln se trouvait dans une situation similaire.

Elle sursauta quand la poignée de la porte tourna.

Elle se redressa et noua les bras autour de ses genoux repliés. Elle attendit que Lincoln frappe. Qu'il l'appelle.

Mais il n'en fit rien.

Quand elle fut certaine qu'il était reparti, elle sentit son corps se détendre.

Les heures s'écoulèrent. Malgré la fatigue, elle ne parvenait pas à trouver le sommeil. Son insomnie toutefois lui permit d'arriver à une décision.

Alors que le soleil commençait à s'élever dans le ciel, elle jeta ses vêtements dans sa valise et appela un service de covoiturage. Elle quitta la pièce, son bagage à la main, puis, traversant le salon, elle vit Lincoln endormi sur le canapé. Elle s'arrêta un instant pour contempler son visage. Il était si beau…

Après lui avoir jeté un dernier regard, elle gagna le bord de la route pour attendre son chauffeur. Elle se sentit soulagée au moment où elle grimpa dans le véhicule, laissant Lincoln derrière elle afin qu'il vive la nouvelle vie qu'il avait à construire avec son bébé et la mère de son enfant.

- 10 -

Trois mois plus tard

Tenant à bout de bras un dispositif capable de détecter caméras cachées et micros espions, Bobbie examinait scrupuleusement le moindre centimètre carré de la suite avec terrasse située dans un hôtel de luxe du centre de Manhattan. Avec les deux niveaux à parcourir, le travail à mener pour garantir le respect de l'intimité de son client, une célébrité, était lent et fastidieux. Mais absolument nécessaire.

L'agence de détectives B. Barnett avait un grand nombre de clients en vue qui avaient besoin de ce genre de service, et elle était réputée pour son expertise de premier ordre. Après avoir mené une enquête minutieuse à propos de chacun des employés de l'hôtel qui auraient à s'occuper de la suite louée pour la nuit pour une somme à cinq chiffres, elle était prête à donner son feu vert.

Elle ferma les yeux. L'espace d'un instant, tout lui parut *presque* normal.

Elle secoua la tête pour chasser ses pensées. Lincoln lui manquait toujours terriblement.

Elle pensait à lui.

Le voulait.

L'aimait.

Même quand elle ignorait ses appels, bloquait ses textos, refusait les fleurs qu'il lui envoyait et prétendait aller bien alors que ce n'était pas le cas.

La profondeur de la douleur éprouvée en étant loin de lui avait fourni la preuve qu'en peu de temps elle en était tombée follement amoureuse. Et cette émotion était plus profonde, plus mature, que ce qu'elle avait pu ressentir pour Henny.

Il y avait entre eux plus de passion.

De respect.

De dialogue.

D'amusement.

Cette idée lui arracha un sourire. Que Lincoln soit amusant, qui aurait pu s'en douter ? Mais cela avait été le cas.

Et le sexe… C'était tellement incroyable…

Les baisers passionnés.

Les caresses exquises.

Les étreintes torrides.

Elle sentit un doux frisson la parcourir à ce souvenir.

Elle avait décidé de s'accorder de nouveau une année entière sans homme, et cette idée lui semblait plus difficile à mettre en œuvre qu'après sa rupture avec Henny. Ce dernier avait été un bon amant, mais il ne lui avait pas donné d'orgasmes aussi puissants que ceux qu'elle avait connus avec Lincoln. Des orgasmes à vous donner l'impression de frôler la crise cardiaque et dont on ne se rassasiait jamais. Et en outre, Lincoln ne l'avait pas trompée, et elle avait le sentiment qu'il avait un trop grand sens de l'honneur pour le faire un jour.

Il la faisait toujours se sentir belle et désirable. Elle pouvait compter en toute occasion sur sa pleine attention.

« Notre situation et cette trahison de ton mari sont deux choses différentes. »

C'était si vrai… Mais tout était terminé entre eux.

Après en avoir fini avec le premier niveau élégamment décoré dans des teintes or pâle et turquoise, elle gravit l'escalier pour examiner la chambre et la salle de bains. Elle voulut gagner la terrasse et pour ce faire tira le rideau qui couvrait le panneau vitré. Une fois qu'elle aurait fini, elle pourrait rentrer chez elle et…

Et quoi faire ?

Méditer ? Et visualiser Lincoln.

Dormir ? Et rêver de Lincoln.

Prendre un bain ? Et faire courir ses mains sur son corps en songeant à…

— Lincoln ? s'exclama-t-elle en le voyant à l'extérieur, au centre d'un vaste espace orné de ballons et de compositions florales aux teintes pastel.

Tout était si beau avec à l'arrière-plan les silhouettes des gratte-ciel et cette atmosphère comme saturée par les bruits de la ville. Mais la vue la plus délectable était incontestablement offerte par Lincoln lui-même. Il paraissait si grand, si fort, si beau avec sa chemise et son pantalon de lin, ses belles chaussures de cuir.

— Bobbie, dit-il, lui offrant un doux sourire qui fit s'emballer son cœur.

— Que fais-tu là ? demanda-t-elle en s'arrêtant devant lui.

Ils ne s'étaient pas parlé depuis trois mois, et il avait cessé d'essayer de la contacter depuis quelques semaines déjà.

— Je suis venu te demander de partager ma vie. De nous aimer. De créer des souvenirs… et de faire de magnifiques bébés, répondit-il en s'agenouillant.

— Non ! s'écria-t-elle, plus vivement qu'elle ne l'avait voulu en le saisissant par les épaules pour l'inciter à se relever.

— Non ? dit-il, surpris, en se redressant et en affichant cet air renfrogné qui lui était si naturel.

— Non, répéta-t-elle doucement.

— Mais le bébé n'est pas le mien !

— Comment ? s'exclama-t-elle, les yeux écarquillés de surprise.

— Il s'avère que Raven a aussi dit à un autre homme de la région qu'il était le père. Il m'a contacté pour me le dire, et nous avons exigé qu'un test ADN soit effectué. Et le bébé de Raven n'est pas le mien.

Le bébé de Raven n'était pas le sien…

Le plaisir qu'elle ressentit la fit se sentir aussitôt coupable.

— Comment prends-tu les choses ? demanda-t-elle, alors qu'une sincère inquiétude l'étreignait.

— Je me suis fait à cette idée. J'ai oscillé entre colère et déception pendant quelque temps. Tu vois, j'avais accepté ma future paternité.

— Oh ! Lincoln, murmura-t-elle en pressant sa paume sur son torse au niveau de son cœur. Ton moment viendra.

Il couvrit sa main de la sienne.

— Oui. Avec toi, dit-il, en s'apprêtant de nouveau à poser un genou à terre.

Elle l'arrêta.

— Non, Lincoln.

Il se renfrogna et se mit à arpenter la terrasse.

— Pourquoi pas ? demanda-t-il.

— Lincoln, tu m'as manqué, et les quatre-vingt-dix jours qui viennent de s'écouler ont été les plus chaotiques et les plus déchirants de toute mon existence. Mais rien n'a changé pour moi.

Il s'arrêta net et la fixa avec inquiétude.

— Mais tu m'aimes, n'est-ce pas ? demanda-t-il.

— Oui. Mais pour moi, aimer est comme ce tour de montagnes russes que nous avons partagé, ce mélange de joie et surtout de terreur qui fait que j'ai trop peur pour savourer ce qui m'est offert, répondit-elle tout en se tordant les mains et en regrettant que ces mots reflètent la réalité qui était la sienne. L'amour devrait être un endroit doux, passionné et heureux. Un lieu où vos démons ne vous hantent plus. Un lieu où l'on se sent protégé.

— Je suis là. Je viens m'installer à New York. Je veux partager ma vie avec toi et veiller sur toi. Te prouver que l'amour peut être un lieu sans démons. Je ne suis pas Henny, murmura-t-il tandis que son regard plongeait dans le sien.

— Non, tu n'es pas Henny. Mais je suis toujours Bobbie et je lutte chaque jour contre la peur de voir mon cœur se briser. Et je ne suis pas suffisamment guérie pour courir ce risque une nouvelle fois. Ma réaction quand j'ai appris que Raven était enceinte de toi…

— Mais elle n'est *pas* enceinte de moi.

Elle ferma les yeux pour ne plus voir son regard suppliant qui lui promettait tout l'amour dont elle rêvait. Mais… elle n'était pas prête. Pas encore.

— Si ma réaction à cette nouvelle a été si viscérale,

peut-être même plus que la situation le méritait, c'est parce que certaines choses en moi sont toujours brisées, expliqua-t-elle. J'ai besoin qu'elles guérissent, Lincoln. On ne peut bâtir une nouvelle relation sur des fondations affaiblies par la douleur causée par une histoire passée.

— Bobbie, dit-il, en se penchant pour déposer des baisers sur son front.

L'espace d'un instant, alors que la tentation luttait avec sa raison, elle savoura la sensation offerte par le contact de sa bouche sur sa peau. Elle accepta même qu'il joigne ses lèvres aux siennes. Et le moment fut magnifique. Les premiers instants, pleins de douceur, se muèrent en fièvre passionnée, et ils s'agrippèrent l'un à l'autre en laissant échapper de doux gémissements.

Et comme lors de leur dernière étreinte, elle ne put s'empêcher de noter combien leurs deux corps s'épousaient de façon si parfaite.

Rassemblant toutes ses forces, elle s'écarta de lui.

— Je ne peux pas t'épouser, Lincoln, dit-elle d'une voix à peine audible tout en s'éloignant peu à peu.

Après avoir jeté un dernier regard derrière elle, elle quitta la terrasse au moment où Lincoln sortait la bague de sa poche et la regardait avec un air de profond regret sur le visage.

Elle saisit la valise métallique qui abritait ses équipements avant de traverser l'appartement jusqu'au salon… où elle trouva son père assis dans un fauteuil près d'une table sur laquelle étaient posés un seau de champagne et des flûtes.

— Papa ! Quand es-tu rentré ?

Son père leva les yeux de son téléphone. Son grand

sourire éclatant disparut quand elle se jeta dans ses bras et fondit en larmes.

— Tu lui as dit non, dit-il d'un ton résigné.

Elle acquiesça d'un hochement de tête.

— Es-tu prête à en parler ?

— Non, pas encore.

— Rentre chez toi et je te rejoins bientôt, ma chérie.

Elle se libéra de son étreinte et traversa le couloir pour rejoindre l'ascenseur privé.

— Bobbie ?

Elle se retourna.

— L'aimes-tu ? demanda-t-il.

— Parfois aimer ne suffit pas, répondit-elle.

Son père secoua la tête.

— Je ne veux pas entendre tes boniments à propos de la peur et des cœurs brisés, Bobbie. C'est une question simple. L'aimes-tu ?

Jamais elle n'avait menti à son père. Le lien qui les unissait était bien trop puissant.

— Oui, avoua-t-elle. Mais…

— Il n'y a pas de « mais » qui tienne.

— Papa, cela fait trois mois que je ne lui avais pas parlé. La dernière fois que je l'ai vu, il attendait la naissance de son bébé. Il ne m'a jamais vraiment dit « je t'aime ».

— Tu sais, ma fille, parfois nous les hommes faisons fausse route. Nous n'interprétons pas certains signaux. Je comprends. Mais il a pris contact avec moi. M'a demandé la permission de te faire sa demande en mariage, comme un gentleman. Je la lui ai accordée et l'ai aidé à préparer tout cela. Je vais voir comment il va. D'accord ?

Ainsi était son père. Un homme grand et puissant avec un cœur d'or.

— Je te rejoins très vite chez toi, dit-il avant de s'éloigner.

Lincoln réprima son envie de jeter la bague dans le vide. Il tentait de comprendre ce qui n'avait pas fonctionné. Quand était-il possible que l'amour ne suffise pas ? Poussant un juron, il serra l'anneau orné d'un diamant de trois carats dans sa main.

Stupidement il avait pensé que cette histoire se terminerait par un grand moment scellant leur amour éternel. Le genre de scène que l'on trouvait dans tous les films romantiques un peu mièvres. Mais c'était ainsi que Bobbie le faisait se sentir. Tendre, souriant et heureux.

En cet instant, il luttait contre l'agacement qui enflait en lui. Que la grossesse de Raven ait été un problème pour elle, il le comprenait. Qu'elle ait souffert de l'infidélité de son mari, aussi. Mais qu'elle…

Il sursauta en entendant la porte s'ouvrir.

— Bobbie ! s'exclama-t-il en se retournant.

Mais ce n'était que son père.

— Ce n'est pas la Barnett que vous attendiez. Désolé, dit Bobby en souriant.

— Les choses ont mal tourné ce soir.

— Je pense au contraire qu'il y a beaucoup de points positifs, mister British.

— Vous croyez ? répliqua Lincoln en prenant place sur l'un des sièges. Je me retrouve sur la terrasse avec la bague et son père mais, elle, elle n'est pas là.

Jetant un regard à travers la suite où il avait espéré

vivre le plus beau moment de sa vie, il aperçut le lit king size.

Ses nuits d'amour avec Bobbie lui revinrent à l'esprit. Il n'avait partagé le lit d'aucune femme depuis Bobbie et ne voulait de personne d'autre depuis qu'il l'avait faite sienne.

Tentant d'oublier ses pensées fiévreuses, il regarda la lune qui brillait à présent haut dans le ciel, au-dessus de la ville si vibrante de vie.

— Attendez un peu, dit-il en scrutant Bobby. Vous venez de m'appeler « mister British » ?

— Mme Pott me raconte nombre de choses, expliqua Bobby en venant s'asseoir face à lui. Et c'est pourquoi nous approuvons votre union avec Bobbie.

— Mme Pott m'apprécie ? demanda-t-il, sans tenter de cacher sa surprise.

— Vous l'avez conquise.

— Merci, mais ce qui compte à mes yeux c'est de savoir si Bobbie veut de cette union. Or elle a prouvé ce soir que ce n'était pas le cas.

Si vous accordez un peu de temps à ma fille au tempérament de feu, ne la poursuivez pas, ne l'appelez pas, laissez-la ressentir que vous lui manquez. Alors elle réalisera qu'un cœur brisé peut guérir et aimer de nouveau. Et vous pourrez unir vos deux destins et vous aimer pour toujours.

Lincoln observa la bague dans sa paume.

— Du temps, dites-vous ? Et si cette solution ne fonctionne pas ?

— Dans ce cas, Lincoln, cela signifiera que ce n'est pas censé se concrétiser. Aucun de vous ne sera à blâmer, mais cela pourrait dire que vous n'êtes pas faits l'un pour l'autre. Ce sont des choses qui arrivent.

Lincoln continuait d'observer la bague qu'il avait choisie spécialement pour Bobbie. Elle était simple et tout à la fois splendide.

Comme Bobbie.

Si naturellement belle.

— Elle ne méritait pas d'endurer ce que Henny lui a fait subir. Durant leur mariage ou après, reprit-il. Je comprends que la grossesse de mon ex ait touché un point sensible en elle mais, en toute honnêteté, je croyais qu'apprendre que ce bébé n'était pas le mien arrangerait les choses.

— Accordez-lui du temps.

Lincoln porta son regard vers les gratte-ciel scintillant dans la nuit. Les bruits de la circulation, des klaxons et des éclats de voix résonnaient tout autour de lui. Une effervescence à laquelle il devrait s'habituer, car New York était à présent sa maison.

La révélation de la maladie de Phillip Sr et son désir de passer plus de temps avec Bobbie l'avaient décidé à venir s'installer à Manhattan. Mais la grossesse de Raven avait freiné ses projets.

Apprendre qu'il n'était pas le père l'avait profondément bouleversé. Il avait commencé à avoir hâte de connaître son enfant, avait organisé sa vie pour l'accueillir, assisté aux rendez-vous médicaux.

Tout cela pour découvrir finalement qu'il n'était pas le père.

Il avait souffert. Puis avait été furieux.

Quand il avait émergé de cette période, il avait su que le temps était venu pour lui de se réapproprier sa vie. De retrouver la femme qu'il aimait, ses relations avec son père et ses frères. Son bonheur.

Pardonner à Raven n'avait pas été facile, mais il avait rassemblé tout ce qu'il avait acheté pour l'enfant à naître et l'avait apporté chez elle avant de la sommer de ne plus jamais le contacter. Il s'était ensuite rendu à l'aéroport pour s'envoler vers les États-Unis à bord du jet privé de la famille Cress.

Son second de cuisine était à présent le chef de Shores et dirigeait l'établissement. Sa maison de la plage était fermée et attendait son retour pour les vacances. Il avait signé un contrat de location pour un appartement dans Manhattan qui serait prêt dans quelques jours. Sa famille se réjouissait de son installation. Même Phillip Jr semblait plus enthousiaste qu'à son habitude.

Seule manquait Bobbie.

Il ressentait une forme de soulagement en songeant que Raven ne serait pas la mère de son enfant. Il s'agissait d'un honneur qui devait revenir à Bobbie.

— J'aime votre fille, dit-il soudain.

— Alors dites-le-lui.

— Vous m'avez conseillé de la laisser en paix. Alors, quand le faire ?

— Quand le moment sera venu. Sachez-le, le temps guérit toutes les blessures.

Lincoln sentit son téléphone vibrer. C'était un appel Face Time de Sean.

— Excusez-moi, Bobby, dit-il avant de décrocher et de voir apparaître le visage de ses frères sur l'écran.

— Félicitations !

— Où est Bobbie ?

— Comment cela s'est-il passé ?

— Montre-nous la bague !

Bobby se leva et s'approcha pour voir l'écran.

— Mon Dieu, votre père a de sacrés bons gènes ! s'exclama-t-il.

Tous se mirent à rire à ces mots.

— Et pour tout dire, mes amis, les choses ne se sont pas déroulées au mieux, ajouta Bobby.

Lincoln lui jeta un regard noir.

— Bobbie a simplement besoin d'un peu plus de temps, expliqua-t-il en voyant les regards inquiets de ses frères.

Du moins, il l'espérait.

— Nous buvons quelques verres chez Cress X, dit Sean en dirigeant la caméra vers le bar raffiné de l'un de leurs restaurants. Viens nous rejoindre !

Bobby acquiesça d'un hochement de tête.

— Foncez-y ! dit-il à voix basse en sortant son téléphone de sa poche et en commençant à rédiger un texto. Je vais garder la suite pour la nuit et profiter de l'argent que vous avez dépensé pour passer une excellente soirée avec une amie.

Lincoln grimaça à cette annonce mais ne put s'empêcher de trouver Bobby très sympathique. Il avait appris à l'apprécier depuis qu'il lui avait téléphoné pour lui demander la main de sa fille. Bobby l'avait également aidé pour préparer le moment de sa demande.

Si cette suite représentait un remerciement suffisant à ses yeux, qu'il en soit ainsi !

— Dans Tribeca ? C'est bien cela ? demanda Lincoln à Sean.

— Oui. Nous t'attendons, répondit Sean avant de raccrocher.

— La suite est à vous, dit Lincoln, en se levant et en glissant la bague dans sa poche.

Un signal sonore s'éleva du téléphone de Bobby.

Il jeta un regard à l'écran.

— Tout comme à Mme Pott. Pour ce soir, tout au moins, dit-il en faisant bouger ses sourcils de manière amusante.

— Attendez un peu… Qu'avez-vous dit ? demanda Lincoln, sous le choc. Mme… Non. Oubliez ma question. Peu importe.

Il tendit à Bobby la carte magnétique permettant l'accès à la suite et lui souhaita une bonne soirée.

Il allait quitter la pièce quand il se retourna.

— Merci, Barnett. Pour votre aide. Vos conseils. Et, bon sang, pour avoir élevé une sacrée fille.

— Gardez vos louanges pour le jour où je la conduirai jusqu'à l'autel pour vous rejoindre.

Et cela arrivera, songea Lincoln. En temps voulu.

Il ne comptait pas renoncer à Bobbie. Pas encore. Son cœur n'avait pas l'intention de la laisser faire.

- 11 -

Un mois plus tard

Lincoln, vêtu d'un élégant costume sur mesure, se tenait sur la terrasse en verre prolongeant le salon de la nouvelle maison de Gabe et de Monica dans le quartier de West Village. Il but une gorgée de champagne, et baissa les yeux vers le long et étroit jardin paysagé qui avait servi de cadre au mariage du couple. La réception était bien plus modeste que celle organisée par Cole et Jillian, mais elle était tout aussi belle.

Sa main se serra plus fort sur son verre quand ses yeux se posèrent sur Bobbie. Une fois encore.

Il était difficile de l'ignorer quand elle paraissait si radieuse, dans la lueur des bougies disposées sur de grands candélabres répartis au milieu des compositions de fleurs blanches. Et dans sa robe fuchsia nouée à la taille, mettant ainsi sa silhouette en valeur, on ne voyait qu'elle au milieu de la foule.

Ou plutôt, c'était lui qui ne pouvait détacher ses yeux d'elle.

Avant qu'elle apparaisse pour le mariage le jour même, rien n'avait évolué entre eux. Ils ne s'étaient pas revus, ne s'étaient pas parlé.

Il avait seulement réfléchi sérieusement à une question

cruciale : n'était-ce pas pour lui le moment de reprendre le cours de son existence ? Et d'ailleurs, n'avait-il pas déjà trop attendu ?

À bien y réfléchir, depuis sa rencontre avec Bobbie, ils avaient passé plus de mois séparés qu'en couple.

Durant la fête, ils avaient à l'occasion échangé un sourire ou un regard gêné, mais rien de plus.

Visiblement le temps ne jouait pas en sa faveur, comme l'avait dit le père de Bobbie…

— Lincoln.

Il se retourna au moment où Phillip Jr le rejoignait sur la terrasse.

— Ah. Phillip. J'ai besoin de ton aide.

— À propos de quoi ?

— Je suis nouveau dans cette famille, j'ai donc besoin de tes conseils à propos de la façon de gérer une situation.

— Cela a-t-il à voir avec la famille ou avec les affaires ?

Lincoln déboutonna sa veste et s'adossa contre le mur de pierre.

— Les deux à la fois. Voilà. Je dispose de certaines informations à propos de notre père qu'il m'a demandé de garder pour moi afin qu'il puisse les transmettre lui-même à toi et à nos frères. Mais cela remonte à plusieurs semaines, et je me sens coupable de vous l'avoir caché.

— Pourquoi te l'avoir dit à toi et pas à nous ? répliqua Phillip Jr d'un ton accusateur.

Lincoln poussa un soupir.

— Il ne me l'a pas vraiment dit. Il a prononcé une phrase étrange, et je l'ai questionné. Je t'en prie, concentre-toi sur le sujet présent. Je pensais que nous étions en train de dépasser le problème que te pose une chose sur laquelle ni toi ni moi n'avons le moindre contrôle. C'est un fait, nous avons le même père.

— Mets-toi à ma place.

— C'est ce que je fais. Et c'est la raison pour laquelle je te demande ton aide. Qui est mieux placé pour savoir comment gérer notre père que le fils qui a vécu le plus longtemps à ses côtés ? demanda-t-il, en choisissant ses mots avec soin.

C'était là un geste symbolique qui marquait sa bonne volonté et le désir de voir la paix s'instaurer entre eux.

Il avait été officiellement nommé à son nouveau poste au sein de l'entreprise et appréciait de relever le défi de faire évoluer la politique de la société en matière de durabilité. Mais il savait que, pour faire avancer un quelconque dossier en travaillant pour Cress, Inc., il avait besoin que Phillip Jr soit de son côté.

— Quel est ce secret ? demanda ce dernier.

Lincoln était conscient de trahir la confiance de leur père, mais il avait enfin décidé que la vérité était toujours la meilleure voie à suivre.

— Notre père est malade, et c'est pourquoi il finira par renoncer à son poste de directeur général.

L'inquiétude se peignit aussitôt sur le visage de son frère.

Lincoln ne comprenait que trop bien ses craintes.

— Après avoir découvert que ma mère m'a caché sa maladie, et sachant ce que j'ai ressenti dans les jours suivant son décès, je ne peux tout simplement pas garder plus longtemps cette information et risquer que l'un de mes frères éprouve ce que j'ai ressenti si jamais un événement soudain se produisait, expliqua-t-il.

Phillip Jr poussa un juron avant de traverser la terrasse pour observer, en contrebas, ses parents occupés à choisir des amuse-gueules sur un plateau.

— Ma mère le sait-elle ? demanda-t-il. Attends un peu. Bien sûr qu'elle le sait. Ils sont comme les doigts de la main.

— Penses-tu qu'il finira par le dire à la famille ? Et s'il ne le fait pas, quelle est la meilleure manière de procéder ?

— Non, il n'en dira rien. Il verra cela comme une faiblesse inacceptable. Nous allons devoir le dire à nos frères puis affronter notre père si nous voulons connaître la vérité.

— Je suis d'accord.

— Est-ce grave ? demanda Phillip Jr d'une voix attristée.

— Je l'ignore, mais ça l'est suffisamment pour qu'il envisage de céder son poste.

Phillip Jr secoua la tête.

— Il aime tellement sa maudite entreprise qu'il se tuerait pour elle, marmonna-t-il d'un ton teinté d'amertume.

— Sans vouloir t'offenser, Phillip, j'ai l'impression que tu es aussi acharné que lui, à en juger par ta volonté d'avoir ce poste.

— Vraiment ? s'étonna Phillip Jr en réfléchissant un instant à ses paroles avant d'éclater de rire. Je suppose que c'est vrai. Et ne t'avise pas de l'oublier.

— Que les choses soient claires : je ne suis pas intéressé, lui assura Lincoln. Je ne connais pas assez bien le groupe et ne rattraperai jamais le retard qui me sépare de vous.

Phillip Jr lui adressa un large sourire.

— Il n'en reste plus que trois, fit-il remarquer.

Gabe et Cole avaient déjà dit qu'ils n'étaient pas intéressés, ce qui ne laissait plus que Phillip Jr, Sean et Lucas dans la course.

— Cependant, je suis prêt pour autre chose, murmura Lincoln, en tournant les yeux vers Bobbie juste au moment où elle rejetait sa crinière en arrière et éclatait d'un rire joyeux. Une famille. Une épouse. Des bébés.

Phillip Jr s'approcha et suivit son regard.

— J'ai fait erreur à propos de Bobbie, dit-il.

— Oui, c'est certain.

— Très bien, très bien, je mérite tes moqueries, dit Phillip Jr en riant. Mais laisse-moi te dire la chose suivante. Je ne connais rien de mieux que de rentrer chez moi et de retrouver Raquel et notre fille. C'est comme un refuge. L'endroit le plus accueillant du monde.

Bobbie leva les yeux et se figea en voyant que Lincoln la fixait.

Son cœur s'emballa quand il vit qu'elle ne détournait pas le regard.

— Il faut de l'amour et une femme qui désire représenter cela pour quelqu'un, pour ce faire, dit-il.

— Eh bien, grand frère, si tu n'arrives pas à voir que c'est de l'amour qui se lit sur le visage de cette femme, alors tu es le plus grand des imbéciles ! répliqua Phillip Jr en lui administrant une tape amicale sur l'épaule.

Si elle l'aimait, pourquoi ne se battait-elle pas pour cet amour ? se demanda Lincoln sans cesser de la regarder.

Avec son visage tourné vers lui et l'éclat des chandelles dansant au fond de son regard, jamais elle n'avait été aussi belle… Son cœur se gonfla d'amour. Le désir courut dans ses veines.

— Je t'aime, articula-t-il silencieusement à l'intention de Bobbie.

Il la vit réprimer un hoquet de stupeur. Sa superbe bouche se mit à trembler, et ses yeux s'emplirent de larmes. Sans la moindre hésitation, il se rua à l'intérieur de la maison pour regagner l'étage inférieur. Il traversa la cuisine, le salon et la salle à manger puis arriva dans le jardin.

Le cœur battant à tout rompre, il balaya l'assistance du regard mais ne vit pas Bobbie.

— Elle est partie dès que tu as couru pour la retrouver, lui dit Phillip Jr qui venait de le rejoindre en hâte.

Elle le fuyait encore une fois. Au diable toute cette histoire !

Lincoln ne pouvait nier son agacement. La patience commençait à lui manquer. C'était un homme bon, mais il n'était pas parfait. Si elle en avait fini avec lui, le temps était venu pour lui de l'accepter et d'arrêter de la poursuivre, d'attendre ou de nourrir le moindre espoir.

Un tintement de verre lui fit tourner la tête vers Gabe et Monica.

— Nous tenions une nouvelle fois à vous remercier pour votre présence à nos côtés, dit Gabe en levant sa flûte de champagne en direction des invités. Et nous voulions partager d'autres bonnes nouvelles avec vous.

— Nous avons acheté cette maison parce que nous agrandissons notre famille, enchaîna Monica en posant la main sur son ventre. Nous allons avoir un bébé !

Lincoln réussit à sourire tandis que des cris de surprise

et de joie s'élevaient autour de lui. Il attendit son tour et alla serrer la main de son frère et embrasser Monica.

— Toutes mes félicitations, dit-il avec chaleur.

— Tout va bien ? demanda Monica en plongeant son regard dans le sien et en plaçant sa paume contre sa joue.

— Je vais bien, je vous le promets. Mais je vais rentrer.

— Tu en es certain ? demanda-t-elle. Parfois cela fait du bien d'être entouré des siens.

— Je ne peux qu'approuver, ajouta Gabe.

— J'ai beaucoup de choses en tête, voilà tout, avoua Lincoln. Mais encore toutes mes félicitations pour votre mariage, la maison et le bébé.

Il se força à sourire avant de saluer tout le monde d'un geste de la main et de quitter la réception. Il savait à présent qu'il devait renoncer à Bobbie. Une fois pour toutes. Le moment était peut-être même venu de sortir avec une autre femme. Enfin, peut-être pas tout de suite.

Pour l'instant, il voulait un peu de calme pour laisser s'éteindre l'espoir. Dans quelque temps, il commencerait à guérir et peut-être qu'un jour il serait capable d'aimer à nouveau. Contrairement à Bobbie, cette idée ne l'effrayait pas.

Bobbie quitta sa voiture et enfila un trench léger pour se protéger de la fraîcheur de cette nuit de fin d'été. Au loin se détachait la silhouette imposante des montagnes russes illuminées. Des rires et des cris s'échappaient de l'endroit. Elle savait qu'elle n'était pas à sa place en ces lieux avec sa robe de soirée et ses chaussures à talons hauts mais, quand elle avait fui Lincoln comme une enfant et avait parcouru les rues au volant de sa voiture, elle avait ressenti le besoin de se rendre à l'endroit où elle avait été un jour capable de vaincre sa peur.

Avec Lincoln.

Pour Lincoln.

Elle traversa le parking pour gravir les marches de bois et gagner la jetée puis s'arrêta à un stand pour acheter une barbe à papa dans laquelle elle mordit avec gourmandise.

Après qu'elle avait refusé sa proposition de mariage, Lincoln avait brutalement arrêté d'essayer de renouer le contact. Les appels, les textos, les envois de fleurs, les visites à l'improviste et les autres gestes romantiques, tout cela avait cessé. Et elle ne le lui reprochait pas.

Leur histoire était finie. Bien finie.

Pourquoi devrait-il se battre pour elle alors qu'elle avait depuis longtemps arrêté de le faire pour lui ?

Pourquoi devrait-il rester seul alors qu'il était le symbole même de l'amant parfait ?

Pourquoi ne devrait-il pas tomber amoureux d'une femme qui, elle, n'aurait pas peur de l'aimer en retour ?

À mesure que la date du mariage de Gabe et de Monica avait approché, elle avait hésité à y assister, sachant que Lincoln serait présent. Peut-être même avec une autre femme à son bras. Mais il était venu seul. Et il était superbe.

Et bien qu'il se soit tenu à distance d'elle, il ne l'avait pas quittée des yeux. Elle avait perçu l'intensité de son regard posé sur elle. Et elle avait senti sa peau se hérisser de frissons. Son pouls s'accélérer. Son désir s'éveiller.

Elle était une imbécile.

C'était ce que pensait Mme Pott.

Ce que lui disait son père.

Et son cœur savait lui aussi que c'était le cas.

« Je t'aime », lui avait-il dit tout à l'heure depuis la terrasse, le regard troublé par une émotion sincère.

Et, alors que les larmes lui montaient aux yeux, elle avait su que jamais elle ne s'était sentie plus aimée. Jamais. Et quand il avait quitté la terrasse, elle avait compris qu'il courait la rejoindre. Pour la tenir dans ses bras. Pour l'avoir dans sa vie.

Elle avait su qu'elle serait incapable de lui résister.

Alors elle s'était enfuie.

Mais il était impossible d'échapper à l'amour qu'elle ressentait ou au désir que Lincoln faisait naître en elle.

Elle poussa un long soupir et prit une autre bouchée de barbe à papa. Ce qui ne calma en rien cette envie ardente de faire courir ses lèvres sur la bouche de Lincoln. Son torse. Et plus bas encore…

— Elle doit être bonne.

Bobbie se figea avant de se retourner lentement pour découvrir que Lincoln se tenait derrière elle. Dire qu'elle était surprise était un euphémisme. Son cœur se mit à battre à tout rompre en le voyant si près, son pardessus flottant dans le vent. Le souvenir de leur rendez-vous sur les marches du Met lui revint aussitôt à l'esprit.

Elle repensa aux moments partagés. Ils s'étaient tout d'abord détestés, puis étaient devenus alliés, amis et enfin amants. Et à présent, amoureux. Mais séparés.

À cause d'elle.

— Que fais-tu ici ? demanda-t-elle, consciente de la pointe de joie perçant dans sa voix.

Il baissa brièvement les yeux et s'approcha d'elle.

— En toute honnêteté ? Je l'ignore. Je m'apprêtais à rentrer quand j'ai ressenti le besoin urgent de venir ici, répondit-il avec un demi-sourire aux lèvres, secouant la tête comme s'il était aussi surpris qu'elle par la coïncidence.

Ou s'agissait-il plutôt d'un signe ?

— Moi aussi, dit-elle.

— Je pensais à toi, à ta manière de ne cesser de me fuir et à tout cet amour que j'ai pour toi, Bobbie Barnett. Puis je me suis souvenu combien tu avais été courageuse le jour où tu as accepté de monter sur ces montagnes russes avec moi.

Bobbie scruta son visage et ressentit la douleur qu'elle lui causait, comprenant que dans son empressement à se protéger elle l'avait laissé derrière elle, blessé.

— Oh ! Lincoln…, murmura-t-elle.

— Je n'arrive pas à comprendre pourquoi tu ne prends pas ma main, comme tu l'as fait ce jour-là, et que tu ne sautes pas la tête la première dans cette histoire avec moi ? Qu'y a-t-il, bon sang, Bobbie ?

Elle sentit un tourbillon d'émotions l'assaillir. De la confusion. De la frustration. De la tristesse. Et au milieu de tout cela, de la joie.

C'était cela que suscitait en elle le fait d'aimer Lincoln Cress. C'était une joie pure, parfaite.

Et elle, à cause de ses peurs…

— Je pensais qu'il me fallait d'abord guérir, répondit-elle. J'ai réagi de manière excessive au sujet de la grossesse de Raven. Mais il n'était pas seulement question de Raven et de toi. Ce maudit Henny hantait encore mes pensées. Mais, écoute…

— Je veux que ce soit toi qui m'écoutes. Es-tu véritablement aussi préoccupée par ce qui concerne ton ex à ce stade ou t'es-tu convaincue que c'est ce que tu devrais ressentir ?

Elle ouvrit et referma la bouche à plusieurs reprises sans pouvoir répondre.

Lincoln parut satisfait de l'avoir laissée sans voix.

Elle ne pouvait croire qu'ils soient venus dans un endroit qui avait une telle signification pour tous les deux exactement au même moment. Comment ne pas penser que c'était le destin qui œuvrait à les réunir ? Comme s'ils étaient destinés à être ensemble, un parfait alignement provoqué par l'univers pour son plus grand bien.

Quel meilleur moyen de guérir un cœur brisé que de laisser un homme bon vous aimer sincèrement ?

De plus, elle avait à peine songé à Henny et à sa nouvelle famille, ces quatre derniers mois. *Au revoir et bon vent à toi, Henny !*

Le manège marqua une halte, et ils levèrent tous deux les yeux vers les personnes montées à bord qui laissaient échapper des cris de peur ou de joie.

Elle ferma les yeux et se remémora ce qu'elle avait ressenti quand elle s'était trouvée à leur place.

« Ouvre les yeux et profite de la vue, Bobbie. Fais-moi confiance, s'il te plaît. »

Le souvenir de sa voix douce et chaude à l'accent anglais près de son oreille la fit sourire.

« Je n'arrive pas à comprendre pourquoi tu ne prends pas ma main, comme tu l'as fait ce jour-là, et que tu ne sautes pas la tête la première dans cette histoire avec moi ? »

Elle prit une profonde inspiration et s'approcha de Lincoln pour entourer sa taille de ses bras. Il sembla se raidir, comme s'il craignait ce qu'elle allait faire, et elle se mit à rire doucement.

— J'ai un marché à te proposer, Lincoln Cress. Mon cœur, mon âme et un « oui » à ta demande en mariage contre l'un de tes sourires.

Il fronça les sourcils.

— Non, dit-il en s'écartant.

— Comment ? s'exclama-t-elle, sonnée.

Lincoln dénoua son nœud papillon et ouvrit le premier bouton de sa chemise pour retirer une chaîne en or qu'il portait à son cou, et à l'extrémité de laquelle pendait la bague de fiançailles.

— Je la porte depuis cette nuit où tu m'as repoussé, tout en espérant que tu fasses le grand saut, expliqua-t-il en retirant l'anneau de la chaîne et en posant un genou à terre. Alors, merci pour ta proposition, mon amour, mais tu ne me voleras pas ce moment.

Et ce fut au tour de Bobbie de sourire quand il prit sa main gauche dans la sienne et glissa la bague à son doigt. Ce moment semblait si parfait, si naturel.

— Bobbie Barnett, accepterais-tu de passer le reste de ta vie à mes côtés ? Je te promets de t'aimer et de ne jamais te manquer de respect ou te faire le moindre mal. Je te le jure de tout mon cœur et de toute mon âme.

Elle acquiesça d'un simple hochement de tête, trop émue pour articuler le moindre mot.

Lincoln fit glisser l'anneau sur son doigt puis se leva pour la soulever contre lui. Elle tremblait tant elle était impatiente de sentir de nouveau ses lèvres sur les siennes.

— Tu m'as tant manqué. Pardonne-moi, murmura-t-elle entre deux baisers déposés sur son beau visage qu'elle tenait entre ses mains.

— Aime-moi, répondit-il avant de l'embrasser plus fiévreusement encore.

Quand les applaudissements retentirent, ils regardèrent autour d'eux et découvrirent des badauds qui se réjouissaient bruyamment après avoir assisté à la scène.

— Waouh ! Merci à vous ! leur lança Bobbie tandis que Lincoln l'emportait dans ses bras.

À grandes enjambées, il parcourut la jetée pour rejoindre le parking tandis que Bobbie le serrait fort et déposait de doux baisers dans son cou. Elle était si heureuse qu'elle avait le sentiment de voler.

Et quand il la reposa sur ses pieds, le dos appuyé contre les portières de son SUV Bentley, elle leva les yeux pour l'observer.

— Écoute, Bobbie, nous parlerons toi et moi, et nous trouverons les compromis nécessaires ensemble. Bon sang, nous suivrons même une thérapie s'il le faut, mais nous ferons tout pour pouvoir être heureux *ensemble*, dit-il avant de déposer des baisers fiévreux sur sa bouche.

— Entièrement d'accord, répondit-elle tout en se dressant sur la pointe des pieds pour intensifier encore l'ardeur de leurs baisers. Et il y a autre chose que nous devrions faire *ensemble.*

Un feu tout neuf s'alluma au fond des yeux de Lincoln qui la fit frémir d'impatience.

— Chez toi ou chez moi ? s'enquit-il d'une voix grave.

— Et pourquoi pas… ton SUV ou le mien ?

Lincoln ouvrit de grands yeux.

— Quatre mois se sont écoulés, lui rappela-t-elle. Quatre *longs* mois solitaires.

— C'est vrai, dit-il, en pressant ses hanches contre

son ventre, ce qui ne lui laissa aucun doute sur la force de son désir pour elle. Mais…

— Tu ne l'as jamais fait, c'est ça ? demanda-t-elle, stupéfaite.

— Dans une voiture ? Non.

— Oh ! alors dans ce cas nous le ferons dans ta Bentley.

Lincoln jeta des regards tout autour d'eux tandis qu'elle se glissait sur la banquette arrière, fermait la portière et abaissait à moitié la vitre.

— Mais que fais-tu ? s'enquit-il.

— Je me déshabille.

Il sembla quelque peu choqué mais se pencha néanmoins pour jeter un regard à l'intérieur de la voiture.

Elle s'était déshabillée, ne gardant que ses sous-vêtements de dentelle. Elle lui lança un regard plein de défi tout en les retirant lentement.

— Grimpe dans cette voiture, Lincoln, veux-tu ?

Il sembla hésiter.

Elle sourit. Son gentleman anglais si réservé et convenable ne voulait pas jouer les vilains garçons. Elle s'étendit alors langoureusement, les paupières closes, et se cambra sensuellement.

Lincoln poussa un juron, et elle éclata de rire quand il se glissa sur la banquette arrière à son tour. Il claqua vivement la portière derrière lui et se saisit de son corps pour l'amener à le chevaucher.

— Bobbie, gémit-il contre son décolleté avant de dévorer sa poitrine de baisers tout en se hâtant de se dévêtir.

Sentir la chaleur du corps de Lincoln contre le sien avait quelque chose de puissamment enivrant. La sensation de sa langue sur les pointes de ses seins était étourdissante. Et quand il entoura sa taille de son bras puissant, elle le sentit trembler puis la soulever pour l'amener à se laisser glisser sur son sexe dressé.

Leurs soupirs se mêlèrent, et le bruit de leurs ébats emplit l'habitacle alors qu'ils s'agrippaient l'un à l'autre et luttaient pour ne pas laisser l'orgasme exploser trop rapidement en eux.

Unis l'un à l'autre. Une fois encore.

Elle aimait la façon dont il dévorait son corps des yeux. Et il y avait toujours cette magnifique énergie qui naissait entre eux chaque fois qu'ils étaient près l'un de l'autre. Elle se nourrissait de leurs étreintes passionnées et se renforçait grâce à l'amour et à la confiance qui existait entre eux.

Elle s'écarta légèrement pour l'observer tandis que les étoiles et la lune projetaient sur eux leur éclat à travers le grand toit ouvrant.

— Je suis heureuse que mes peurs aient été vaincues par le destin, murmura-t-elle contre sa bouche. Tu es l'amour de ma vie.

Lincoln lui sourit avant de commencer à faire onduler ses hanches pour se mouvoir en elle.

— Je t'aimerai toujours, ma chérie. Toujours. Toujours. Toujours.

Elle soupira et bougea à son tour au rythme de son corps, les bras levés au-dessus de sa tête et les mains plaquées sur la vitre du toit. Elle avait l'impression de flotter au milieu des étoiles. La sensation, fabuleuse, lui donnait la sensation de ne faire plus qu'un avec l'univers.

Épilogue

Quatre mois plus tard

La famille Cress au grand complet se tenait, l'air grave, dans la salle d'attente d'une clinique privée de Manhattan. Lincoln appréciait de sentir la tête de Bobbie posée sur son épaule tandis que ses doigts traçaient des cercles sur le dos de sa main. Tout comme lors du décès de sa mère, elle était à ses côtés pour le réconforter. En cet instant, tous attendaient des nouvelles de Phillip Sr. Ce dernier venait de subir une opération de chirurgie cardiaque très risquée.

Lincoln déposa un baiser sur le front de Bobbie.

— Je t'aime, Bobbie Barnett-Cress, murmura-t-il à son oreille tout en laissant son esprit s'égarer vers le souvenir de leur fugue à Las Vegas où ils s'étaient mariés avant de rejoindre la maison de la plage de St Ives et de vivre une lune de miel torride.

Elle leva vers lui des yeux emplis d'émotion.

— Je sais, répondit-elle en pressant sa main. Je sais.

Il l'aimait. Absolument. Profondément.

Et il savait qu'elle ressentait la même chose. Elle le lui faisait savoir d'un million de manières différentes.

Ils se sentaient fabuleusement bien ensemble, et ce n'était que le début de leur histoire.

Si seulement les choses pouvaient aller aussi bien à propos de son père…

Lincoln s'était mis d'accord avec Phillip Jr pour réunir les autres frères Cress et les informer des fragilités cardiaques de leur père. Unis, ils avaient décidé de s'adresser tout d'abord à Nicolette pour connaître la vérité. Et rapidement cette dernière, si forte pourtant, avait fondu en larmes. C'était le signe de son soulagement. Le poids du secret et de la peur était devenu trop lourd à porter pour elle, et tous avaient été bouleversés par sa réaction.

Mais malheureusement, les choses n'avaient pas été aussi simples avec le chef de famille.

Nicolette et les frères Cress s'étaient heurtés à sa colère et à une certaine agressivité. Phillip Sr s'était comporté tel le chef d'une meute craignant de perdre son pouvoir, se déchaînant contre eux quand ils avaient voulu l'inciter à subir l'opération conseillée par un cardiologue de renommée mondiale.

Cet épisode avait eu lieu quatre mois plus tôt.

Phillip Sr avait refusé d'adopter un rythme de travail moins intense. De changer ses habitudes alimentaires. De se reposer. De se faire opérer.

Le matin même, la possibilité de choisir lui avait été toutefois enlevée quand il avait été retrouvé inconscient chez lui. Il avait alors été transporté d'urgence dans cette clinique et avait presque immédiatement subi une opération à cœur ouvert.

Qui avait débuté huit heures plus tôt.

Nicolette, le visage marqué par une profonde inquiétude, se tenait près de l'une des étroites fenêtres, faisant mine de contempler la violente tempête hivernale qui se déchaînait à l'extérieur.

Depuis plus de quarante ans, elle aimait Phillip Sr Cress. Ils avaient bâti un empire et une famille ensemble. Ils s'étaient pardonné mutuellement probablement bien des choses. Ils traversaient la vie ensemble. Avec amour.

La porte de la salle d'attente s'ouvrit pour laisser apparaître une femme âgée d'une quarantaine d'années, vêtue d'une blouse. Tout le monde se leva, y compris Monica qui attendait des jumeaux et était à deux mois du terme de sa grossesse.

— *Comment va-t-il* ? demanda Nicolette en français en se glissant à travers la muraille formée par le corps de ses fils.

Gabe traduisit sa question, et Nicolette eut un léger sourire d'excuse.

— Je suis désolée. Difficile d'avoir l'esprit clair quand l'amour de ma vie est allongé sur une table d'opération, la poitrine ouverte en deux, docteur Taha, dit-elle.

Le Dr Taha la gratifia d'un sourire sincère.

— L'opération de votre mari s'est déroulée à merveille. Il se trouve pour l'instant en salle de réveil, puis il restera en soins intensifs durant quelques jours. Mais tout ira bien, désormais.

Nicolette enfouit son visage dans ses mains et fondit en larmes.

Lincoln accueillit avec bonheur Bobbie contre lui, qui noua ses bras autour de sa taille, et il la serra très fort.

Phillip Jr se laissa retomber sur sa chaise comme si ses jambes venaient de céder sous lui, et Raquel se précipita à ses côtés.

Sean donna une grande tape amicale dans le dos de Lucas.

Cole, quant à lui, affichait une expression stoïque. Jillian prit ses mains et les embrassa pour le réconforter tandis que Gabe et Monica s'étreignaient.

Longtemps après que le docteur les eut quittés, tous retournèrent s'asseoir et s'autorisèrent à sourire de nouveau.

— À la nourriture. À la vie. À l'amour, dit Nicolette en serrant les mains de chacun tour à tour.

C'étaient ses mots fétiches, des mots qu'elle avait fait inscrire au-dessus de chacune des cuisinières qu'elle utilisait.

— À la nourriture. À la vie. À l'amour, répétèrent-ils tous à l'unisson.

Soudain, tous les téléphones émirent des signaux marquant la réception de diverses notifications.

Nicolette et les frères de Lincoln sortirent aussitôt leur appareil.

— Alerte Internet, annonça Gabe.

— Ne deviens pas comme eux, s'il te plaît, murmura Bobbie à Lincoln.

— Jamais, jura-t-il.

> La famille Cress, composée de chefs renommés et propriétaire d'un immense empire culinaire, est de nouveau sous le feu des projecteurs, et cette fois il est question de la plus grande star parmi eux. Celle-ci n'est autre que le célèbre chef, VIP, grand séducteur et amateur de soirées endiablées, Sean Cress. Et cet homme-là est une vraie perle rare…

Tous les regards se tournèrent vers Sean.

— Qu'as-tu encore fait ? lui demanda Nicolette.

Sean esquissa un petit sourire et haussa les épaules.

Lincoln et Bobbie échangèrent un long regard, puis Lincoln se pencha pour déposer un baiser sur la tempe de Bobbie.

— Es-tu vraiment certaine de vouloir faire partie de cette famille ? chuchota-t-il à son oreille, légèrement déconcerté.

— Avec toi à mes côtés ? Sans aucun doute, répondit-elle avant de tourner la tête pour s'emparer de sa bouche dans un baiser portant en lui la promesse d'un amour qui durerait toujours.

KERRI CARPENTER

Troublée malgré elle

Traduction française de
CAROLE PAUWELS

PASSIONS

HARLEQUIN

Titre original :
THE WEDDING TRUCE

- 1 -

— Je t'aime, Grace Harris !

Grace sourit en entendant ces mots dont elle avait rêvé toute sa vie. Évidemment, elle s'était imaginé qu'ils seraient prononcés par un prince extraordinairement beau et ensorcelant, au lieu de Katie Mason, une cliente fiancée à son propre prince charmant.

— Je suis sérieuse, je pourrais t'embrasser, précisa Katie en souriant.

Grace éclata de rire.

— Je ne sais pas ce qu'en penserait George, dit-elle.

— Je crois qu'il s'en moquerait éperdument ! Le principal pour lui, c'est que tu aies réussi à organiser ce mariage. Je n'étais pas certaine que nos styles s'accorderaient, mais tu nous as concocté le projet parfait !

Associer les traditions familiales de chacun pour un mariage n'était pas toujours facile, Grace en savait quelque chose ! Elle avait organisé des centaines de mariages et, s'il fallait souvent mener de longues négociations, tout finissait toujours par se résoudre à temps pour offrir aux mariés le plus beau jour de leur vie.

— Je suis là pour ça, Katie, dit-elle en se levant. Et je suis heureuse que tu sois heureuse. La cérémonie va être magnifique, et la réception extraordinaire.

Katie se leva à son tour, et fit le tour de l'imposant bureau ancien pour donner à Grace une brève accolade.

— Merci d'être restée tard pour m'aider à boucler tout ça, dit-elle. Je sais que notre entretien ne devait durer que quarante-cinq minutes. Tu es la meilleure *wedding planner* de tous les temps !

— Quel formidable témoignage à ajouter à mon site web, répliqua Grace, avec un clin d'œil.

Elle guida sa cliente vers la porte, en espérant ne pas lui donner l'impression qu'à cause de la crise de nerfs que cette dernière avait piquée un peu plus tôt concernant la logistique de son mariage elle était en retard. On l'avait invitée à une soirée, et il ne lui restait plus beaucoup de temps pour se préparer.

— Ne t'inquiète pas, lui assura Katie. Je te donnerai tous les témoignages que tu voudras, des bouquets de fleurs, mon amour éternel…

— Rien de tout cela n'est nécessaire, vraiment.

— Je t'ai déjà recommandée à deux de mes amies qui viennent de se fiancer.

Grace réprima son envie de danser de joie. Elle avait commencé son activité de *wedding planner* depuis moins de deux ans, mais n'avait réussi à dégager des bénéfices réguliers que depuis quelques mois. Le bouche-à-oreille entre mariées était donc particulièrement appréciable.

Après le départ de sa cliente, Grace s'empressa de regagner son bureau pour y remettre de l'ordre avant de clôturer sa journée de travail. Elle marqua une pause en soulevant un magazine de robes de mariée. Le numéro était consacré aux mariages en Floride, et la couverture présentait une mariée vêtue de la plus extraordinaires des robes de bal, posant devant le château d'un célèbre parc d'attractions d'Orlando.

Les deux choses que Grace préférait au monde y

étaient réunies : les robes de mariée, et la ville où elle avait grandi. Bien sûr, elle aimait tout ce qui se rapportait au mariage, mais elle avait toujours pensé qu'un mariage réussi commençait avec la robe. C'était pour cette raison qu'elle avait adoré son stage chez Kleinfeld Bridal à New York. Son travail consistait essentiellement à servir le café, mais elle était entourée au quotidien de robes exquises. Le rêve…

Passant la main sur le papier glacé, elle s'accorda quelques instants pour rêver à son propre mariage. Son conte de fées. Son prince charmant.

Elle rêvait de devenir *wedding planner* depuis qu'elle avait organisé le mariage de sa première Barbie quand elle n'était qu'une toute petite fille. Pendant qu'elle préparait ses poupées pour le grand jour, dans sa petite chambre surencombrée, elle s'évadait du monde réel, oubliant sa mère irresponsable, leur vieux mobil-home qui prenait l'eau, et la vie effrayante et imprévisible qu'elles menaient.

Quand sa mère faisait venir un de ses petits amis, elle pouvait s'évader dans un pays féerique où les gens tombaient amoureux et se mariaient. Même si sa mère ne suivait pas cette voie-là, elle était persuadée qu'elle vivrait le même conte de fées que ses poupées.

Il le fallait.

Et tout serait parfait.

Elle secoua la tête, faisant cascader ses longs cheveux sur ses épaules. Ce qu'il fallait, c'était qu'elle cesse de rêver tout éveillée !

Reposant le magazine, elle termina de ranger et, après un dernier coup d'œil pour s'assurer que tout était en place, elle verrouilla ses tiroirs et éteignit la lumière.

Fermant la porte-fenêtre qui menait à son bureau, elle emprunta l'escalier desservant l'étage du logement qu'elle partageait avec sa meilleure amie, Emerson Dewitt. Le rez-de-chaussée de cette maison traditionnelle de Virginie avait été transformé en bureaux pour elles deux, tandis que le premier étage accueillait le salon, la salle à manger et la cuisine. Les chambres et les salles de bains se trouvaient au second étage.

Non seulement on ne pouvait rêver mieux en termes de temps de trajet, mais Grace adorait vivre dans le centre d'Old Town, le quartier historique et *trendy* d'Alexandria, qui accueillait des touristes, des familles et des locaux. Elle aimait l'énergie de l'endroit, ses rues pavées, son abondance de bars, de restaurants et de boutiques, ainsi que la proximité avec le fleuve Potomac et la ville de Washington.

Et bien sûr, elle était folle de joie de vivre avec sa meilleure amie. C'était Emerson qui lui avait proposé cet arrangement après que son fiancé eut rompu avec elle… en lui laissant un énorme crédit à rembourser.

Le bon côté des choses, car Grace cherchait toujours à positiver, c'était que ce coup dur pour son amie leur avait permis de vivre ensemble, toutes les deux. De plus, disposer d'un bureau à domicile était la cerise sur le gâteau.

Grace entra dans sa chambre, jeta son sac sur le couvre-lit vintage au crochet, et se dirigea vers son placard, où elle choisit rapidement une robe. Puis elle alla s'asseoir à sa coiffeuse, et commença à rajuster son maquillage.

Elle n'avait pas beaucoup de temps pour se préparer.

Et pas beaucoup d'enthousiasme non plus, ce qui semblait être devenu une habitude, dernièrement.

Elle rêvait d'être amoureuse sans l'avoir jamais réellement été, et elle se languissait de connaître ça… Le coup de foudre qui laissait les mains moites et donnait des palpitations, l'urgence passionnée d'un premier amour, le tendre réconfort d'une relation durable…

Enfin, elle supposait que cela se déroulait de cette façon-là.

— Tu y arriveras, dit-elle à son reflet.

Et cependant, tandis qu'elle passait une brosse dans ses longs cheveux noirs, avant d'appliquer sur ses lèvres son rouge mat favori, une pensée la taraudait, lui tenant lieu d'avertissement pour lui faire comprendre qu'elle n'était pas aussi galvanisée qu'elle aurait dû l'être par son rendez-vous de ce soir.

Elle soupira. Ce serait sa quatrième rencontre avec Derek et, pour être tout à fait honnête, elle avait dû s'obliger à le revoir.

Cela n'avait aucun sens. Derek Whittaker était séduisant, ambitieux, et rencontrait du succès dans son travail.

N'importe quelle femme tuerait pour sortir avec lui.

Elle enfila sa robe et ses chaussures.

Il était aussi un peu égoïste, plus ou moins imbu de lui-même, et aussi… vaguement ennuyeux.

Elle pivota légèrement devant son miroir et grimaça en contemplant ses chaussures.

Ça n'allait pas du tout.

— Celles à brides, sans l'ombre d'un doute !

Grace sursauta et poussa un petit cri.

— Emerson ! Tu m'as fait une de ces peurs !

s'exclama-t-elle. Je ne savais pas que tu étais rentrée de ta réunion.

— J'arrive à l'instant, répondit son amie en entrant dans la chambre.

— De quelles chaussures parles-tu ? Ce n'est pas comme si je n'en avais qu'une seule paire.

Emerson se dirigea vers le placard, fouilla un instant, et en sortit une paire de sandales beiges.

Grace les enfila et pivota sur elle-même, arrachant un sifflement à Emerson.

— Ma chérie, tu es splendide !

Inclinant la tête, Emerson ajouta, narquoise :

— Est-ce que Derek en mérite autant ?

— Je ne m'habille pas pour Derek, mais pour moi. Si ça lui plaît aussi, tant mieux.

Emerson se laissa tomber sur le lit.

— J'avoue que ça me surprend, que tu sortes à nouveau avec lui.

— Tu connais ma règle, dit Grace en fixant à ses oreilles des cœurs en argent.

— Je sais, je sais. Tu dois donner trois chances à chaque homme. Mais si mes souvenirs sont bons, tu as dépassé les trois rendez-vous, non ?

— Je reconnais que je n'avais aucune envie de le revoir, mais il a un événement professionnel important, et il m'a quasiment suppliée de l'accompagner.

Elle haussa les épaules et ajouta :

— Je ne savais pas comment refuser, alors j'ai dit oui.

Emerson leva les yeux au ciel.

— Évidemment que tu as dit oui ! Tu es trop gentille, Grace Harris.

— Comme toutes les filles qui rêvent de devenir des princesses.

— Oublie Derek. Nous avons à discuter de choses beaucoup plus importantes.

— Vraiment ? demanda Grace en s'aspergeant de parfum.

— Oui. Tu l'ignores peut-être, mais je vais me marier.

— Quoi ? s'exclama Grace en jouant la surprise. Tu es *fiancée* ? Mais quand est-ce arrivé ?

Naturellement, elle savait tout de l'histoire d'amour entre son amie et Jack Wright. Ces deux-là étaient plus que parfaits l'un pour l'autre. La première fois qu'elle les avait vus ensemble, elle aurait pu jurer entendre des étincelles crépiter autour d'eux !

Emerson jeta dans sa direction un des nombreux coussins qui ornaient son lit.

— Ne commence pas à m'énerver ou je ne te demanderai pas d'être ma demoiselle d'honneur ! s'exclama-t-elle.

— Em ! Tu es sérieuse ? Moi ?

— Bien sûr, toi.

Emerson se leva et se dirigea vers elle.

— Qu'est-ce que tu en dis ? Tu es d'accord ?

— Oh ! mon Dieu ! Em. Oui ! Bien sûr que oui !

Les yeux d'Emerson brillaient de joie.

— Tu sais que je vais te harceler, et clamer que c'est mon grand jour, et tous les trucs stupides que disent les mariées.

— Je crois que j'y survivrai, répondit Grace avec un grand sourire.

— Tu es sûre que tu réussiras à organiser le mariage et à y participer ? demanda Emerson, avec inquiétude.

Grace hocha vigoureusement la tête.

— Bien sûr ! Ne t'inquiète pas pour ça. Mais j'y pense… Et Amelia ? C'est plutôt à elle que revient le rôle de demoiselle d'honneur, non ?

La sœur d'Emerson venait de mettre un terme à son mariage au bout de six mois seulement et, d'après ce que Grace avait entendu dire, elle traversait une période compliquée.

— Officiellement, vous serez toutes les deux mes demoiselles d'honneur, expliqua Emerson. Mais Amelia n'est pas très en forme, et je ne veux pas lui mettre trop de pression. Donc, si cela ne te dérange pas, je vais surtout compter sur toi pour toutes les tâches qui incombent traditionnellement aux demoiselles d'honneur.

— Pas de problème. Je comprends parfaitement.

Tandis que Grace apportait les dernières touches à sa tenue, elles continuèrent à parler du mariage. Mais son amie semblait soucieuse.

— Qu'est-ce qui t'inquiète autant, Em ? Tout va bien se passer. Ce sera parfait, tu verras.

Emerson leva les yeux au ciel.

— Toi, tu es beaucoup trop optimiste, marmonna-t-elle.

— Hé, c'est supposé être une qualité !

Le téléphone de Grace bipa, et elle vit qu'elle avait un message de Derek. Il était devant la maison.

Elle sentit son sourire s'évanouir.

— Derek est arrivé, dit-elle.

— Dis-toi que tout va bien se passer. Ce sera parfait, tu verras, rétorqua Emerson, moqueuse, lui renvoyant ses propres mots.

— Ah, ah, ah. Merci quand même.

Parfois, être optimiste demandait beaucoup d'efforts.

À cause des embouteillages, il leur fallut trente minutes pour arriver à la soirée et se garer dans le quartier congestionné d'Old Town.

— Nous aurions vraiment dû y aller à pied, fit remarquer Grace, tandis que Derek trouvait enfin une place de stationnement.

Derek engagea la boîte automatique sur la position *Park*, et caressa littéralement le levier de vitesses d'un geste sensuel.

— Mais je n'aurais pas pu te montrer cette beauté, dit-il. Je l'ai eue samedi.

— Tu me l'as déjà dit. Deux fois.

Quand Derek eut fini de caresser le tableau de bord et le volant de sa nouvelle voiture, il coupa le moteur, sortit, et fit le tour. Au moins, il lui ouvrait les portières et les portes, songea-t-elle. C'était déjà ça.

Mais ce n'était pas assez.

Elle accepta la main de Derek tandis qu'elle sortait de la voiture. Mais quand elle essaya de se libérer, il la retint.

— Allez, viens, ma belle. Tu es l'autre chose que j'ai envie de montrer.

Quelle grossièreté !

— Je ne suis pas un objet, Derek.

— Quoi ?

Il la dévisagea avec perplexité.

— Ah, oui. Bien sûr que non, dit-il, sans la moindre conviction.

Ils se dirigèrent vers la maison, et furent accueillis par un couple charmant qui venait de s'installer dans le quartier. Après avoir échangé quelques banalités, Derek fila vers le bar en tirant Grace à sa suite.

Il fallut dix minutes à Grace pour se faire servir un verre de vin dans la maison bondée. Derek commanda un whisky et le but quasiment d'un trait.

— Autant en prendre un autre pendant que nous sommes là, fit-il remarquer en faisant un geste au barman.

Avant que Derek l'entraîne dans le salon, Grace glissa discrètement un billet de cinq dollars dans le récipient destiné aux pourboires.

— Je t'ai parlé de mon score au golf, l'autre jour ? demanda Derek en lui passant un bras autour des épaules.

— Oh oui, tu n'as pas manqué de le faire, rétorqua-t-elle en se tortillant pour déloger son bras.

Encore une histoire fastidieuse qu'elle avait dû endurer de A à Z en affichant un intérêt poli.

Il fallait vraiment qu'elle revoie cette règle qui consistait à accorder plusieurs chances à un rendez-vous. Parfois, vous saviez à quoi vous en tenir après la première rencontre.

— J'étais en feu, dit Derek, ignorant sa réponse.

Tandis qu'il se lançait pour la seconde fois dans la narration de son parcours épique, Grace prit le temps de se familiariser avec son environnement.

La maison était décorée avec goût dans des tons beiges. On avait tamisé les lumières, et un air de jazz jouait en sourdine. Visiblement, leurs hôtes avaient dépensé une petite fortune chez Williams-Sonoma, la plupart des meubles et accessoires provenant de leur dernier catalogue.

Elle aperçut le buffet qui débordait de différentes sortes de fromages, de crackers, de fruits et de crudités. Il y avait aussi des huîtres, des crevettes, du saumon, du carpaccio de bœuf. Et bien d'autres choses fort appétissantes…

Un invité passa devant elle avec une assiette contenant des club-sandwichs au homard.

En résumé, la réception était parfaite.

Et elle souffrait le martyre.

Quand un des collègues de Derek se rapprocha d'elle et commença à raconter des blagues d'un goût douteux, elle s'éclipsa vers le buffet.

— Oh ! mais vous êtes la petite amie de Derek !

Grace laissa retomber dans le plat de service la carotte qu'elle s'apprêtait à déposer sur son assiette, et se retourna.

Une mince jeune femme à la longue chevelure blonde, vêtue d'une luxueuse robe de cocktail noire, lui souriait d'un air engageant.

Grace crut voir clignoter au-dessus de la tête de cette dernière un énorme néon l'informant d'un danger. Avant qu'elle ait eu le temps de la reprendre, la jeune femme poursuivit :

— Je suis Penny, la fiancée de Brad.

Elle agita un énorme diamant sous le nez de Grace qui, normalement, aurait saisi cette opportunité pour se présenter en tant qu'organisatrice de mariages, si elle n'en avait été empêchée par la fougue de Penny.

— Derek parle de vous sans arrêt, reprit cette dernière. Vous auriez dû l'entendre, jeudi dernier ! Vous connaissez le barbecue annuel de Brad, bien sûr.

Absolument pas. D'ailleurs, elle ne savait pas non plus qui était Brad.

— Derek est tellement enthousiaste à propos de votre relation !

— Ah ?

Grace trouva cela curieux, compte tenu du fait que ce n'était que leur quatrième rendez-vous, et que les trois précédents n'avaient vraiment rien eu d'exceptionnel.

À nouveau, elle eut l'impression de voir clignoter le mot « danger », tandis que la prolixe blonde continuait :

— Oh ! et j'ai passé des vacances formidables aux îles Turks-et-Caïcos ! J'ai donné mes meilleures adresses à Derek. Vous savez que c'est là que Brad m'a fait sa demande.

Non, pas le moins du monde. Elle ne savait même pas qu'elle était censée partir en vacances avec son supposé petit ami !

Elle décida qu'il était grand temps de clarifier les choses avec Derek. Il fallait mettre un terme à ses fantasmes. Ils ne sortaient pas ensemble. Elle n'était pas sa petite amie – et ne le serait jamais. Et il était absolument hors de question qu'elle parte en vacances avec lui !

Elle commençait à se sentir prodigieusement agacée. Jamais elle n'aurait dû accompagner Derek à cette soirée.

Elle l'entendit rire bruyamment, et vit qu'il avait un nouveau verre plein à la main. C'était décidé, elle prendrait un taxi pour rentrer.

Dire qu'elle aurait pu être chez elle à s'avancer dans son travail, ou à visionner cette nouvelle série dans sa file d'attente Netflix… Pour tout dire, elle aurait pu regarder de la colle sécher et trouver cela plus amusant !

Mais après tout, qui l'obligeait à rester ici à se morfondre ? Elle pouvait très bien partir quand elle voulait.

Sa décision prise, elle posa son assiette sur la table, se retourna… et percuta un mur de muscles.

— Oh ! dit-elle, dans un petit cri étranglé.

— Désolé, je ne vous avais pas vue.

La voix de baryton lui donna la chair de poule. Elle prit une profonde inspiration. Elle savait exactement à qui cette voix troublante appartenait.

Levant les yeux, elle découvrit la personne qu'elle haïssait le plus au monde.

— Xander, grommela-t-elle.

Ce dernier fronça les sourcils.

— Grace.

On aurait dit que l'univers se liguait contre elle. Cette soirée tournait au cauchemar.

Elle ne savait pas d'où cela venait, mais Alexander Ryan avait le don de l'exaspérer. C'était bien simple, il y avait quelque chose chez lui qui lui donnait des envies de meurtre !

Xander était le meilleur ami de Jack, le fiancé d'Emerson. Ils s'étaient rencontrés à de nombreuses reprises, et chaque fois elle avait été confortée dans sa certitude qu'ils n'avaient absolument rien en commun.

En fait, si. Ils partageaient bel et bien quelque chose : une intense aversion l'un pour l'autre.

Dommage, d'ailleurs… S'il n'était pas aussi énervant, elle aurait pu le trouver séduisant. Après tout, son physique de star de cinéma faisait tourner toutes les têtes partout où il allait. Il était grand et athlétique, avec des cheveux noirs si épais qu'une femme – pas elle, bien sûr – pourrait adorer y passer les doigts, et des yeux d'un bleu-vert incroyable, frangés de cils noirs qui en rehaussaient la couleur.

Elle ne savait pas pourquoi, mais ils étaient comme chien et chat, depuis leur première rencontre. Cela tenait peut-être au fait que leurs professions étaient diamétralement opposées. Xander était un avocat spécialisé dans le divorce. Elle aidait les couples à commencer leur vie ensemble ; et, lui, il les aidait à y mettre un terme. Ou alors c'était à cause de l'excès de confiance en soi dont il faisait preuve. Normalement, elle trouvait séduisant qu'un homme soit sûr de lui. Mais chez Xander, cela ressemblait à de l'arrogance et du mépris. Ou bien c'était tout simplement parce que l'atmosphère se chargeait d'électricité chaque fois qu'ils se trouvaient dans la même pièce. Et elle ne savait pas comment réagir à cela.

— Qu'est-ce que tu fais là ? s'enquit-elle.

— Un truc de travail, marmonna-t-il.

Bon sang, il sentait divinement bon…

Tandis que cette pensée lui traversait l'esprit, elle réalisa à quel point ils se tenaient proches l'un de l'autre. De plus, elle avait toujours la main posée sur son torse.

Elle l'ôta comme si elle avait touché des charbons ardents, ce qui fit sourire Xander d'un air narquois.

— Tu es… resplendissante, dit-il lentement.

Plissant les paupières, il balaya la foule du regard.

— Un peu trop pour cette soirée, précisa-t-il.

Était-ce un compliment ou une insulte ? Avec lui, elle ne savait jamais à quoi s'en tenir.

- 2 -

Xander n'en pouvait plus de cette soirée, et il n'était là que depuis cinq minutes. Il était avocat, pas danseur mondain. Et pourtant, assister à ce genre d'événements était devenu aussi courant que de virevolter dans un tribunal.

Que l'on ne s'y trompe pas, il aimait faire la fête. Mais cette réception ne correspondait pas à l'idée qu'il se faisait d'un moment de détente.

En fait, il avait beau se creuser la tête, il ne parvenait toujours pas à se rappeler chez qui il était invité, et à quelle occasion. Tout ce qu'il savait, c'était que son patron l'avait fortement encouragé à s'y rendre. Il aurait préféré rester au bureau pour prendre de l'avance dans son travail, avant d'aller partager une bière avec des amis.

Au lieu de quoi, il se trouvait à la fête d'il ne savait qui, à célébrer il ne savait quoi. La seule chose dont il était certain, c'était comment cela allait se passer. Il allait échanger des propos incroyablement ennuyeux avec son patron et ses collègues. Il rirait aux plaisanteries stupides de leurs épouses. Et il prétendrait passer une excellente soirée, en traînant autour d'un buffet exactement semblable au précédent buffet de la précédente soirée.

Et pour comble de malheur, il fallait qu'il tombe sur

Grace Harris ! *Wedding planner*, éternelle optimiste, et organisatrice de soirées inutilement extravagantes pour célébrer des unions qui ne dureraient probablement pas cinq ans.

Grace était la meilleure amie et la colocataire d'Emerson Dewitt, la fiancée de son meilleur ami à lui, Jack Wright. Xander adorait Emerson. Elle était drôle, douce et charmante, et d'un caractère égal. Bien que n'étant pas un grand fan du mariage, il reconnaissait que Jack aurait pu tomber plus mal, s'il tenait vraiment à se faire passer la corde au cou.

Mais Grace Harris était le contraire de l'adorable Emerson. Et il ignorait pourquoi, mais elle lui avait très vite fait comprendre qu'elle n'était pas fan de lui.

Le sentiment était d'ailleurs réciproque.

Cela ne s'était pas produit souvent mais, à chaque fois qu'ils se trouvaient dans la même pièce, il pouvait quasiment sentir sa pression sanguine augmenter. Il y avait quelque chose chez elle qui lui donnait des envies de meurtre !

C'était peut-être à cause de sa façon de considérer chaque moment de la vie comme la scène d'un film, avec un dénouement heureux à chaque coin de rue. Il y avait aussi le fait qu'elle avait froncé son ravissant petit nez d'un air dégoûté en découvrant sa profession. Évidemment, quand on passait son temps à organiser des mariages de rêve, le concept du divorce vous faisait horreur.

Cependant, il ne pouvait nier qu'elle était belle. D'une beauté à couper le souffle. Avec ses longues jambes, sa peau parfaite, et sa cascade d'épais cheveux noirs qui tombaient jusqu'à sa taille, elle semblait ignorer à quel point elle était délicieuse. Comme ce soir.

Vraiment, elle était à tomber avec sa robe rouge cerise et ses sandales aux talons vertigineux.

Mais peu importait son apparence. Sa beauté ne changeait rien au fait qu'ils n'avaient rien en commun.

— Eh bien, ravie de t'avoir revu, dit-elle, mais…

D'un geste vague, elle désigna l'assemblée.

— … j'ai des personnes à voir.

— Amuse-toi bien. Je suis certain que tu partageras des conversations absolument fascinantes au cours de cette fête endiablée.

Elle leva les yeux au ciel.

— Rien ne trouve donc jamais grâce à tes yeux ? C'est à se demander s'il y a quelque chose qui te plaît dans la vie, rétorqua-t-elle.

Il adorait ces joutes verbales avec Grace, car elle avait du répondant. Sa confiance en elle et son refus de battre en retraite avaient quelque chose d'attirant. Et puis, chaque pique qu'il lui adressait faisait scintiller ses yeux verts.

Des yeux qui scintillaient ? Mais à quoi pensait-il ?

Il secoua la tête pour se ramener à la raison et tendit le bras, signifiant à Grace qu'elle pouvait passer devant lui.

— J'apprécie énormément de choses, Grace Harris. Peut-être le découvriras-tu un jour.

Elle s'approcha, et une odeur florale lui chatouilla les narines. Il ne savait pas si c'était son shampooing, son parfum ou une lotion corporelle, et cela n'avait aucune importance, mais elle sentait délicieusement bon.

— Oh ! mais je crois savoir un certain nombre de choses sur toi à présent, Alexander Ryan.

Il ne recula pas. Au contraire, il se pencha vers elle.

— Surprends-moi.

— Tu es beaucoup trop arrogant, siffla-t-elle entre ses dents. Si tu n'étais pas le meilleur ami de Jack, et si Emerson n'était pas la personne qui compte le plus pour moi, je ne perdrais même pas une seconde de mon précieux temps à parler avec toi !

Il lui adressa son sourire le plus séduisant, avant de faire remarquer d'un ton moqueur :

— Mais tu parles avec moi, en ce moment.

— Plus pour longtemps.

Et elle le bouscula pour passer.

Il ne put s'empêcher de rire.

— Au fait, Grace…

Elle s'immobilisa et jeta un coup d'œil par-dessus son épaule.

— Ravi d'être tombé sur toi.

À nouveau, elle leva les yeux au ciel.

— Au revoir, Xander.

Sur ces mots, elle traversa la pièce et se noya dans la foule.

Il ne put s'empêcher de suivre des yeux sa silhouette aussi délicieuse côté pile que côté face.

Pour tout dire, il était un peu désolé qu'ils soient partis du mauvais pied, tous les deux.

Jamais il ne l'admettrait en public mais, quand il l'avait vue pour la première fois, il avait eu une réaction viscérale comme jamais auparavant il n'en avait eu pour aucune autre femme. C'était comme si elle lui avait asséné un coup de poing dans l'estomac. Ce n'était pas simplement sa beauté qui l'avait subjugué. C'était… quelque chose d'autre. Quelque chose d'indéfinissable.

Puis elle avait pris la parole.

Peut-être n'aurait-il pas dû faire cette plaisanterie à propos des mariages qu'elle organisait et qui finiraient inévitablement dans son bureau. Disons qu'elle ne l'avait pas très bien pris… C'était probablement à ce moment-là qu'elle l'avait catalogué comme un crétin arrogant et dénué d'empathie.

Eh bien, ils étaient quittes, car il n'avait pas non plus une très bonne opinion d'elle. Elle était…

— Xander ! Sois le bienvenu !

Il se tourna et vit Carl, un de ses confrères du cabinet d'avocats. Il eut alors une illumination.

— Salut, Carl. Merci de m'avoir invité.

— Avec plaisir. Je suis content que tu sois venu à ma pendaison de crémaillère.

Une pendaison de crémaillère ! Mais bien sûr. Tout lui revenait, maintenant.

— Super maison, mon vieux, dit-il en y mettant tout l'enthousiasme dont il était capable.

— Merci. N'oublie pas de le dire à Maggie. Cela fait des semaines qu'elle stresse à propos de cette réception. Mais, dis-moi, tu as besoin d'aide pour organiser un mariage ?

— Quoi ? demanda Xander, sans masquer sa perplexité.

Carl se mit à rire.

— Je t'ai vu discuter avec Grace Harris. J'ignorais que tu la connaissais.

— Pas plus que ça. C'est l'amie d'un ami, répondit Xander, d'un ton détaché. Tu la connais ?

— Un peu. Je l'ai croisée deux ou trois fois. Elle est venue avec Derek Whittaker.

Allons donc !

Xander ne put s'empêcher de hausser les sourcils. Derek ne faisait pas partie des personnes qu'il appréciait. En fait, il le considérait comme un crétin fini.

— Tu es sérieux ? Qu'est-ce qu'elle fiche avec lui ? demanda-t-il.

— Je ne sais pas trop. Derek prétend qu'ils sortent ensemble. Mais si c'est vraiment le cas, c'est très récent.

Au même moment, Xander aperçut Grace et Derek dans la pièce voisine. Derek ne semblait avoir d'yeux que pour elle, ce qui pouvait se comprendre. Mais quand même… Derek était un tel mufle. Le genre à se vanter de ses conquêtes en y apportant un peu trop de détails.

Qu'est-ce que Grace pouvait bien trouver à ce type ?

— Tu devrais peut-être répondre, dit Carl.

Hein ? Xander réalisa que son téléphone sonnait.

— Euh…

Voyant le mot « maman » s'afficher à l'écran, il se demanda quel était le moindre des deux maux : assister à cette réception, ou parler à sa mère.

Puisque sa soirée était fichue de toute façon, il décida de répondre.

— Désolé, marmonna-t-il, avant de s'éclipser vers le perron qui croulait sous les pots de fleurs.

— Xander, mon chéri, je n'en reviens pas d'entendre ta voix ! L'autre jour, je disais à ma styliste que mon fils n'était qu'un mythe.

Il retint un grognement.

— Ça ne fait pas si longtemps, maman. Je t'ai vue le mois dernier.

Sa mère toussota délicatement, ce qui était sa façon de manifester sa réprobation.

— Cela fait *deux* mois, Xander, et de toute façon

c'est une honte de ne pas te voir plus souvent, alors que tu vis à moins de dix kilomètres de chez moi. Tu devrais venir ici sans arrêt, pour me donner ton linge à laver et vider mon réfrigérateur.

Xander se passa la main dans les cheveux et soupira.

— Tu réalises que je ne suis plus un étudiant de dix-neuf ans, n'est-ce pas ? J'ai une employée de maison pour mon linge, et je me fais livrer mes repas quand je n'ai pas envie d'aller au restaurant.

Ignorant son commentaire, sa mère poursuivit :

— J'aimerais que tu viennes dîner prochainement. Il y a quelqu'un que je voudrais te présenter. Quelqu'un de spécial pour moi.

Xander eut un mauvais pressentiment. Sa mère lui avait déjà servi ce refrain. En y réfléchissant bien, c'était le cas aussi de son père.

Il prit une profonde inspiration et s'arma de courage.

— Qui est-ce ? s'enquit-il.

— Il s'appelle Gareth et il est musicien.

Apercevant des collègues qui venaient dans sa direction, Xander s'éloigna de l'élégante maison pour s'enfoncer dans le jardin. Il n'aurait plus manqué que quelqu'un ait connaissance des singularités de sa famille.

— Un musicien, vraiment ?

— Eh bien, répondit sa mère d'une voix chantante, il donne des leçons de guitare quand il ne travaille pas.

Au moins, celui-ci avait un emploi, songea Xander avec amertume.

— Il est barman, précisa sa mère avec autant de fierté que s'il avait été chirurgien.

— Il travaille chez Starbucks ? demanda Xander, moqueur.

— Absolument pas ! Il travaille dans un *coffee shop* très huppé de North Arlington, monsieur le malin. Ce n'est pas la peine de faire ton snob.

— Quel âge a-t-il ?

— Vingt-quatre ans.

Xander laissa échapper un juron.

— Alexander Michael Ryan, surveille ton langage, je te prie !

— Tu veux vraiment me faire la morale ? Tu sors avec un type de vingt-quatre ans. Est-ce que papa est au courant ?

— Oh ! lui… Il passe tellement de temps à Sag Harbor avec sa bimbo qu'il s'en moque sans doute éperdument.

Et c'était reparti !

Ses parents étaient mariés depuis trente-deux ans. Il était né huit mois après leur mariage, et il était évident qu'ils avaient légalisé leur situation à cause de lui.

Souvent, il s'était demandé si ses parents s'étaient aimés. D'aussi loin qu'il s'en souvienne, leur relation avait toujours été tumultueuse, faite d'accusations, de disputes et de tromperies.

Quand ce n'était pas sa mère qui se vantait d'avoir un nouvel amant, c'était son père qui s'affichait avec une jeune femme qui aurait pu être sa fille. Sa mère se vengeait alors en s'achetant des bijoux hors de prix, tandis que son père offrait à sa nouvelle conquête un voyage à l'autre bout du monde.

Aujourd'hui, plus rien ne choquait Xander.

La seule chose qu'il se demandait, c'était pourquoi ils n'avaient jamais divorcé. Le psychologue qu'il avait été contraint de voir pendant son adolescence ferait sans doute un lien entre le comportement de ses parents et le choix de sa profession.

— Écoute, maman, je dois y aller. Je suis à un événement professionnel.

— Tu choisis le camp de ton père, c'est ça ?

Il soupira.

— Non, maman, je ne choisis le camp de personne. Je dois vraiment te laisser.

Ils se dirent au revoir et, contre toute attente, Xander se sentit soulagé en montant le perron et en rejoignant les invités.

Il fut aussitôt accueilli par la femme de Carl, Maggie, qui insista pour lui faire visiter la maison.

En cours de route, il fut arrêté par son patron et intégré à une conversation épouvantablement ennuyeuse.

Cette soirée pouvait-elle tourner plus mal ?

Tandis que son boss s'adressait à un de ses collègues, il ne put s'empêcher de balayer la foule du regard, cherchant quelque chose.

Pas quelque chose. Quelqu'un. Grace.

Il se maudit en silence. Pourquoi la cherchait-il ? Quel était ce lien entre eux ? Cela n'avait aucun sens. Elle avait été claire sur les sentiments qu'il lui inspirait.

Et cependant, lorsqu'il la vit en train de discuter avec cet idiot de Derek, il ressentit de la fascination. Il aurait pu la contempler toute la journée. Il adorait son attitude, le contraste entre la délicatesse de sa silhouette et la solide dose de confiance en elle qu'elle affichait en permanence.

Mais tandis qu'il l'observait, quelque chose attira son attention. Derek avait pris le bras de Grace et l'entraînait vers un coin sombre et isolé.

Même à cette distance, il voyait bien que Derek serrait trop fort. Le sourire de Grace s'était évanoui, et il y avait dans ses yeux un mélange de peur et de colère.

Ignorant tout ce qu'il y avait autour de lui, Xander déposa son verre sur une console et traversa la pièce à grandes enjambées.

Tout arriva si vite qu'il n'eut pas le temps d'enregistrer quoi que ce soit. Ni le fait qu'il avait quitté son patron de façon très incorrecte, ni qu'il interrompait quelque chose qui ne le concernait en rien.

Tout ce dont il avait conscience, en voyant les doigts de Derek s'enfoncer brutalement dans le bras délicat de Grace, c'était qu'elle avait besoin d'aide.

— Derek, lâche-moi.

— Tu vas m'écouter, répliqua Derek, entre ses dents serrées.

Aucun des deux n'avait remarqué la présence de Xander.

Il avait encore la possibilité de battre en retraite, de s'occuper de ses affaires. Mais en voyant l'expression de Grace, il comprit qu'il ne pourrait pas faire cela.

Finalement, ce fut sans importance car Grace donna un coup de genou dans l'entrejambe de Derek, se libéra prestement et lui tordit le bras dans le dos, en une habile et complexe manœuvre d'autodéfense.

Avant que Xander ait eu le temps d'intervenir et de la secourir, elle s'était tirée d'affaire toute seule.

Et malgré le mépris qu'ils éprouvaient l'un pour l'autre, jamais il n'avait été aussi attiré par elle.

- 3 -

Rien de tel, au beau milieu d'un cocktail, que de faire une démonstration de ses talents en matière d'autodéfense, songea Grace.

Heureusement qu'Emerson l'avait convaincue de prendre des cours. Faute de quoi, elle ne savait pas comment cette situation se serait terminée.

Un frisson la traversa. Même si elle donnait le change, Derek lui avait vraiment fait peur.

Elle l'avait prévenu qu'il n'avait pas le droit de la désigner comme sa petite amie, et que ce serait leur dernier rendez-vous. Et aussi qu'elle n'appréciait pas qu'il soit déjà ivre au bout de dix minutes.

C'était alors qu'il avait montré son vrai visage.

Heureusement, elle avait repris le contrôle.

Tandis qu'elle essayait de récupérer son souffle, elle réalisa que Xander se tenait à côté d'elle.

— Qu'est-ce que tu fais là, toi ? marmonna-t-elle.

— Comment ça, qu'est-ce que je fais là ?

Il baissa les yeux vers la clé de bras qu'elle continuait à imposer à Derek.

— C'est plutôt à toi qu'il faut demander ce que tu fais, dit-il.

— J'accompagne un homme qui m'a invitée à une soirée.

— Je vois. Et comment ça se passe ?

— J'ai connu mieux.

Derek grimaça de douleur.

— Lâche-moi, espèce de garce ! s'exclama-t-il.

Xander s'avança et se pencha sur lui, lui touchant presque le front.

— Excuse-moi, tu l'as appelée comment ?

Il détacha les doigts de Grace du poignet de Derek, et tordit le bras de ce dernier suffisamment fort pour lui arracher un cri de douleur.

— Elle n'est pas ta propriété, Whittaker. Et il semble qu'elle n'a pas envie de l'être non plus. Donc, si tu poses à nouveau les mains sur elle, je suis sûr qu'elle ne se contentera pas d'une simple prise d'autodéfense.

Derek lança un regard craintif à Grace, qui se pencha vers lui.

— J'utiliserai mon Taser, précisa-t-elle avec un grand sourire.

Sur ces mots, elle récupéra son sac, qu'elle avait laissé tomber au sol, et abandonna les deux hommes. Elle n'avait qu'une envie : partir d'ici, rentrer chez elle et enlever cette robe.

Dire qu'elle avait fait des efforts vestimentaires pour ça !

Xander la rattrapa avant qu'elle ait eu le temps d'atteindre le hall.

— Tu as géré ça de main de maître, dit-il.

Il y avait de l'amusement dans sa voix, et peut-être un peu de surprise.

— Tu trouves ?

— Oui. C'était impressionnant.

Consciente que de nombreux regards s'étaient tournés

vers elle, et que les murmures allaient bon train, elle décida de consacrer toute son attention à Xander.

Pivotant sur ses talons, elle lui fit face.

— J'ai commencé à sortir avec des garçons à quinze ans. Tu crois vraiment que c'est la première fois que je dois affronter un cinglé ? Je n'avais pas vraiment besoin de ton aide, tu sais.

Pour être tout à fait honnête, elle était soulagée de ne pas avoir dû affronter seule la brutalité de Derek.

Même s'il avait fallu, parmi toutes les personnes présentes, que ce soit Xander qui lui vienne en aide !

— Eh bien, je suis désolé, dit-il. Je n'ai tout simplement pas apprécié de te voir traitée de cette façon.

Leurs hôtes, Carl et Maggie, se précipitèrent vers Grace.

— Est-ce que tout va bien ? Nous avons appris qu'il y avait eu un incident avec Derek.

— Ça va, répondit-elle.

Carl secoua la tête.

— Je savais que je n'aurais pas dû l'inviter, dit-il. Mais son patron et le nôtre sont proches. Ils jouent au golf ensemble.

— Ce n'est pas grave, lui assura Grace.

Vidée de toute son énergie, elle prit congé aussi vite que possible, en s'efforçant d'être polie.

— Je suis désolée de vous avoir causé de l'embarras, mais j'aimerais rentrer chez moi. Je commence tôt demain matin. Félicitations pour votre nouvelle maison. Elle est vraiment fantastique.

Une fois dehors, elle inspira à pleins poumons l'air frais de la nuit, comme si elle s'était retrouvée coincée au fond d'un trou pendant des heures. D'une certaine façon, c'était un peu ce qu'elle ressentait. Mais c'était fini avec Derek, et elle allait bien. Parfaitement bien.

Elle sentit la présence de Xander avant qu'il parle. Sa voix profonde se déploya autour d'elle comme une couverture moelleuse. Elle avait envie de sentir ses bras l'envelopper, de s'accrocher de toutes ses forces à lui et d'oublier cette horrible soirée.

— Ça va ? demanda-t-il.

Elle prit une profonde inspiration, plaqua sur son visage le sourire qu'elle réservait aux futures mariées ingérables, et se retourna.

— Oui, tout va bien. Je veux seulement quitter cet endroit.

— Comment es-tu venue ?

— Dans la voiture de Derek. Mais je n'habite pas très loin. Je vais marcher.

— Marcher ? Tu ferais mieux de prendre un taxi.

— Je crois que je suis capable de me débrouiller toute seule, rétorqua-t-elle, avec une confiance qu'elle était loin d'éprouver.

— Après ce que je viens de voir ce soir, j'en suis certain. Seulement je me sentirais beaucoup mieux si tu n'étais pas dans les rues toute seule.

Il fixa la nuit d'un noir d'encre et suggéra :

— Si tu tiens absolument à marcher, laisse-moi au moins t'accompagner.

La prenait-il pour une damoiselle en détresse ? Bien sûr, elle avait eu un peu peur, tout à l'heure, mais elle était parfaitement en sécurité maintenant.

— Écoute, Xander, j'apprécie ta proposition, mais je crois que je peux faire quelques centaines de mètres à pied.

Elle avait du mal à lui en vouloir. Après tout, il voulait juste lui rendre service. S'il s'était agi de quelqu'un d'autre, elle aurait probablement accepté.

Pourquoi ne voulait-elle pas que Xander la raccompagne chez elle ?

Parce qu'elle n'avait pas envie de se retrouver seule avec lui. Vraiment, elle avait peur de ce qu'elle serait capable de faire si elle était seule avec lui.

— S'il te plaît, retourne à la réception, dit-elle, avec peu d'espoir qu'il obtempère.

Xander se tourna vers la maison et fixa la grande baie vitrée du salon, où les invités agitaient leur verre, en comparant les mètres carrés de leurs habitations.

— Tu veux que je retourne là-bas ? demanda-t-il.

— C'est ce que j'ai dit, oui.

— Tu ne peux pas m'imposer ça.

Joignant les mains, il prit un air suppliant.

— Allez, Grace, laisse-moi te raccompagner. Tu pourras même m'insulter et me dire tout le mal que tu penses de mon travail.

— Hum… C'est tentant.

Jetant un coup d'œil vers la maison, elle vit Carl qui parlait à Derek et frissonna.

Tout allait bien. Elle avait maîtrisé la situation.

Ses efforts pour se rassurer ne fonctionnèrent pas. Soudain, son esprit envisageait les pires scénarios.

— Hé, qu'est-ce que c'est que ça ?

Xander effleura son avant-bras, où se formait déjà un hématome.

— Ça fait mal ? demanda-t-il.

— Ça… euh…

Ce qu'il lui restait d'adrénaline fondit aussitôt. Sans

prévenir, sans un instant pour se ressaisir, elle s'effondra dans les bras de Xander.

Xander aurait été moins choqué si Grace avait dit à tous les invités qu'ils étaient les meilleurs amis du monde. Pourtant, il n'aurait pas dû être surpris qu'elle lui tombe dans les bras. Elle venait de vivre une expérience traumatisante, et il l'avait vue trembler.

En tout cas, c'était agréable, pour une fois, de la voir poser son armure, même s'il aurait préféré que ce soit pour une autre raison.

— Tout va bien, Grace, murmura-t-il, en lui massant affectueusement le dos. Tu n'as plus à t'inquiéter à cause de Derek, maintenant.

Après un long moment, elle finit par se redresser.

— Merci, dit-elle. Et désolée.

— Désolée de quoi ?

Ses joues s'empourprèrent.

— Que tu te sois trouvé là quand je…

— Tu as craqué. C'est humain.

Elle redressa le menton, hautaine.

— J'avais simplement besoin d'un instant pour me ressaisir, affirma-t-elle.

— Si tu le dis.

Il sourit, moqueur, et elle grommela.

— Mais je te raccompagne quand même chez toi, ajouta-t-il.

Il eut l'impression qu'elle allait protester, mais elle regarda une dernière fois vers la maison et hocha la tête.

Une fois dans la rue, ils prirent à gauche au premier carrefour et, pendant un moment, on n'entendit plus que le cliquètement des talons de Grace sur l'asphalte.

C'était une belle nuit, pour un début octobre. La pleine lune leur éclairait la route. L'air était encore tiède, mais une brise fraîche soufflait, et les feuilles des arbres commençaient à changer de couleur.

Xander réalisa que c'était la première fois qu'il était complètement seul avec Grace. Non qu'ils aient déjà passé beaucoup de temps ensemble. Mais d'habitude, Jack et Emerson étaient dans les parages, ou ils étaient entourés par les clients du Wright Bar, le bar très fréquenté de Jack dans Old Town.

— Comment vont les affaires ? demanda-t-il.

Grace soupira et ne répondit pas.

— Quoi ? J'essaye seulement d'être aimable.

— Il y avait de l'arrogance dans ta façon de poser la question.

— Pas du tout !

— C'est une question d'intonation, précisa-t-elle.

— D'intonation ? Allons donc !

— Je sais déjà ce que tu penses de mon métier, Xander. Tu t'es montré très clair lors de notre première rencontre.

— Et toi, alors ? Tu m'as bien fait comprendre que tu haïssais mon travail.

— Tu es un avocat spécialiste des divorces. Tu vois des mariages se terminer chaque jour. Qu'y a-t-il à aimer, là-dedans ?

Il haussa les épaules.

— Ça ne se résume pas à ça, marmonna-t-il.

— Ah, vraiment ? Je t'écoute.

— Les gens viennent me voir quand ils sont prêts à un changement dans leur vie. Ce ne sont pas toujours des cris et des disputes. Parfois, c'est une sage décision, de rompre.

— Oh ! je t'en prie.

— La vie, ce ne sont pas des arcs-en-ciel, de la dentelle, et des gâteaux de plusieurs étages ornés de décorations kitsch.

— Certains de ces gâteaux sont réellement fantastiques.

— Lequel préfères-tu ? demanda-t-il.

Visiblement surprise par sa question, Grace s'arrêta et le regarda d'un drôle d'air.

— Tu vas trouver ça simpliste, dit-elle.

— Essaye toujours.

— Le gâteau à la carotte. J'en raffole.

— Ça alors ! C'est mon préféré aussi.

— Ma grand-mère m'en faisait tout le temps. Sa recette est à tomber.

Le téléphone de Grace se mit à jouer *When You Wish Upon a Star*.

— Quand on parle du loup, dit-elle, avant de prendre l'appel. Bonsoir, Grammy. Tout va bien ? Il est tard… Quoi ? Oh ! désolée. J'ai dû filer directement à une soirée…

Elle recommença à marcher tandis qu'elle discutait avec sa grand-mère.

Xander la suivit, lui laissant un peu d'avance pour lui donner un peu d'intimité. Il observa les alentours. Les rues s'étaient considérablement vidées depuis qu'il était arrivé à la soirée, mais quelques passants déambulaient encore. Il y avait un terrain de softball à quelques mètres de là, et il entendait les sifflements et les cris de la foule.

Quand il vit que Grace rangeait son téléphone dans son sac, il la rejoignit.

— Désolée. J'appelle ma grand-mère tous les soirs, et elle s'inquiétait de ne pas avoir eu de mes nouvelles aujourd'hui.

— Vous semblez proches, toutes les deux.

— C'est elle qui m'a élevée, avec mon grand-père.

Il se demanda ce qu'il était advenu de ses parents, mais n'osa pas poser la question.

Ils continuèrent à marcher dans les rues d'Old Town, plus animées à mesure qu'ils se rapprochaient du centre.

Xander avait grandi non loin de là, dans une très grande maison, avec des milliers de mètres carrés de pelouse et de jardin qui n'étaient là que pour le décorum, et où il n'avait pas le droit de jouer. Ce qui expliquait pourquoi, enfant, il adorait traîner dans Old Town. Il allait à la marina et regardait les bateaux, s'attardait devant un homme qui jouait du saxophone, ou admirait le travail des peintres ou des caricaturistes. À Noël, le scintillement des guirlandes ornant King Street et les décorations dans les vitrines des boutiques le fascinaient.

— J'adore la ville à cette époque de l'année, dit Grace, comme si elle lisait dans ses pensées.

— C'est exactement ce que j'étais en train de me dire.

Elle rit, et il réalisa qu'il aimait ce rire. On aurait dit un carillonnement de clochettes.

— On a l'impression qu'il y a toujours quelque chose de nouveau ici, poursuivit-elle. Ça bouge en permanence.

— C'est vrai. Ça nous tient toujours en éveil. Mais en même temps, j'aime le cachet ancien de ce quartier.

— On ne peut nier qu'il a une âme. Qui sait si

George Washington n'a pas déambulé dans cette rue en se rendant à Mount Vernon.

— C'est fort possible. En tout cas, c'est rassurant de voir que certaines choses ne changent pas. Ça donne un sentiment de stabilité.

La stabilité n'était pas quelque chose dont Xander avait pu profiter dans sa jeunesse. Le chaos régnait en maître dans la maison, et c'était peut-être pour cette raison qu'il ne se rendait que rarement dans le prestigieux manoir que ses parents habitaient encore.

— Tu connais la boulangerie de Princess Street ? demanda Grace. Tu sais, celle qui fait de fantastiques biscotti.

— C'est un de mes endroits préférés sur terre.

Rien que d'y penser, il en salivait.

— Et les cannoli ? demanda-t-elle.

— Extraordinaires !

Ce qui était aussi extraordinaire, c'est que cela faisait plusieurs minutes qu'ils discutaient sans qu'une querelle éclate entre eux. C'était plutôt agréable, songea Xander. Quand Grace ne lui tapait pas sur les nerfs, elle était d'une compagnie assez plaisante.

— Désolé pour ton rendez-vous de ce soir, dit-il soudain.

Il ne savait pas pourquoi il avait dit ça, mais il lui semblait que quelqu'un devait lui présenter des excuses. Surtout en sachant que Derek ne le ferait pas.

Elle haussa les épaules.

— D'une certaine façon, c'est ma faute. Je n'aurais pas dû accepter de sortir avec Derek, ce soir.

— Pourquoi l'as-tu fait, alors ?

— Je suppose que je voulais lui donner une dernière

chance. J'aurais mieux fait de rester à la maison devant une bonne série.

— Je vois ce que tu veux dire. Moi aussi, j'aime passer une bonne soirée à la maison, traîner sur le canapé, commander une pizza. Ou aller à un match de base-ball. Et toi ?

— En fait, j'ai travaillé tellement dur ces derniers temps que je ne sais plus comment me détendre.

— Qu'est-ce qui t'a incitée à créer ta propre affaire ?

Il avait posé la question par simple politesse, pour meubler la conversation, mais il réalisa soudain qu'il était intéressé.

— Une envie d'indépendance, sans doute, répondit-elle.

— Des regrets ?

— Parfois. Mais cela ne dure jamais. C'est un tel bonheur d'être son propre patron.

Tandis qu'ils tournaient au coin de la rue, le talon de Grace se prit entre deux pavés et elle vacilla. Il tendit les bras et l'intercepta avant qu'elle tombe.

Aussitôt, son parfum l'enveloppa. Elle sentait la fleur d'oranger. Qu'il connaisse et puisse nommer cette odeur le dépassait. En tout cas, cela sentait divinement bon, et il ne pourrait plus jamais manger une orange sans penser à elle.

Elle noua les bras autour de son cou, et il l'attira aussitôt contre lui.

Elle avait des yeux d'une intensité incroyable. Leur couleur émeraude était peu commune, et il savait qu'il finirait par s'y perdre s'il les contemplait trop longtemps.

— Xander, murmura-t-elle, le souffle court.

— Grace.

Il ne savait pas quoi dire d'autre.

Il baissa les yeux vers ses lèvres. Des lèvres charnues, boudeuses… et très tentantes.

Elle y passa le bout de sa langue pour les humecter, et il réprima un frémissement. Était-ce son imagination, ou elle avait rapproché son visage du sien ?

La brise avait gagné en puissance, et les cheveux de Grace voletaient autour d'elle. Un chien aboyait au loin. Un groupe de personnes passa à côté d'eux en parlant fort et en riant.

Ni l'un ni l'autre ne bougeait. Ils se tenaient là, au coin de la rue, à se regarder dans les yeux sous le clair de lune.

Xander réalisa qu'il avait envie de l'embrasser. Il commença à incliner la tête vers elle. Grace battit des paupières.

Soudain, le bruit d'un klaxon les fit sursauter.

Grace bondit en arrière.

— Qu'est-ce que… ?

— Grace, je…

Et il ne savait pas comment finir sa phrase.

— Est-ce que tu allais… Je veux dire, tu avais l'intention de…, balbutia-t-elle.

Il se passa la main dans les cheveux.

— Je ne sais pas. Je pense que nous allions…

— Nous n'allions rien faire du tout ! décréta-t-elle avec force. Ça ne peut pas se passer entre nous.

Elle mit plus de distance entre eux, et il sembla qu'un vent froid l'enveloppait.

— Il ne s'est rien passé, Grace. Inutile de faire un drame.

— Tu as failli m'embrasser !

C'était la vérité. Il avait failli le faire.

— Pas du tout ! répliqua-t-il en essayant d'être convaincant. C'est toi qui as failli m'embrasser.

Elle tendit son sac devant elle, comme s'il s'agissait d'un bouclier.

— Tu sais quoi, Xander ? On va en rester là. J'habite juste au bout de la rue. Je ne risque plus rien, maintenant.

Xander la regarda s'éloigner et resta planté dans la rue bien après qu'elle eut monté le perron de sa maison et qu'elle eut disparu à l'intérieur.

Que venait-il de se passer entre eux ?

Il détestait cette femme. Et il était certain qu'elle ne l'aimait pas non plus.

Et pourtant, un changement avait eu lieu dans les rues d'Old Town, la ville où, comme l'avait souligné Grace un peu plus tôt, il se passait toujours quelque chose.

Parfois, le changement n'avait pas que des avantages.

- 4 -

Le changement était une bonne chose. Enfin, en général. Dans la plupart des situations.

Grace se gratta machinalement le bout du nez, tandis qu'elle songeait à tout ce qui avait changé dans sa vie, dernièrement.

Ses affaires décollaient, et elle engrangeait de nouveaux clients à un rythme effréné. C'était une bonne chose.

Emerson avait trouvé l'amour de sa vie et allait se marier. Un point positif, également.

Sauf qu'elles ne seraient bientôt plus colocataires.

Et sa vie sociale en serait peut-être un peu altérée aussi. Elles avaient pour habitude de passer leurs soirées libres à traîner dans Old Town : cinéma, boutiques en tous genres, bars à la mode…

À présent, les choses étaient différentes. Elle voyait moins Emerson, qui passait beaucoup de temps avec Jack. C'est pourquoi elle avait conscience que cette soirée était importante.

Emerson et elle se rendaient chez Jack pour dîner. Grace adorait Jack. Il était drôle et intelligent. Mais surtout, il aimait sincèrement Emerson, et aurait donné sa vie pour elle. Elle ne pouvait donc se plaindre d'être la cinquième roue du carrosse, et se réjouissait d'aller à ce repas.

— C'est sympa de la part de Jack de passer sa soirée à cuisiner, fit-elle remarquer.

Emerson soupira.

— Tu parles ! Il a probablement tout commandé, mais il essayera de faire croire que c'est lui qui a tout fait. Ou il choisira la facilité en proposant un barbecue.

— Peu importe. Tout me va. Je suis affamée.

Emerson se gara dans l'allée de Jack, et elles marchèrent jusqu'au perron. En voyant son amie sortir un trousseau de clés de son sac, Grace sourit. Emerson était déjà tellement à l'aise dans sa nouvelle vie.

Au moins, elle avait une amie qui l'incluait souvent dans sa vie, même si elle avait un fiancé. Grace connaissait quantité de femmes qui tournaient le dos à leurs amis dès qu'elles avaient trouvé « le bon ».

Elle donna à son amie une brève accolade.

— Quoi ? demanda Emerson, surprise.

— Rien. Je suis juste heureuse que tu m'aies invitée ce soir. Je suis contente que nous puissions tous les trois…

Elle laissa mourir la fin de sa phrase, tandis que son regard était attiré par quelque chose dans la rue.

Une Lexus noire aux formes aérodynamiques était garée à proximité de la maison de Jack.

Ce n'était pas possible !

Elle fit un effort surhumain pour ne pas jurer.

— Emerson…

Son amie leva une main pour l'interrompre.

— Grace, avant que tu dises quoi que ce soit…

— Comme te demander pourquoi j'aperçois la voiture de Xander Ryan ?

— Eh bien, tu vois, le truc, c'est qu'il va… plus ou moins dîner avec nous.

— Plus ou moins ou de façon certaine ?

— De façon certaine.

Une pensée traversa l'esprit de Grace, et elle fit la grimace.

— Ne me dis pas que Jack et toi essayez de nous mettre ensemble.

Emerson éclata de rire.

— Absolument pas ! Nous vous avons vu interagir, et c'est une catastrophe. Encore que, physiquement, je trouve que vous feriez un couple torride. Mais j'aurais les oreilles farcies de vos disputes incessantes.

— Ce n'est pas incessant ! Et… qu'est-ce que tu entends par « torride » ?

— Écoute, Gracie, tu es ma meilleure amie. Et Xander est le meilleur ami de Jack. Il faut que vous fassiez un effort pour vous entendre. À partir de maintenant, vous allez être appelés à vous voir beaucoup plus souvent.

Soudain, l'appétit de Grace s'évanouit. Emerson allait épouser Jack et, si elle voulait continuer à voir son amie, il faudrait qu'elle apprenne à s'accommoder de la présence de Xander.

Elle voulut se passer la main dans les cheveux mais se rappela qu'elle les avait attachés à la va-vite avec une grosse pince. Et elle n'avait pas retouché son maquillage depuis ce matin. De plus, elle portait un jean ample et délavé, de coupe boyfriend, et un pull bleu roi qu'elle possédait depuis des siècles. Il n'était pas vintage, il était juste vieux et moche.

Assurément, elle avait déjà eu meilleure allure.

Bon sang, pourquoi n'avait-elle pas pris soin de son apparence ?

— Allez, Gracie. Fais-le pour moi. S'il te plaît.

— Bien. Je vais dîner avec le diable.

Elle passa rapidement le bout de ses doigts sous ses yeux, en espérant effacer d'éventuelles coulures de mascara et d'eye-liner. Si seulement elle avait pensé à prendre sa trousse de maquillage !

Emerson gloussa.

— Xander n'est pas le diable. Laisse-lui une chance. C'est vraiment un chic type, crois-moi.

Xander, un chic type ? Il allait falloir qu'il donne des preuves de sa prétendue gentillesse ! Le fait de la raccompagner chez elle une seule fois ne faisait pas de lui le vainqueur de l'année.

D'autant plus qu'il avait essayé de l'embrasser !

Plusieurs jours s'étaient écoulés depuis, et elle ne savait toujours pas ce qui l'agaçait le plus : qu'il ait eu envie de l'embrasser… ou qu'il ne l'ait pas fait.

Elles poussèrent la porte et entrèrent dans le hall. Emerson posa son sac sur une console, et guida Grace à travers le couloir.

Grace était déjà venue chez Jack. La maison avait appartenu à son père, et c'était définitivement une tanière de célibataire, dans des tons sombres. Encore que, en y regardant de plus près, on pouvait maintenant y voir la touche d'Emerson. Le canapé et les fauteuils s'ornaient de plaids et de coussins aux couleurs vives, et quelques-uns des tableaux réalisés par Emerson égayaient les murs. Il y avait une lampe sur une table basse qui se trouvait autrefois dans son bureau, et un de ses gilets était drapé sur le dossier d'une chaise.

On entendait des voix masculines dans la cuisine. Avec résignation, Grace se promit de laisser à Xander une chance de la faire revenir sur sa première impression.

— Je suis ravi de voir le mariage se terminer enfin, disait Xander. Leur rupture était prévisible depuis le début, mais il a fallu du temps pour qu'ils se décident.

En découvrant Xander accoudé à l'îlot central, une bouteille de bière à la main, Grace se retint de grincer des dents. Après tout, ne disait-on pas que la première impression était toujours la bonne ?

Elles entrèrent dans la pièce, et le visage de Jack s'éclaira quand il vit Emerson.

— Voici ma future femme, dit-il en soulevant Emerson dans ses bras.

— J'aime entendre ces mots, murmura Emerson, avant de l'embrasser.

— Et moi, où est mon baiser ? demanda Xander.

Jack resserra les bras autour de la taille d'Emerson.

— Trouve-toi une femme ! rétorqua-t-il en riant.

Emerson éclata de rire et se libéra pour donner une accolade à Xander. Puis elle adressa à Grace un regard lui suggérant de mettre de l'eau dans son vin.

Ne venait-elle pas pourtant de l'entendre dénigrer le mariage ?

Elle sourit.

— Bonjour, Jack.

Puis elle soupira et ajouta d'un ton morose :

— Xander.

— Grace, ravi de te revoir, répondit-il. Et si vite.

Comme d'habitude, il paraissait totalement à l'aise. Il avait dû venir directement du bureau car il était en costume. Toutefois, il avait ôté sa veste et sa cravate, et roulé ses manches, révélant des avant-bras puissants.

Une femme devait se sentir en sécurité dans des bras comme ça, songea-t-elle. Protégée des aléas du monde.

Arrête ! s'ordonna-t-elle.

Elle avait vraiment besoin d'un verre.

— Deux fois en une semaine, marmonna-t-elle. J'ai de la chance.

— Oui, on peut dire ça, répliqua Xander, sarcastique.

— Un verre, Grace ? proposa Jack, en tendant une bouteille de vin.

— Oui, répondit-elle.

Jack la servit, et elle but aussitôt une longue gorgée pour calmer ses nerfs. De son côté, Xander accepta une nouvelle bière avec une certaine précipitation.

— Qu'y a-t-il au menu, mon cœur ? demanda Emerson.

— Je pensais à un barbecue.

Grace échangea un sourire avec Emerson, et elles éclatèrent de rire.

— Je crois que nous avons manqué quelque chose, fit remarquer Xander.

— Il vaut mieux se contenter de hocher la tête et de sourire, lui conseilla Jack. Sur ce, je vous laisse. Je vais allumer le barbecue.

— Je t'accompagne ! décréta Emerson.

Quand Xander et elle furent seuls dans la cuisine, Grace décida de regarder partout, sauf en direction de Xander. Elle observa attentivement les placards, qu'Emerson avait fait repeindre en blanc, les plans de travail que Jack avait récemment remplacés par du granit gris clair. Elle examina même la paire de mocassins Sperry bien usés qu'elle portait aux pieds.

— Voilà, dit Xander.

— Voilà, répéta-t-elle.

Puis, plus rien.

Ils s'observèrent, et elle finit par lever les yeux au ciel.

Xander s'éclaircit la gorge comme s'il voulait parler, et elle devinait qu'il pesait soigneusement ses mots.

— J'apprécie vraiment beaucoup Emerson, dit-il.

— Moi aussi. Elle est formidable.

Xander prit appui contre l'îlot central, et but une longue gorgée de bière.

Malgré elle, Grace regarda ses lèvres. Ces lèvres charnues et terriblement sexy qui avaient failli se poser sur les siennes, l'autre nuit…

— Parlons d'autre chose, dit-il. Comment s'est passée ta journée ? Les affaires vont bien ?

— Je suis assez occupée, en fait.

Elle lui parla d'un brunch, qu'elle avait modifié à la dernière minute, d'une future fête prénuptiale organisée par les amies d'une mariée, de deux enterrements de vie de jeune fille. Puis elle le régala de ses angoisses liées au contrat avec un hôtel, qu'elle avait eu le plus grand mal à négocier aujourd'hui. Et, pour faire bonne mesure, elle ajouta quelques anecdotes cauchemardesques avec des fleuristes.

Quand elle eut terminé, elle dut se mordre les lèvres pour ne pas rire devant l'expression médusée de Xander.

— Eh bien, j'ai déjà été invité à un nombre incalculable de mariages, mais je ne pensais pas que cela demandait une telle organisation en amont, dit-il. C'est impressionnant, ce que tu assumes comme responsabilités.

— Certains couples tiennent à ce que tout soit absolument parfait.

— Je suppose. Mais ça semble un tel gâchis d'argent.

Et voilà ! Il recommençait ! Elle prit sur elle pour garder son calme.

— C'est un jour spécial, Xander. Pense à ton propre mariage.

— Ça n'arrivera jamais !

— Que veux-tu dire ? Tu ne veux pas te marier ?

— Non. Je ne crois pas au mariage, c'est tout.

L'expression de Grace était savoureuse.

Il se serait volontiers esclaffé, mais quelque chose lui disait qu'elle ne le prendrait pas bien. Dire à une *wedding planner* qu'il ne croyait pas au mariage, c'était probablement comme dire à un cartographe qu'il ne croyait pas que la terre était ronde.

En tout cas, il disait vrai. Après l'expérience de ses parents, sans parler de ce qu'il voyait tous les jours au cabinet, il lui était impossible de se laisser séduire par l'idée du mariage et de l'engagement pour toute une vie. Parce qu'il n'y croyait absolument pas.

Franchement, il n'aurait jamais dû entamer cette conversation. Jack ne l'avait pas prévenu que Grace viendrait dîner. Il le lui avait dit au détour d'une phrase, alors qu'ils évoquaient le dernier match de l'équipe de base-ball dont ils étaient des supporters acharnés. Dans ces conditions, Xander n'avait pu se défiler.

Et il n'avait pas fallu longtemps pour que les désaccords habituels entre Grace et lui refassent surface.

Il se considérait comme un homme patient mais, quand cette beauté aux cheveux de jais était dans les parages, il n'avait plus le moindre sang-froid.

Même avec cette expression choquée sur le visage, elle était belle. Surtout avec ce semblant de chignon noué à la va-vite. Il rêvait d'ôter la pince qui retenait ses cheveux, et d'y enfouir les mains, en les regardant cascader autour de son visage, avant de l'embrasser.

— Tu ne crois vraiment pas au mariage ? demanda-t-elle.

Jack entra dans la cuisine, entendit la question de Grace, observa tour à tour ses amis d'un air inquiet, prit une bière et fila sans demander son reste.

Xander secoua la tête.

— Non.

— Je ne te pose pas seulement la question sur un plan personnel. Après tout, tu es libre de ne pas te marier.

— Merci, répliqua-t-il sèchement.

— Mais tu ne crois pas au mariage dans l'absolu ? Quel que soit le couple ?

— C'est ce que j'ai dit.

— Pourquoi ?

— Cela n'a rien de choquant, Grace. Beaucoup de personnes ne croient pas au mariage.

— Et les enfants ?

Il haussa les épaules.

— Je ne sais pas si je suis fait pour être père. Cela dit, je n'ai rien contre les enfants. Qui plus est, il n'y a pas besoin d'un bout de papier pour avoir des enfants.

— Et l'engagement ? Montrer à la personne que tu aimes qu'elle peut avoir confiance en toi ?

— Encore une fois, il n'y a pas besoin d'un bout de papier pour montrer ton engagement. Si jamais tu décides de t'engager. De toute façon, la moitié des couples mariés divorcent.

— Et l'autre moitié reste ensemble. Tu n'as pas idée de la quantité d'amour que je vois chaque jour.

Il ricana. La pauvre nageait en pleine illusion.

— De *l'amour* ? Tu vois des robes de mariée, des

motifs sur de la porcelaine, et des billets verts estampillés du sigle dollar, répliqua-t-il, moqueur.

Elle poussa un soupir indigné et lui jeta un regard assassin.

— Tu ne connais rien à mon travail ! s'exclama-t-elle. Je vois des gens qui veulent célébrer leur amour avec ceux qui font partie de leur vie.

Elle saisit son verre et but une longue gorgée de vin.

— Je t'en prie, Grace. Pas plus tard que ce matin, j'ai rencontré un couple qui avait eu le plus grand, le plus luxueux, le plus extravagant des mariages de tous les temps. Tu sais quand ils se sont mariés ? Il y a trois ans.

— C'est de ce mariage dont tu parlais quand je suis arrivée ? Celui dont la fin te réjouissait ?

Xander sentit son visage se décomposer. Cette remarque le touchait en plein cœur. Les yeux de Grace lançaient des éclairs, mais elle n'avait pas la moindre idée de ce dont elle parlait.

— Non, répondit-il. Ce que j'ai vu ce matin, c'est la fin d'une des pires unions dont j'ai été témoin.

Il connaissait Jess depuis l'université. C'était une jeune femme drôle, avenante et gentille. À l'époque, elle sortait avec son colocataire à lui. La relation n'avait pas duré, mais elle était restée en contact, même après son mariage avec un autre homme.

Xander l'avait toujours considérée comme son rayon de soleil, et se réjouissait toujours d'avoir de ses nouvelles. Malheureusement, il était loin de s'imaginer ce que cachait son sourire.

— Aujourd'hui, j'ai finalisé le divorce d'une vieille amie, dit-il. Son ordure de mari la brutalisait physiquement et moralement.

Grace laissa échapper un petit hoquet de surprise.

— Elle se sentait piégée, seule, poursuivit-il. Elle n'osait pas se confier, car elle s'imaginait que personne ne la croirait. Il faut dire que son mari donnait parfaitement le change en public. Tout le monde le trouvait charmant.

— C'est affreux… Je suis désolée. Je comprends pourquoi tu te réjouissais que ce soit terminé.

On progressait, songea-t-il.

— Je ne suis pas un monstre, Grace. Je ne crois pas au mariage, mais cela ne veut pas dire que j'éprouve une joie perverse à voir le bonheur des gens s'effondrer quand une union se termine.

Elle posa son verre, et il crut qu'elle allait venir vers lui. Finalement, elle resta où elle était, mais chercha quand même son regard.

— Je suis heureuse de l'apprendre. Je suppose que c'est mon côté optimiste qui voudrait que tout le monde soit heureux tout le temps.

En fait, Xander adorait cet aspect de la personnalité de Grace. Parfois, il aurait voulu avoir une vision plus positive de la vie. Seulement il avait vu trop de choses, assisté à trop de ruptures houleuses.

— Malheureusement, la vie n'est pas un conte de fées, Grace. Le monde a changé.

— Ça va peut-être t'étonner, mais je le comprends.

Elle esquissa un sourire timide et ajouta :

— Je crois que je déteste juste l'idée que tu n'aies pas envie de trouver ton âme sœur, que tu ne saches pas ce que cela fait d'être amoureux.

— Ne t'inquiète pas pour moi. Bien ! Maintenant

que nous avons fait le point sur mon célibat, j'aimerais savoir ce que tu ressens à propos de l'autre nuit.

Elle le regarda d'un air perplexe.

— L'autre nuit ? Tu veux dire quand nous sommes tombés l'un sur l'autre à la soirée ?

— Oui.

— Quand tu as failli m'embrasser ?

— Quand Derek s'est comporté comme un mufle avec toi.

Il pointa sa bouteille de bière vers le bras de Grace.

— Je vois que la marque s'est effacée, dit-il. Je ne connais pas bien Derek, mais je n'ai pas entendu que des compliments à son sujet.

Ce qu'il ne dit pas, c'est que leur presque baiser l'avait perturbé plus qu'il ne voulait l'admettre. Même à cet instant, il devait prendre sur lui pour ne pas presser ses lèvres sur celles de Grace…

Parler de cet abruti de Whittaker était moins dangereux.

— Il a repris contact avec toi, depuis la réception ? demanda-t-il.

— Non. Et je ne m'y attends pas.

— Dis-le-moi, si tu as des nouvelles.

Elle écarquilla les yeux.

— Pourquoi ?

— Parce que je n'ai pas envie qu'il t'embête.

— Essayerais-tu de me protéger, Alexander Ryan ?

Était-ce le cas ?

Xander n'en était pas sûr. Tout ce qu'il savait, c'est que le geste brutal de Derek avait réveillé quelque chose en lui.

— Je crois que tu as brillamment démontré l'autre soir ta capacité à te débrouiller toute seule.

Elle sourit.

— Merci de me dire ça.

— Je t'en prie.

Le silence s'installa pendant un moment. Quelque chose avait changé entre eux. Xander le percevait de la même façon qu'il sentait la fraîcheur de la bouteille de bière dans sa main.

— Est-ce que nous serions sur la même longueur d'onde ? demanda soudain Grace.

— On dirait.

— C'est choquant, dit-elle, les yeux pétillants de malice.

— Très choquant. Qui aurait pu croire que nous serions capables de rester en tête à tête en ayant une conversation courtoise ?

Elle leva son verre.

— Et si nous portions un toast à cela ? suggéra-t-elle.

— Avec plaisir !

Il se rapprocha d'elle, les yeux rivés sur sa bouche. Il la vit respirer précipitamment tandis qu'il cognait délicatement sa bouteille de bière contre son verre.

Il ne savait pas trop comment ils étaient arrivés à ce stade. Peut-être avaient-ils appris quelque chose l'un de l'autre, ce soir.

En tout cas, une chose était sûre, il avait terriblement envie de l'embrasser…

La porte s'ouvrit, et une odeur de bœuf grillé et de cheddar fondu les enveloppa, juste avant qu'Emerson passe la tête dans l'embrasure.

Ils s'écartèrent, l'air coupable.

— Je ne vois pas de sang, ni de vaisselle cassée, fit

remarquer Emerson, narquoise. Se pourrait-il que vous vous entendiez, finalement ?

— Nous avons même trinqué, dit Grace.

— Formidable ! Le repas est prêt. Vous venez ?

Tandis que Xander se dirigeait lentement vers la terrasse, Grace resta en arrière, et il entendit qu'Emerson lui chuchotait quelque chose, sans toutefois comprendre de quoi il s'agissait.

— Est-ce que nous ne formons pas une belle petite famille ? demanda Jack, une fois qu'ils furent tous réunis.

Inclinant d'abord la tête vers sa fiancée et Grace, il haussa un sourcil interrogateur à l'intention de Xander.

Ce dernier haussa les épaules.

Il n'avait peut-être pas les réponses à tous les mystères de l'univers, mais il avait une certitude : ça commençait à devenir intéressant, entre Grace et lui.

- 5 -

Grace détestait avoir l'esprit ailleurs quand elle était avec une cliente.

Et la cliente d'aujourd'hui n'était pas une future mariée ordinaire. Il s'agissait d'Emerson.

Elle voulait que tout soit parfait pour sa meilleure amie. Même si elle devait travailler non-stop, elle veillerait à ce que les tables soient irréprochables, que chaque pétale de fleur soit d'une fraîcheur absolue, et que tous les points figurent sur les *i* des invitations, même si elle devait pour cela les rédiger elle-même.

Si seulement elle pouvait se concentrer…

Elle n'était pas dans son état normal depuis une semaine. Et elle en connaissait la cause : Alexander Ryan.

Elle laissa échapper un long soupir.

— Ça va ? lui demanda Emerson.

Elle offrit à son amie un sourire qui se voulait rassurant.

— Désolée. Oui, ça va. Où en étions-nous ?

— Tu me disais qu'il n'y avait aucune raison de paniquer, et que tout était sous contrôle.

— Exact.

Son carnet sur les genoux, elle hocha la tête.

— Bon, passons en revue les choix que tu as déjà faits. Crois-moi, tu as pris beaucoup d'avance.

— Si tu le dis.

— Le lieu, c'est fait.

Un grand sourire éclaira le visage d'Emerson.

— Je n'en reviens toujours pas d'avoir pu réserver cet endroit ! s'exclama-t-elle. Je ne pouvais rêver mieux.

— Un mariage printanier dans un vignoble, dit Grace d'un ton rêveur. Ça va être grandiose.

— Tu ne trouves pas ça incongru ? D'habitude, on choisit plutôt l'automne, pour un mariage dans un vignoble.

— C'était déjà réservé. Mais tu peux attendre l'année prochaine, si tu veux.

— Sûrement pas ! J'ai trop hâte de devenir Mme Wright !

— C'est bien ce que je pensais. Ce sera donc un mariage printanier.

Grace continua à pointer sa liste.

— Tu as déjà choisi ta robe. Le seul souci, c'est que le futur marié l'a déjà vue.

— Je suis certaine qu'il ne s'en souvient pas. Et de toute façon, il ne m'a pas vue apprêtée comme pour le jour de la cérémonie.

— Bien, bien. Je laisse passer pour cette fois. Mais tu dois me promettre de respecter toutes les autres règles cardinales d'avant mariage.

— Je suis désolée de te l'apprendre, Gracie, mais, Jack et moi, *nous l'avons déjà fait*…

Grace lui tira la langue comme une gamine.

— Et si tu t'engageais à ne pas passer avec lui la nuit qui précède le mariage ?

— Je vais y réfléchir.

— Voyons la suite… Tu as déjà sélectionné les

invitations, nous avons réduit la liste des traiteurs à deux entreprises, et Jack s'occupe du voyage de noces.

— Nous devons choisir ta robe ! dit Emerson avec enthousiasme. Ma mère a reçu une ravissante collection à la boutique, la semaine dernière. Nous devrions aller y jeter un œil.

Tandis qu'Emerson commençait à feuilleter un magazine, et à corner les pages présentant des robes qui lui plaisaient, Grace laissa son esprit vagabonder.

À sa grande surprise, ses pensées la ramenèrent à Xander. Elle ressassait toujours leurs deux dernières rencontres. Il y avait eu cette réception horrible et ce baiser qui n'avait pas eu lieu, et puis le dîner chez Jack. Ils avaient commencé en mode chien et chat, puis quelque chose avait changé.

Elle nageait en pleine confusion. Appréciait-elle Xander ou pas ? Avait-elle envie de l'embrasser ou pas ?

— J'ai failli embrasser Xander, dit-elle soudain, sans réfléchir.

Emerson écarquilla les yeux. Puis elle referma son magazine.

— J'allais te proposer une robe courte, de style cocktail, pour changer des tenues habituelles de demoiselles d'honneur. Mais discutons plutôt de cette révélation. Je suppose que nous parlons de Xander Ryan, ton ennemi juré ?

Grace se prit la tête dans les mains et répondit par un long gémissement.

— Je ne veux même pas en parler, marmonna-t-elle.

— Oh ! mais tu ne vas pas t'en tirer comme ça, ma petite. Tu dois tout me raconter. On ne peut pas lâcher une information explosive comme ça et faire comme si de rien n'était. D'abord, je veux savoir où ça s'est passé. Chez Jack, l'autre soir ?

Grace se redressa sur sa chaise.

— En fait, je l'ai croisé à cette affreuse soirée où j'avais accompagné Derek, expliqua-t-elle.

Emerson leva une main.

— Excuse-moi ? Cela remonte à plusieurs jours, ça. Pourquoi ne m'en as-tu pas parlé plus tôt ?

— J'étais sous le choc, je crois, avoua Grace. Je ne sais pas ce qui s'est passé.

— Prends une grande respiration. Commence par expliquer comment tu en es arrivée au moment où tu as failli l'embrasser. Et termine en me disant pourquoi tu ne l'as pas fait.

Grace s'exécuta. Quand elle eut livré tous les détails dont elle se souvenait, Emerson resta figée.

— Em, dis quelque chose.

Son amie passa la main dans sa chevelure bouclée.

— Une minute, ma belle. Ça fait beaucoup d'informations d'un coup. J'analyse.

Emerson l'étudia un long moment, et Grace finit par se tortiller sur sa chaise.

— Tu sembles déçue qu'il ne se soit rien passé, fit remarquer Emerson.

Grace demeura bouche bée, et son amie éclata de rire.

— Emerson Rose, arrête de te moquer de moi ! Tu es ma meilleure amie et tu es supposée me soutenir.

— C'est ce que je fais, ma chérie. Simplement, je ne vois pas où est le problème. Xander est un type formidable. Je connais des quantités de femmes prêtes à tout pour sortir avec lui. Il est beau, intelligent. C'est un homme fiable. Et il a un super job.

Grace grommela en entendant ça.

— Il a une belle réussite professionnelle, oui, dit Emerson. Il est très drôle, quand on le connaît bien. Et il est sexy.

— Ah ça, oui…, murmura Grace, sans réfléchir.

Emerson lui jeta un regard moqueur.

— Quoi ? Je ne suis pas aveugle, Em. Il est terriblement séduisant.

— Je suis ravie de l'entendre, car Jack va lui demander d'être son garçon d'honneur.

Grace haussa les épaules.

— Je m'y attendais, marmonna-t-elle.

— Donc, ça ne te dérange pas d'ouvrir le cortège avec lui ?

— Bien sûr que non. Tu croyais que j'allais faire un caprice ? Je n'ai pas cinq ans !

Emerson prit une grande inspiration et demanda :

— Donc, ça ne te dérangera pas non plus d'organiser une réception prénuptiale de couple ? Tu veux du café ? ajouta-t-elle vivement en se levant d'un bond.

— Attends ! Qu'est-ce que tu viens de dire ?

Emerson se retourna lentement.

— Est-ce que tu veux du café ?

— Non. Avant. J'ai cru entendre « réception prénuptiale ».

— Ah, ça. Oui. Jack et moi avons décidé, plutôt que de faire deux fêtes séparées, de réunir tous nos amis et notre famille en un seul endroit.

— D'accord. C'est une bonne idée. Très moderne. Ça me plaît.

— Et nous aimerions plus ou moins que Xander et toi organisiez cela ensemble.

— Je peux très bien m'en occuper toute seule. Je n'ai pas besoin d'avoir Xander dans les pattes pour me ralentir et tout embrouiller.

— Écoute, c'était l'idée de Jack.

Grace fixa son amie et croisa les bras sur sa poitrine.

— Je vais te poser la question pour la seconde fois. Jack et toi, vous ne seriez pas en train de jouer les marieurs ? Sois honnête, Emerson.

— Absolument pas. Tu peux me croire. Bien que tu aies failli embrasser Xander.

— Je regrette déjà de te l'avoir dit !

Emerson revint vers elle, lui prit la main, et la fit se lever.

— Grace, je sais que ce n'est pas idéal pour toi, mais fais un effort, s'il te plaît. Pour moi. Je te promets que Xander se comportera de façon irréprochable.

Grace soupira.

— Très bien. Je vais faire équipe avec lui.

— Tu veux que je fasse *quoi* ? s'exclama Xander. Tu es sérieux ?

Jack devait plaisanter. Comme s'il s'y connaissait en organisation de fêtes prénuptiales !

Jack était derrière le comptoir du Wright Bar, l'établissement qu'il avait hérité de son père après sa mort. Même si le bar se trouvait au cœur d'Old Town, l'endroit avait périclité durant la maladie du père de Jack. Puis Emerson était arrivée, et elle avait aidé Jack à faire repartir son affaire. À présent, c'était plein tous les soirs de la semaine. Jack organisait des soirées à thème, et privatisait les lieux pour des fêtes et des réceptions.

Xander adorait y venir. Il y avait un bar en zinc

à l'ancienne, une salle de billard, une scène pour le karaoké, une piste de danse, et de superbes photos en noir et blanc sur les murs représentant Alexandria.

— Je suis sérieux, Xander, dit Jack en lui tendant une bière pression.

— Pourquoi tu n'organises pas une soirée entre hommes, comme tous les futurs mariés de la planète ?

Jack jeta un torchon sur son épaule.

— Parce que je n'ai pas envie d'une soirée entre hommes. Emerson m'a expliqué à quoi pouvait ressemblait une fête commune, et j'ai trouvé ça sympa. En plus, sa mère insistait pour des fiançailles formelles, et Emerson n'en voulait pas. C'est trop guindé pour elle. Et pour moi aussi, franchement. Donc, c'est un bon compromis.

Xander but une longue gorgée de bière. Malheureusement, cela n'eut aucun effet sur sa nervosité.

— Je ne sais même pas par où commencer pour organiser ça, marmonna-t-il. Il faut que je trouve un endroit ?

— On veut le faire ici.

— D'accord, mais pour le reste ? Je dois envoyer des invitations ? Et d'ailleurs, j'invite qui ? Et la décoration ? Je suppose qu'il en faut.

— Hé, du calme !

— La commande est prête !

Jack se tourna pour prendre le plat d'ailes de poulet et de frites de patate douce que le serveur venait de poser sur le comptoir. Puis il prit des couverts et des serviettes, et fit le tour du bar.

— Oscar, tu me remplaces ?

Son barman hocha la tête.

Jack fit signe à Xander de le suivre à une des tables. Ce dernier prit sa bière et lui emboîta le pas, morose.

Tout en grignotant des ailes de poulet, il essaya de convaincre Jack que ce rôle d'organisateur de soirée n'était pas pour lui.

— Je suis content d'être ton garçon d'honneur, mais accrocher des guirlandes et des ballons, ce n'est pas mon truc.

— Des *guirlandes* et des *ballons* ? Ce n'est pas une fête d'anniversaire pour des gamins de cinq ans ! Mais je me doutais que tu aurais ce genre de réaction. C'est pourquoi Emerson et moi avons prévu quelqu'un pour t'aider.

D'accord. Ça ne se refusait pas. L'aide d'une personne qui avait l'habitude d'organiser des fêtes serait…

Il se figea, une frite à la main.

Oh non !

— Une minute, dit-il. Ne me dis pas que…

— C'est la demoiselle d'honneur, et elle…

— Stop !

Xander jeta sa frite dans le plat d'un geste dégoûté.

— Pas elle, décréta-t-il.

— Grace est une professionnelle de l'organisation de mariages.

Elle était aussi la vedette de ses derniers rêves. Depuis qu'il l'avait raccompagnée chez elle après la pendaison de crémaillère, il avait été incapable de la sortir de son esprit.

Elle était incroyable, dans cette robe rouge, avec des sandales aux talons vertigineux. Ses longs cheveux noirs étaient une invitation à y plonger les doigts. Et ses jambes…

Du coin de l'œil, il vit la porte du bar s'ouvrir et Emerson entrer.

— Je ne peux pas travailler avec elle, déclara-t-il brusquement à Jack qui sursauta, rappelé à la réalité après avoir lancé des regards énamourés à Emerson.

— Pourquoi ?

— Parce que !

— Mais encore ?

— Parce que je ne l'aime pas.

— Nomme une chose que tu n'aimes pas chez elle, lui demanda Jack, une lueur de défi dans le regard.

— Une seule chose ?

— Oui.

— Fiche-moi la paix, répliqua Xander.

Et il se mit à dévorer deux ailes de poulet à la suite, pour gagner du temps.

— Je suis sérieux, Xander. Cite-moi quelque chose à propos de Grace qui te fait sortir de tes gonds.

Il faisait chaud, soudain. Xander se retint de desserrer sa cravate.

Jack pointa l'index vers lui.

— Ah ! tu n'y arrives pas ! s'exclama-t-il.

— Laisse-moi une minute.

— Je peux t'en laisser vingt que cela ne changera pas grand-chose.

Réalisant que Jack ne laisserait pas tomber, Xander se creusa la cervelle pour trouver une raison qui faisait que Grace lui était antipathique.

— Elle est tellement…

— Oui ?

— Elle est… trop parfaite ! Qu'est-ce que c'est que

cet optimisme permanent ? Comment quelqu'un peut-il être heureux tout le temps ? Ce n'est pas normal.

— Trop *parfaite* ? Tu te fiches de moi ? Tu racontes vraiment n'importe quoi, mon vieux. Bon. Tu m'obliges à employer les grands moyens.

— C'est-à-dire ?

Jack se tourna vers le bar, où Emerson se faisait servir un verre par Oscar.

— Mon cœur ? Tu peux venir un instant ? demanda-t-il.

Xander fusilla son ami du regard.

— Ça, c'est un coup bas, marmonna-t-il. Tu sais que je ne peux pas lui résister.

Emerson vint vers eux, de sa démarche légère et gracieuse, posa son scotch sur la table, et embrassa Jack. Puis elle s'assit entre les deux hommes.

— Que se passe-t-il ? s'enquit-elle.

— Xander ne veut pas organiser notre soirée.

Emerson écarquilla les yeux, et fit une petite moue attristée.

— Oh ! tu ne veux pas nous aider ? Toi, le témoin ? Alors que c'est tellement important pour nous ?

— Non, il ne s'agit pas du tout de ça, répondit Xander. Et arrête de me regarder de cette façon. On dirait un cocker larmoyant.

Emerson accentua sa mimique désappointée, et se mit à battre des cils, comme si elle allait pleurer.

— Sérieusement, Emerson. Arrête ça.

Jack éclata de rire.

— Il semblerait que Xander a peur de travailler avec Grace.

Emerson hocha la tête, d'un air entendu.

— Je dois reconnaître qu'elle est passablement

effrayante. Je ne sais pas ce qui me terrorise le plus : tout ce rose qu'elle porte, ou ces sacs énormes qu'elle trimballe partout. Je ne voudrais pas travailler avec elle non plus.

Xander réprima un rire.

— Arrête de te moquer de moi, Emerson. Je suis sérieux. Je ne peux pas le faire avec elle.

Jack et Emerson échangèrent un regard amusé.

— Il existe des petites pilules bleues pour ça, fit remarquer Jack, pince-sans-rire.

Xander lui jeta une frite à la tête.

— Très drôle !

— J'aimerais que tu le fasses pour moi, dit Emerson en reprenant son sérieux. Je m'inquiète pour Grace. Je lui ai confié ce mariage à la dernière minute, en ne lui laissant quasiment pas le temps de tout organiser. Si j'avais été quelqu'un d'autre, elle aurait refusé. Elle a tellement d'autres clients dont elle doit s'occuper. Et ma sœur…

Elle soupira.

— Je ne peux pas compter sur elle en ce moment.

Xander grommela.

— Allons, Emerson, ne dramatise pas.

Mais il réalisa qu'elle était sérieuse. S'il en croyait ce que Grace lui avait raconté l'autre soir, elle était totalement débordée.

Il réfléchit à toute allure. Franchement, ça ne devait pas être si compliqué d'organiser une petite fête…

— Très bien, vous avez gagné. Je vais m'en occuper, de votre satanée fête, marmonna-t-il.

— Seulement si tu en as vraiment envie, dit Emerson en lui faisant ses yeux de biche.

— J’en rêvais depuis longtemps, répondit-il.

Et il vida d’un trait le reste de son verre.

Allons ! Ça ne devait pas être si compliqué, de travailler avec Grace.

Franchement, que pouvait-il arriver ?

- 6 -

— Je tombe mal, peut-être ? Désolée de vous ennuyer.

Grace s'immobilisa, la main sur la poignée de la porte du bar. Sophie Miller, une de ses clientes, venait de surgir de nulle part. Ce n'était jamais bon signe. Surtout quand elle détectait cette anxiété dans la voix de la plus jeune des mariées dont elle avait à s'occuper.

— C'est toujours un plaisir de discuter avec vous, dit-elle en essayant d'insuffler de l'enthousiasme dans sa voix.

Elle se déplaça sur le côté pour permettre à deux femmes d'entrer dans le bar. En regardant à travers la vitre, elle aperçut Xander, assis à l'extrémité du bar.

Une semaine s'était écoulée depuis le barbecue chez Jack, mais elle n'avait cessé de penser à lui. Peu après qu'Emerson et Jack eurent exprimé leur souhait d'organiser une fête prénuptiale de couple, Xander lui avait envoyé un SMS lui donnant rendez-vous au Wright Bar pour commencer à en parler. Elle avait suggéré qu'ils se retrouvent plutôt à son bureau, son territoire, mais Jack avait rétorqué qu'il se sentirait plus à l'aise dans le bar de Jack.

Dans l'esprit de Grace, cela manquait totalement de professionnalisme. Toutefois, elle faisait régulièrement des exceptions pour ses clients.

Sauf que Xander n'était pas un client.

C'était un homme pour lequel elle éprouvait de plus en plus d'attirance.

Quoi qu'il en soit, il pouvait attendre un peu. Elle avait une future mariée à rassurer.

— Ne vous excusez pas, Sophie. Je suis là pour ça. Dites-moi plutôt ce qui se passe.

— Je crois que je fais une erreur.

Cet aveu fut suivi d'un sanglot.

Grace prit une profonde inspiration. Elle avait dû gérer quantité d'angoisses de dernière minute et savait que cela cachait généralement quelque chose d'important. Bien qu'elle n'ait que vingt-quatre ans, Sophie s'était toujours montrée calme et décidée, jusqu'à présent.

— Oh ! Sophie, qu'est-ce qui peut bien vous faire dire ça ? Adam et vous êtes faits l'un pour l'autre. J'en ai eu la certitude la première fois que je vous ai vus.

Dix minutes plus tard, le problème était réglé. Sophie n'était pas angoissée à l'idée d'épouser Adam, mais elle redoutait de s'installer à New York juste après le mariage, et de commencer une nouvelle vie, dans une ville où elle n'avait ni amis ni contacts.

Après lui avoir donné quelques idées pour s'intégrer au mieux, Grace la laissa de nouveau souriante et enthousiaste à l'idée d'essayer prochainement sa robe de mariée.

Rejoignant Xander à l'intérieur du bar, elle prit place à côté de lui, en prenant soin de laisser un tabouret entre eux, et sortit de son grand sac besace une sélection de catalogues qu'elle jugeait utiles à l'organisation d'une réception.

— Merci de me rejoindre *enfin*, dit-il d'un ton sec.

— Désolée de t'avoir fait attendre, mais j'avais un problème à régler avec une cliente.

Il haussa les sourcils.

— Je rêve ou tu viens de t'excuser ?

Elle lui adressa son sourire le plus lumineux.

— Même les princesses font des erreurs.

Jack s'approcha.

— Salut, Grace ! Comment va ?

— On ne peut mieux. Dis-moi, il y a un monde fou pour un mercredi ordinaire.

— J'aimerais m'en attribuer le mérite, mais c'est l'œuvre d'Emerson. Attends seulement samedi et notre soirée inspirée de l'Oktoberfest. Tu passeras ?

— Bien sûr. Je ne voudrais pas manquer ça.

— Génial ! Qu'est-ce que je peux te servir ?

— Un verre de cette cuvée du patron que j'aime tant.

— Ça marche !

Jack prit un verre, le remplit de vin rouge, et le fit glisser vers Grace. Puis il eut un geste du menton en direction de Xander.

— Une autre bière ?

— Non, ça ira, marmonna Xander. J'ai besoin de garder la tête froide pour organiser cette fête super amusante.

Grace lui jeta un regard surpris. Il était bien morose. La dernière fois qu'ils s'étaient vus, ils avaient pourtant réussi à trouver un terrain d'entente. Elle n'avait aucune envie de travailler avec lui, mais le moins qu'elle pouvait espérer était que ça se passe dans la bonne humeur.

Au lieu de quoi, elle percevait du sarcasme dans sa voix.

Elle décida de prendre les devants.

— Si tu n'as pas envie de t'en occuper, je peux très bien le faire toute seule, proposa-t-elle. J'ai l'habitude.

Elle croisa les doigts, espérant que Xander saisirait la perche.

Xander parut soulagé de sa proposition mais, après un regard sévère de Jack le dissuadant même d'y penser, il reprit son air renfrogné.

— Après tout, c'est mon travail, insista Grace. On me paye pour ça.

— C'est vrai, ça. Pourquoi je ne suis pas payé, moi ? fit remarquer Xander.

Jack lui donna un coup de poing dans le bras.

— Est-ce que tu as déjà payé un verre ou un repas ici ?

— Bien vu, reconnut Jack en soupirant.

— C'est bien ce que je pensais. Donc tu te débrouilles comme tu veux, mais tu m'organises cette fête, décréta Jack en s'éloignant pour prendre une commande.

Grace but une gorgée de vin pour se donner du courage, et posa les yeux sur Xander.

— Bon, dit-il. On commence par quoi ?

Grace ouvrit son carnet.

— Emerson m'a donné plusieurs dates qui pourraient convenir.

Elle lui montra la liste, et ils consultèrent leurs agendas respectifs.

Cinq minutes plus tard, ils avaient une date.

C'était déjà un progrès.

— Pour le reste, c'est facile, dit Xander. Vu que ça va se passer ici, il n'y aura qu'à s'inspirer des menus qu'ils servent déjà : ailes de poulet, frites, hamburgers…

Grace soupira.

— Quoi ? S'ils ont choisi le bar, ils peuvent bien

s'accommoder des plats que l'on y sert, non ? fit remarquer Xander.

Grace fit appel au peu de patience qu'il lui restait.

— C'est un peu plus compliqué que ça, dit-elle. Cet endroit signifie quelque chose de particulier pour eux. C'est ici qu'ils se sont rencontrés.

— Et ?

— C'est plus qu'une fête prénuptiale où les amis vous apportent traditionnellement des cadeaux. Ce sont des fiançailles, l'occasion de s'entourer des personnes qui comptent pour eux, la célébration de leur amour. Il faut tenir compte aussi du fait que les parents d'Emerson seront là, ainsi que des membres âgés de leurs familles respectives. Donc, nous devons organiser quelque chose qui conviendra aussi bien pour des trentenaires que pour des octogénaires.

— Donc, pas de hamburgers ? demanda Xander d'un ton dépité.

Ils argumentèrent un moment à propos du menu, Grace repoussant toutes les propositions de Xander.

— Quel est le problème avec les hot-dogs ? s'exclama-t-il. Ce n'est pas assez chic pour toi ?

— Cela n'a rien à voir avec moi. Il se trouve qu'Emerson les déteste.

— Ah ! désolé. Je pensais que tu aurais un commentaire désobligeant à faire sur ce genre de nourriture.

Elle soupira.

— Tu ne comprends pas. Il ne s'agit pas de moi.

Xander lui lança un regard d'incompréhension totale.

Pensait-il vraiment qu'elle organisait des mariages pour elle-même ? Que chaque événement reflétait ses propres envies ?

— Franchement, Xander, tu crois vraiment que je laisserais mes opinions personnelles et mes préférences interférer dans l'organisation d'un événement pour autrui ? Ce serait incroyablement égoïste.

Jack s'arrêta devant eux.

— Comment ça se passe ? demanda-t-il.

— Super, répondit Xander.

Il était clair qu'il le pensait. Pour lui, cette conversation se déroulait parfaitement bien.

— Je ne dirais pas ça, protesta Grace.

Xander parut médusé.

— Pourquoi ?

— Je ne sais pas… les hot-dogs ?

À en juger par le regard perplexe de Xander, cela ne sembla pas faire tilt.

— Les insultes ?

— À quel moment je t'ai insultée ? s'enquit Xander en ouvrant des yeux ronds.

— À l'instant !

Jack sourit.

— Eh bien, tout semble se dérouler en douceur, fit-il remarquer avant de filer vers un client qui réclamait l'addition.

— Tu m'expliques ? demanda Xander.

— Laisse tomber.

Il pivota sur son tabouret pour lui faire face.

— Pas question. Si je t'ai blessée, je veux savoir pourquoi et comment. Parce que ce n'était pas mon intention.

Elle but une gorgée de vin, songeuse.

Peut-être était-elle trop susceptible. Elle avait beau se donner à fond dans chaque mariage qu'elle organisait, prête à se plier en quatre pour satisfaire ses mariés, elle avait toujours l'impression qu'elle n'en faisait pas assez.

Quand elle tourna la tête et vit l'expression inquiète de Xander, elle se sentit embarrassée.

— J'ai eu une journée difficile, et je suis un peu à fleur de peau, expliqua-t-elle avec une petite moue contrite. J'ai réagi avec excès à quelque chose que tu as dit, mais qui était pourtant tout à fait anodin.

Elle se redressa, affichant soudain une attitude enjouée.

— Il nous reste encore beaucoup de choses à voir ce soir. Nous devrions nous y remettre.

Il parut hésiter, avant de capituler dans un soupir.

— Comme tu voudras.

Après une demi-heure de négociations animées, ils avaient fini par se mettre d'accord sur la composition du buffet, en tenant compte des particularités alimentaires des invités. Mais il restait encore à aborder la question des divertissements.

Xander claqua des doigts.

— Un hypnotiseur ! Ce serait fantastique, non ?

— Pourquoi ferions-nous venir un hypnotiseur à une fête prénuptiale ? demanda Grace.

— Pourquoi pas ?

— Parce que c'est bizarre.

— Tu préfères une stripteaseuse ?

Grace se retint de lever les yeux au ciel.

— Je suis sûre que la mère d'Emerson sera ravie.

Xander éclata de rire.

— Quoi, encore ? marmonna-t-elle.

— J'imagine sa tête !

— Tu ne peux pas être sérieux cinq minutes ?

— Je suis très sérieux. Le problème, c'est que tu ne

sais pas t'amuser. Ce n'est pas parce que tu as organisé des dizaines…

— Exactement ! C'est mon travail. Tu ferais bien de te ranger à mes décisions.

— Et tu ferais bien de ne pas me donner des ordres ! Ce n'est pas parce que tu es une *wedding planner* phénoménale que les autres n'ont pas droit à la parole.

Elle avait une réplique toute prête, mais au lieu de la lancer elle se figea.

Xander trouvait qu'elle était phénoménale dans son travail ?

— Je croyais que tu ne comprenais pas ce que je faisais, fit-elle remarquer. Comment peux-tu savoir si je suis douée ou non ?

Il haussa les épaules.

— J'en apprends un peu plus chaque fois que je suis avec toi. D'après ce que j'ai pu voir ce soir, tu connais vraiment ton boulot.

Ce compliment lui alla droit au cœur. En fait, elle était plus flattée d'être complimentée sur ses qualités professionnelles que sur sa beauté.

Pendant des années, les hommes ne s'étaient intéressés qu'à son apparence, mais en sachant que Xander ne dirait pas quelque chose qu'il ne pensait pas, eh bien, cela donnait plus de poids à sa remarque.

Elle voulut dire quelque chose, mais elle avait la bouche sèche. Xander, en revanche, ne semblait pas avoir le même problème.

— Nos amis veulent que nous travaillions ensemble, dit-il. Donc tu ferais bien de t'habituer à moi. Et ce ne serait pas un drame d'utiliser quelques-unes de mes idées. Comme l'hypnotiseur. Tu pourrais peut-être me faire un peu confiance, non ? Je te promets de ne rien faire qui pourrait gâcher la fête. En dépit de ce que tu penses de moi, le bonheur de Jack me tient à cœur.

— Tu penses que je fais du bon travail ? demanda-t-elle, toujours sous le choc.

— Quoi ? Euh… oui. Tu es sympa aussi. Enfin quand tu ne me cries pas dessus. Et tu es belle.

Aussitôt, l'enthousiasme de Grace retomba. Belle. Ah non ! Pas ça !

— Tu n'as rien trouvé d'autre à dire que « belle » ? répliqua-t-elle sèchement.

— Non. C'est ce que je pense. Prends un moment pour digérer ça.

Quand Xander était à proximité de Grace, il perdait… tout. Sa rationalité, son bon sens et, apparemment, ses inhibitions.

Malgré le tabouret vide entre eux, ils étaient penchés l'un vers l'autre, nez à nez. La soirée avait été comme un jeu de ping-pong. Ils avaient parlé, parlé…

Ça devenait fatigant.

Il n'aurait probablement pas dû lui dire qu'il la trouvait belle. Mais franchement, avec ce sourire, ces cheveux, ce visage ravissant, ce corps voluptueux… tout le monde pensait forcément la même chose !

Il avait un gros problème. Il avait un coup de cœur pour Grace. Et il n'employait jamais l'expression « coup de cœur ».

Il fallait absolument qu'il se reprenne.

— Ne va pas t'imaginer des choses parce que j'ai dit que je te trouvais belle.

Il savait qu'il ferait mieux de se taire, mais c'était plus fort que lui.

— Je suis sorti avec des quantités de belles femmes, tu sais.

Pourquoi diable avait-il dit ça ?

Il avait envie de se gifler.

Une lueur de colère passa dans le regard de Grace.

— Une femme ne se résume pas à son apparence, Xander. Mais des play-boys comme toi ne peuvent pas le comprendre.

Un play-boy ? Et puis quoi, encore ?

— Je ne suis pas un play-boy ! J'ai parfaitement conscience qu'il est réducteur de juger une femme sur son physique. Et je traite les femmes avec qui je sors comme des princesses.

— Je n'en doute pas ! Jusqu'au moment où tu les laisses tomber après le cinquième rendez-vous.

Elle se redressa sur son tabouret, prête à la bataille.

— Leur fais-tu au moins l'honneur d'une rupture ? s'enquit-elle. Je parie que tu te contentes de faire le mort.

Il ne pouvait pas se laisser insulter comme ça ! Même par une belle femme.

— Écoute Grace, je n'ai jamais…

— Xander, Grace, dit soudain Jack d'un ton ferme.

Ils se retournèrent tous les deux et lancèrent :

— Quoi ?

— Les amis, j'adore ces disputes de cour de maternelle, mais cela vous ennuierait de baisser d'un ton ? Vous commencez à faire fuir mes clients.

Xander désigna Grace d'un geste du menton.

— Si *quelqu'un* pouvait arrêter de faire des suppositions…

Grace frappa du plat de la main sur le zinc.

— Si *quelqu'un* pouvait arrêter de faire des commentaires puérils…

— Ça suffit ! s'exclama Jack en désignant le fond du bar.

— Tu nous envoies au coin ? demanda Xander.

Jack se passa la main sur le visage.

— Non. Je vous envoie dans mon bureau. Au moins, on ne vous entendra pas vous disputer. Allez ! Filez !

Grace écarquilla les yeux, visiblement choquée de se faire rabrouer comme une gamine mal élevée. S'il n'avait pas été aussi agacé, Xander aurait pu en rire.

Grace prit sa besace ridiculement grande, y fourra tous les magazines qu'elle avait apportés, et se dirigea d'un pas rageur vers le bureau, dont la porte s'ornait d'une plaque cuivrée à l'ancienne, marquée « Direction ».

Le bureau de Jack n'était pas très grand, et le décor était resté figé à l'époque où son père l'avait conçu : bureau en acajou, siège pivotant en cuir bordeaux craquelé, armoires de classement à clapets ou à volet roulant en bois, deux chaises métalliques grises qui semblaient terriblement inconfortables, et un portemanteau western.

La pièce, équipée d'un étroit vasistas, dégageait une odeur de renfermé qui évoquait à Xander un croisement entre une bibliothèque et un égout.

— Je n'en reviens pas que Jack nous ait relégués ici, dit-il.

Grace laissa tomber sa besace sur une chaise.

— Si tu étais venu à mon bureau, comme je l'avais suggéré, nous aurions été plus à l'aise, répliqua-t-elle.

— Plus à l'aise que dans un bar sympa, à boire un verre, en dégustant des sticks de mozzarella panée ?

Grace regarda autour d'elle.

— Désolée, mais je ne vois pas de verres ici, et encore moins de sticks de mozzarella panée.

— Mais que tu es drôle !

— Je ne sais pas pourquoi tu m'en veux tellement. Tout est ta faute.

— Pardon ?

Il se rapprocha.

— Nous étions deux à nous disputer, lui fit-il remarquer en plantant son regard dans le sien.

Elle fit un pas vers lui et croisa les bras.

— C'est toi qui as commencé, en me provoquant, décréta-t-elle.

— Pas du tout ! Tu avais des idées préconçues contre moi, et tu ne t'es intéressée à aucune de mes propositions.

— On peut arrêter, s'il te plaît ? Je n'ai plus envie de me battre.

— Tu n'as plus envie de te battre ? demanda-t-il, en levant le menton, d'un air de défi.

— Non.

— Très bien. Tu l'auras voulu.

Il l'attira à elle et plaqua sa bouche sur la sienne.

Elle hoqueta et le repoussa.

Il y eut un moment, un long et brûlant moment, pendant lequel ils s'observèrent. Puis elle se jeta contre lui, et leurs lèvres se rencontrèrent à nouveau.

Bon sang, il était au paradis ! Le corps de Grace se fondait contre le sien, ses lèvres étaient douces et tièdes, et il sentait sur sa langue le goût du vin rouge qu'elle avait bu.

Il prit son visage entre ses mains pour donner un tour plus passionné à leur baiser.

Finalement, après toutes ces polémiques, ils étaient parfaitement synchronisés.

En fait, ils semblaient incapables de se rassasier l'un de l'autre.

Ce n'était pas supposé se passer comme ça entre eux, mais cette étreinte semblait plus justifiée et naturelle que tout ce qu'il avait connu jusqu'ici.

Xander n'aurait su dire combien de temps dura leur baiser. Ni par quelle surprenante concordance ils y mirent fin en même temps.

Ils se regardèrent, affichant une même expression de stupeur et d'accablement.

Les bras de Grace étaient toujours noués autour de son cou, et il la tenait encore fermement. Ils avaient tous les deux le souffle court.

Il chercha quelque chose à dire.

Avant qu'il ait pu assembler les mots en une phrase cohérente, Grace bondit en arrière comme si elle venait de se brûler.

Malheureusement, son bracelet se prit dans sa chemise et, quand elle recula, il suivit le mouvement. Ils percutèrent le portemanteau qui tomba au sol, tandis qu'ils finissaient leur course dans le mur.

Grace jura, ce qui était une surprise venant d'elle. Il se retint de rire et se redressa, l'entraînant avec lui. Elle décrocha son bracelet de sa chemise, et ils se séparèrent.

Grace porta une main à ses lèvres, tandis que Xander essayait de défroisser sa tenue.

— Tu m'as embrassée, dit-elle d'un ton accusateur.

— Toi aussi !

— Pas du tout ! Enfin, oui, peut-être…

Elle soupira.

— D'accord, oui. Je l'ai fait, avoua-t-elle.

Elle porta la main à son front, comme une demoiselle en détresse, et Xander se demanda si elle allait s'évanouir. Ce serait une première pour lui. Et, dans le même temps, il ressentait une fierté toute masculine à l'idée que son baiser puisse provoquer une telle réaction chez une femme.

— Ça va ? demanda-t-il.

— Bien sûr que ça va.

Elle parut hésiter, avant de déclarer d'un ton décidé :

— Il faut que j'y aille.

— Quoi ? Tu n'es pas obligée de partir parce que…

— Ne dis rien !

— Grace, tu n'as pas à être embarrassée.

— Je ne suis pas embarrassée, affirma-t-elle en prenant son sac. Il en faut plus qu'un petit baiser pour m'embarrasser.

— Dans ce cas, pourquoi es-tu écarlate ?

— Parce que… il fait une chaleur épouvantable, ici ! Et toi aussi, tu as le visage rouge. C'est peut-être toi qui es embarrassé.

Il enfonça les mains dans ses poches.

— Je ne dirais pas que c'est ce que je ressens à cet instant, répondit-il.

En réalité, il était en proie à un désir intense. Il avait envie d'une femme pour qui, jusqu'à récemment, il ne ressentait que du mépris.

— Je dois y aller, dit-elle. J'ai du travail.

— Grace, attends ! Tu n'es pas obligée de partir. Nous n'avons pas terminé notre planning, dit-il, dans une tentative désespérée pour la retenir.

Pourquoi voulait-il à ce point qu'elle reste ?

— Je pense que nous avons besoin de faire une pause, expliqua-t-elle. Nous avons déjà bien avancé, ce soir. Je t'enverrai plus de détails par mail.

Quand elle voulut actionner la poignée, il plaqua une main contre la porte pour la bloquer. Puis, bras tendu, il se pencha pour murmurer :

— Ce n'est pas d'une pause dont nous avons besoin.

Après quelques secondes de silence, elle chercha son regard.

— C'est bien ce qui me fait peur, avoua-t-elle.

Il laissa retomber son bras, et elle ouvrit la porte.

Tandis qu'il la regardait traverser la salle, il intercepta le regard interrogateur de Jack, et il haussa les épaules.

Grace et lui savaient très bien ce dont ils avaient besoin. Elle avait dit que ça lui faisait peur, et il comprenait ce sentiment.

Après ce baiser, il avait envie de bien plus. Et ça le terrifiait plus que tout.

- 7 -

Grace était furieuse. Elle monta d'un pas de hussard les marches du perron de sa maison. Chaque parcelle de son corps était en ébullition, et elle avait le plus grand mal à contenir sa rage.

Elle glissa sa clé dans la serrure et entra. Puis, comme un ballon de baudruche qui se vide de son air, elle s'effondra contre la porte.

Portant un doigt à ses lèvres encore frémissantes, elle ferma les yeux et revécut le baiser. L'incroyable, le merveilleux, le bouleversant baiser.

— Non, dit-elle d'un ton décidé. Non, non, non.

Même si Alexander Ryan avait les plus belles lèvres de la côte Est, il n'y avait aucune raison pour qu'il l'embrasse comme ça.

Ou… n'était-ce pas plutôt elle qui l'avait embrassé ?

Disons qu'ils s'étaient embrassés mutuellement. Plus exactement… ils s'étaient jetés l'un sur l'autre.

Elle gémit et se frappa la tête contre la porte.

Peu importait qui avait commencé. Ce qui comptait, c'était qu'ils s'étaient embrassés.

Elle détestait Xander. Il était pessimiste, ironique et… et totalement différent de ce qu'elle pensait au début.

Après tout, il lui avait prêté attention pendant qu'ils parlaient de la fête prénuptiale. Il avait fait de bonnes suggestions. Bon, peut-être pas l'hypnotiseur, mais le menu végétarien, par exemple.

Et il l'avait complimentée sur son travail.

Évidemment, il avait fallu qu'il fasse un commentaire sur son physique. Tous les hommes faisaient ça.

Quoi qu'il en soit, ils étaient opposés en tout et ils n'avaient rien à faire ensemble. Il faudrait simplement qu'elle s'assure que cela ne se reproduirait pas. Jamais. En fait, elle allait prendre totalement en charge la fête de Jack et d'Emerson. Cette dernière comprendrait. Elle était sa meilleure amie.

D'un pas décidé, elle entra dans le salon. Plus jamais elle ne s'approcherait de Xander, sauf à la fête et au mariage ! La présence des invités la protégerait de toute action inconsidérée.

— Je ne veux plus travailler avec ce type, marmonna-t-elle. Il est absolument horrible, et…

Elle se tut quand elle découvrit Emerson assise par terre, en larmes, qui tenait son téléphone portable dans une main et un mouchoir dans l'autre.

— Mon Dieu, Em ! Mais qu'est-ce qu'il y a ?

Emerson agita son téléphone.

— Le vignoble. Nous l'avons perdu, balbutia-t-elle entre deux sanglots. Ils ont subi une tornade, tout est dévasté, et ils vont devoir fermer pour un an au moins

Elle gémit douloureusement.

— C'est fichu. Je ne peux plus me marier…

Grace abandonna sa besace dans un fauteuil et alla s'asseoir à côté de son amie.

— Tout va s'arranger, voyons. Nous allons trouver une solution.

Emerson se mit à sangloter de plus belle.

— Ne pleure pas, Em. Laisse-moi juste le temps de réfléchir.

— Qu'est-ce qu'on peut faire ? C'est fichu, je te dis.

— Je vais sonner le rappel des troupes. Il nous faut du renfort.

Une heure plus tard, Jack, Amelia, leurs parents, et même Xander, étaient réunis dans le salon, où Grace leur expliqua la situation.

— Il n'y a aucun recours ? demanda M. Dewitt.

Grace secoua la tête.

— Non. Que peut-on faire contre les catastrophes naturelles ? De plus, le vignoble essaye de trouver la meilleure solution pour chacun de ses clients.

Elle avait passé vingt minutes au téléphone avec un responsable pour être sûre de bien comprendre la situation.

— Donc, nos options, c'est d'attendre plusieurs mois, dit Jack. Ou de trouver un autre endroit.

— Exact. Et je pense que nous allons choisir la seconde possibilité.

— Il y a toujours le bar, suggéra Jack. Je sais que ce n'est pas le lieu le plus romantique du monde, mais nous pourrions faire en sorte que cela fonctionne. Et puis, c'est là que nous nous sommes rencontrés, après tout.

— C'est une bonne idée, mais je ne crois pas que ce sera assez grand pour contenir tous nos invités, fit remarquer Emerson.

Elle soupira et ajouta :

— Et puis, ce n'est pas ce que j'avais en tête.

— Le mariage aurait été grandiose, dans ce vignoble, murmura Mme Dewitt.

— Rien n'est perdu, intervint Grace. Il suffit juste de trouver un autre endroit, et ce sera tout aussi enchanteur, époustouflant et magique.

— Mais tu sais bien que les vignobles sont réservés des mois à l'avance, dit Emerson d'une petite voix.

— Tu tiens absolument à te marier dans un vignoble ? demanda soudain Xander.

Il était resté silencieux depuis son arrivée, et Grace avait tout fait pour l'ignorer. Parce que, chaque fois qu'elle risquait ne fût-ce qu'un regard dans sa direction, elle se rappelait le contact de ses lèvres sur les siennes… et son cœur battait plus vite.

Emerson hocha la tête, et Xander se leva.

— Je connais un type, dit-il. Donne-moi quelques minutes.

Il se dirigea vers la cuisine, son téléphone rivé à l'oreille.

Jack laissa échapper un petit rire.

— Il connaît toujours un type.

Quelqu'un suggéra un bateau, et ils évoquèrent deux hôtels de luxe dans Old Town.

Observant le visage d'Emerson, Grace put constater que chaque suggestion rencontrait moins d'enthousiasme que la précédente. Tout ce qu'elle pouvait faire, c'était rester positive et maintenir le moral des troupes en attendant de trouver une solution.

— C'est réglé, annonça Xander en revenant dans la pièce.

Toutes les têtes se tournèrent vers lui.

— Tu as sauvé notre mariage ? demanda Emerson d'un ton peu convaincu.

— Et comment ! C'est le travail du garçon d'honneur, non ?

Pas vraiment, songea Grace. Mais elle devait reconnaître qu'elle était impressionnée. Surtout compte tenu du dégoût affiché par Xander pour les mariages.

— Quelqu'un a-t-il déjà entendu parler d'un vignoble du nom de Hart of the Hills ? s'enquit-il. Il se situe non loin de Front Royal.

Grace et Emerson échangèrent un regard. Bien sûr, qu'elles connaissaient cet endroit. C'était un des plus beaux vignobles de Virginie, avec des bâtiments qui étaient un joyau d'architecture et des paysages à couper le souffle. Ils proposaient des dégustations mais n'organisaient pas d'événements festifs.

— Il se trouve que je connais Max Hart, expliqua Xander. Je me suis occupé de son divorce, il y a deux ans.

Grace leva les yeux au ciel, et Xander ne manqua pas de le remarquer.

— Sache que Max est beaucoup plus heureux maintenant, précisa-t-il en la regardant. Il a renoué avec son amour de jeunesse. Ils vivent ensemble et administrent le vignoble.

— Quel rapport avec notre mariage ? demanda Jack.

— Max est d'accord pour qu'il se déroule chez lui, répondit Xander.

Emerson poussa un cri de joie, puis tout le monde se mit à parler en même temps.

Grace dut crier pour couvrir le brouhaha.

— Qu'est-ce que tu racontes, Xander ? Hart of the Hills n'héberge jamais d'événements.

— Eh bien, ils font une exception pour nous.

— Pour quelle raison ? demanda Emerson.

— Parce que Max est un ami. Je lui ai expliqué ta situation, et il a tout de suite accepté.

Emerson courut se jeter dans les bras de Xander.

— Oh ! merci, merci, merci. Je t'adore ! s'exclama-t-elle en plaquant un gros baiser bruyant sur sa joue.

Jack éclata de rire, avant de prendre la main de sa fiancée et de l'attirer vers lui.

— Hé ! Les baisers sont pour moi.

Il adressa un clin d'œil à Xander et ajouta :

— En revanche, quand je vois combien tu la rends heureuse, je me dis que je vais devoir t'embrasser aussi.

— Attends d'avoir tous les détails, dit Xander. Max ne veut pas être payé pour l'utilisation de ses locaux. Il souhaite juste que vous fassiez un don à une des associations caritatives qu'il soutient.

Grace n'en revenait toujours pas. Xander venait de sauver la situation. Elle aussi avait envie de l'embrasser. Mais sans témoins.

Xander se passa la main dans les cheveux, et son sourire perdit en intensité.

— Il y a juste un hic, précisa-t-il.

— Oh ! je crains le pire, murmura Amelia.

— Ce n'est pas grand-chose, vraiment, assura Xander. Max et sa compagne partent en voyage, donc ils ne seront pas présents à la date que vous avez choisie. Mais ils en ont suggéré une autre.

— Parfait, nous nous arrangerons, dit Emerson.

— J'aime cette attitude positive, fit remarquer Xander. Ils proposent de vous accueillir ce week-end.

Grace cilla.

Emerson resta bouche bée, tandis que Jack passait un bras autour de ses épaules

Mme Dewitt et Amelia portèrent une main à leur bouche.

M. Dewitt, lui, semblait somnoler dans son fauteuil,

Grace finit par rompre le silence de plomb qui s'était abattu sur le salon.

— Tu leur as dit que ce week-end c'était beaucoup trop court, n'est-ce pas ?

— Évidemment ! Qu'est-ce que tu crois ?

Tout le monde poussa un soupir de soulagement.

Xander se rengorgea comme un enfant de quatre ans qui aurait colorié sans dépasser.

— C'est pour ça que j'ai négocié un délai de trois semaines, annonça-t-il.

— Trois… trois semaines pour quoi ? bégaya Emerson.

— Pour organiser notre mariage, dit Jack.

Emerson se prit la tête entre les mains.

— Je ne me sens pas bien…, gémit-elle.

Xander se décomposa.

— Que se passe-t-il ? Je croyais que vous seriez contents ?

Jack se mit à masser le dos d'Emerson.

— Mon vieux, je n'y connais pas grand-chose, mais il faut plus de trois semaines pour organiser un mariage.

— Mais…

Xander semblait confus et blessé, et Grace l'aurait volontiers consolé si son cœur ne battait pas la chamade à l'idée d'organiser un mariage en trois semaines.

— Tu as toute une équipe à ta disposition, non ? reprit Xander. Grace est *wedding planner*, Emerson organisatrice d'événements festifs, et Mme Dewitt tient une boutique de vêtements de mariés.

Emerson esquissa un sourire tremblant.

— Je te remercie pour tes efforts, Xander. Mais trois semaines, c'est vraiment trop court.

Tandis que Xander hochait lentement la tête, acceptant son échec, Grace s'avança.

Son esprit fonctionnait à toute allure, cochant les tâches à accomplir : fleuriste, traiteur, pièce montée… Un plan se formait déjà dans sa tête.

— En fait, c'est peut-être réalisable, dit-elle.

Tout le monde se tourna dans sa direction.

— Comment ça ? demanda Xander.

Emerson blêmit.

— Impossible. *Trois* semaines !

Grace sourit.

— Trois semaines et une poignée de jours. Je crois que nous pouvons y arriver, affirma-t-elle avec confiance.

— Je suis d'accord, intervint Mme Dewitt. Nous devons travailler tous ensemble. Il va y avoir beaucoup de nuits blanches et de faveurs à réclamer, mais nous y arriverons.

— Maman, tu n'es pas sérieuse ! s'exclama Emerson.

— Et toi, Grace ? demanda Amelia. Tu n'as pas des mariages en cours ?

L'automne était devenu une saison très prisée pour les mariages, et Grace croulait sous les demandes. En fait, elle avait deux mariages sur les bras, entre aujourd'hui et ce qui pourrait être la date du mariage de Jack et d'Emerson.

Elle jeta un coup d'œil à sa meilleure amie qui l'observait avec un mélange de crainte et d'espoir.

— J'ai du travail, c'est vrai, mais j'ai pris de l'avance, répondit-elle. Le plus gros est fait.

Elle se mordit la lèvre, reprit son souffle, et s'adressa à l'assemblée.

— Nous pouvons y arriver, à condition de travailler tous ensemble.

— Je m'occupe des vêtements de tout le monde, proposa Mme Dewitt.

Grace hocha la tête et se tourna vers Amelia.

— Quel est ton programme ?

Amelia travaillait avec sa mère à la boutique. Elle parut surprise que Grace lui pose la question.

— Euh… normal, répondit Amelia. Pas très chargé.

— Génial ! Tu vas pouvoir m'aider pour différentes choses.

— Il faut que nous allions à Hart of the Hills pour repérer les lieux, suggéra Emerson.

— Pas de souci, intervint Xander. J'ai prévenu Max que nous viendrions vendredi à 11 heures.

— *Nous* ? demanda Grace.

Xander la toisa, un sourcil levé.

— Eh bien oui, confirma-t-il. Toi et moi.

Grace le fusilla du regard.

— Pourquoi dois-tu aller au vignoble ? s'enquit-elle sèchement.

— Parce que je connais le propriétaire.

— Mais ce n'est pas toi qui organises le mariage. C'est mon métier. J'ai fait des quantités de visites de sites, et je suis parfaitement capable d'orchestrer cette rencontre toute seule.

Xander s'avança vers elle.

Contre sa volonté, les yeux de Grace se posèrent sur sa bouche. Une bouche qui, quelques heures auparavant, avait pris possession de la sienne…

Elle crut l'entendre reprendre son souffle.

Pensait-il lui aussi à leur baiser ?

Est-ce qu'il avait ressenti la même chose qu'elle ?

— Pourrais-tu être moins bornée, Grace ?

— Pourrais-tu être moins dirigiste, Xander ?

Jack se faufila entre eux.

— Temps mort, vous deux ! Nous devons vraiment rester concentrés.

Grace rougit. Jack avait raison. Ils manquaient cruellement de temps. Et il fallait qu'elle soit au meilleur de sa forme pour organiser le plus beau mariage de tous les temps pour sa meilleure amie.

Peut-être avait-elle réagi un peu trop brusquement. Après tout, Xander avait fait des miracles pour leur trouver le plus beau des endroits. S'il tenait à faire la visite des lieux, qu'il en soit ainsi. Elle serait de toute façon beaucoup trop prise par les autres détails pour faire attention à lui.

Elle ravala sa fierté.

— Tu es sûr de pouvoir trouver le temps, avec ton travail ? lui demanda-t-elle.

— Je me débrouillerai.

Elle hocha la tête et se tourna vers ses amis.

— Jack, Emerson, est-ce que vendredi vous convient ?

— Absolument, répondit Emerson en pressant la main de son fiancé.

— Eh bien, c'est réglé ! conclut Grace.

Tandis que tout le monde se mettait à discuter avec animation, elle se retira dans un coin du salon en réfléchissant à la suite des événements.

Ces trois semaines allaient être éprouvantes, il ne fallait pas espérer le contraire. Mais sa meilleure amie était heureuse, et c'était toute la motivation dont elle avait besoin.

Et puis, réussir cet exploit lui prouverait enfin qu'elle était à la hauteur. Elle voulait désespérément exceller dans son métier.

— Tu es sûre que tu vas pouvoir gérer ça ? demanda Xander.

Sa première réaction fut de lui répondre sèchement, mais elle réussit à se contrôler. La pensée que Xander serait une présence constante dans sa vie durant les trois semaines à venir ne faisait qu'ajouter à son stress. Surtout après ce baiser…

— Tout ira parfaitement bien, assura-t-elle.

— Je veux que ça se passe au mieux entre nous.

Elle observa son visage, cherchant des signes de sarcasme, mais ne trouva qu'un homme stoïque qui attendait une réponse.

— Bien sûr, dit-elle.

— On fait une trêve ? proposa-t-il en tendant la main.

Elle observa sa main un moment, puis finit par acquiescer et y glisser la sienne.

Un puissant courant électrique lui traversa le bras, faisant battre son cœur à toute allure.

— Faisons une trêve, répondit-elle.

Quelque chose lui disait que cela ne durerait pas longtemps.

Ou peut-être avait-elle peur de ce qui pourrait se passer… s'ils s'entendaient trop bien.

- 8 -

Grace arriva à Hart of the Hills avec quinze minutes d'avance. Elle avait déjà goûté leurs vins, mais ne s'était jamais rendue sur les lieux de production. Même depuis son siège dans la voiture, elle se rendait compte que c'était un endroit absolument spectaculaire.

Les collines ondoyantes de la Shenandoah Valley servaient de toile de fond aux rangées de vignes qui entouraient le bâtiment principal. Au bout d'un vaste parking, un chemin encadré de massifs de fleurs blanches serpentait vers une bâtisse en bois de deux étages, ceinte d'une galerie couverte de lierre. De grandes baies vitrées sur sa façade offraient une vue sur les cépages.

— Splendide, murmura-t-elle.

Emerson et Jack allaient adorer.

Tandis qu'elle attendait les futurs mariés, elle consulta ses mails et ses messages. Quand elle eut terminé, elle glissa son iPad et son téléphone dans sa besace, et vérifia son maquillage et sa coiffure.

Elle avait opté pour un jean vintage à la coupe pattes d'éléphant, et un chemisier cache-cœur rose, dont la ceinture formait un gros nœud sur sa hanche.

Elle avait eu la main légère sur le maquillage : juste un fard rose doré sur les paupières, et son gloss abricot préféré. Ses cheveux étaient partiellement retenus en une natte souple autour de son crâne, avant de se perdre dans une cascade de boucles artistement disposées, pour un effet naturel.

Peut-être avait-elle accordé un peu trop d'importance à son apparence aujourd'hui. Mais elle voulait faire bonne impression à leurs hôtes. Cela n'avait rien à avoir avec la présence de Xander. Rien du tout.

Quelques minutes plus tard, le pick-up de Jack se glissa dans l'emplacement à côté de sa voiture.

— Regarde cet endroit ! s'exclama Emerson.

— C'est incroyable, n'est-ce pas ?

— Je crois que je vais devoir continuer à servir Xander gratuitement au bar, dit Jack en riant. Il nous a vraiment sauvé la mise.

En parlant de ça, où était leur sauveur ?

Grace consulta son téléphone. Il leur restait encore quelques minutes avant l'heure du rendez-vous.

— Allons jeter un coup d'œil à l'intérieur, suggéra-t-elle. Xander n'aura qu'à nous y rejoindre.

Ils empruntèrent le chemin, et Emerson s'arrêta plusieurs fois pour admirer les différentes variétés de fleurs, dansant littéralement de joie.

Ils montèrent les quelques marches menant à la galerie et sonnèrent.

La porte s'ouvrit sur une femme d'une cinquantaine d'années, élégamment vêtue d'un pantalon beige et d'une veste saharienne assortie, portés avec un fin pull en soie rose poudre.

— Bonjour. Vous devez être là pour le mariage. Je suis Olivia, l'assistante de Max.

— Mon assistante, mon bras droit et ma sauveuse, précisa une voix masculine à l'accent aristocratique.

Grace avait vu la photo de Maxwell Hart lorsqu'elle

avait consulté le site web du vignoble, mais il était beaucoup plus séduisant en personne.

Grand, l'air distingué, avec des cheveux noirs légèrement grisonnants et des petites rides au coin de ses yeux bleus, il avait un charme fou.

— Max Hart, dit-il, en échangeant une poignée de main avec chacun.

Les présentations faites, ils parlèrent brièvement des points particuliers de la cérémonie et de la réception, les invités étant environ une centaine. Olivia prit des notes, tandis que Max hochait la tête, visiblement ravi.

— Merci infiniment, monsieur Hart, dit Emerson. C'est tellement gentil à vous de nous aider.

— Je suis très heureux de pouvoir le faire. Je suis catastrophé pour mes collègues vignerons, de l'autre côté de la vallée. Certains ont tout perdu, et cela me fait mal au cœur de les voir dans cette situation. En outre, les amis de Xander seront toujours les bienvenus ici. Ce garçon m'a vraiment sorti d'une situation compliquée, il y a quelques années. Je lui dois tellement.

Intéressant, songea Grace. Elle savait que Xander avait géré le divorce de Max, et la reconnaissance que leur hôte éprouvait envers son avocat était évidente.

— À ce propos, où est Xander ? demanda Max.

C'est ce que Grace aurait aimé savoir aussi. Une fois de plus, elle vérifia l'heure sur son téléphone. Cette fois, il était officiellement en retard.

— Il ne va pas tarder, répondit-elle.

— Bien. Vous voudrez sans doute tout organiser dans ce bâtiment, dit Max, mais j'aimerais quand même vous montrer le vignoble et toutes nos installations.

— Excellente idée, répondit Grace. Nous pourrons ainsi repérer les meilleurs endroits pour le photographe.

— Ensuite, nous avons prévu un lunch et une dégustation, intervint Olivia.

— C'est tellement gentil, dit Grace. Je peux déjà vous dire que j'adore vos vins rouges.

— Voilà une femme de goût, fit remarquer Max en riant.

Quelques minutes plus tard, alors qu'ils terminaient le tour des chais et traversaient la salle de dégustation, Grace vérifia à nouveau l'heure. Le retard de Xander commençait à devenir préoccupant.

— Écoutez, je vous laisse continuer la visite sans moi, dit-elle. Je retourne à la voiture attendre Xander.

— Comme vous voudrez, répondit Max. Dès qu'il sera arrivé, demandez à Olivia de vous conduire à nous. Son bureau est par là. Sur la droite.

Il désigna un long couloir percé de plusieurs portes, toutes semblables.

— Très bien, murmura Grace, l'esprit ailleurs.

Tandis qu'elle retournait vers le bâtiment principal, elle vit une silhouette familière qui remontait l'allée à larges foulées.

— Grace ! Pardon pour le retard ! s'exclama Xander, le souffle court. J'ai été retenu par une déposition et je me suis retrouvé dans un embouteillage sur la 66.

Ses cheveux étaient soigneusement coiffés, et il était rasé de près. L'odeur de son eau de toilette, portée par la brise, titilla aussitôt les narines de Grace. Il portait un costume noir ajusté qui mettait en valeur sa silhouette athlétique. Rompant avec le classicisme, il arborait une cravate violette et, tandis qu'il courait, elle avait eu le temps de voir que ses chaussettes étaient assorties.

— C'est sans importance, dit-elle.

Il écarquilla les yeux, et elle éclata de rire. Son air surpris avait vraiment quelque chose de comique.

— Vraiment ? demanda-t-il.

— Mais oui ! Ce n'est pas la fin du monde.

Fronçant les sourcils, il l'observa attentivement.

— Chaque fois que je crois t'avoir cernée, tu dis ou fais quelque chose qui me surprend, marmonna-t-il. Y aurait-il un piège ?

Elle balaya cette remarque d'un revers de la main.

— L'essentiel de mon travail consiste à m'adapter aux retards et aux contretemps, expliqua-t-elle.

Il la détailla à nouveau, et son visage s'illumina.

— Tu es particulièrement en beauté, aujourd'hui, fit-il remarquer.

Elle baissa les yeux vers sa tenue, feignant la nonchalance.

— Oh ! ça ? C'est juste un vieux truc que j'ai acheté dans une friperie.

Le regard de Xander s'attarda sur elle, comme s'il savait exactement pour qui elle s'était habillée, puis il jeta un coup d'œil autour de lui.

— Où sont les autres ?

— Max fait visiter son domaine à Jack et à Emerson. Nous sommes supposés les rejoindre. Il suffit pour cela que nous trouvions Olivia. Le problème, c'est que je ne sais pas où est son bureau.

— Il suffit de chercher.

Ils retournèrent dans la salle de dégustation, et Grace

s'avança dans le couloir que Max lui avait désigné. Elle regarda à droite, puis à gauche…

— Je crois que c'est celui-ci, dit-elle en frappant.

N'obtenant pas de réponse, ils entrèrent. Il leur fallut quelques secondes pour réaliser que ce n'était pas le bureau d'Olivia, avant que Xander ne ferme malencontreusement la porte.

Grace tâtonna dans l'obscurité, et finit par trouver un interrupteur.

L'ampoule n'était pas très puissante, mais cela leur suffit pour voir qu'ils se trouvaient dans une sorte de réserve.

— Désolé, dit Xander.

Il essaya d'actionner la poignée.

— Mince ! C'est bloqué.

— Quoi ?

Elle le poussa et essaya à son tour.

Quand la poignée lui resta dans la main, elle sut que c'était officiel : ils étaient prisonniers.

— Ce n'est pas toi qui parlais de s'adapter aux contretemps ? marmonna Xander.

Xander retenait son souffle, attendant que Grace se déchaîne contre lui.

Une fois de plus, elle le surprit en éclatant de rire.

— Je suis ravi de constater que tu gardes ton sens de l'humour en toutes circonstances, fit-il remarquer.

— Que veux-tu faire d'autre ? J'espère au moins que tu n'es pas claustrophobe.

— Non. Rassure-toi.

— J'appelle le domaine. Normalement, je devrais

tomber sur Olivia. Sinon j'essayerai de joindre Emerson, et elle me passera Max.

— Bonne idée.

Il vit Grace fixer son téléphone, le lever au-dessus de sa tête, et se déplacer dans la pièce, encombrée de vieux meubles de bureau et de matériel informatique hors d'âge.

— Je n'ai pas de réseau, dit-elle, dépitée. Et toi ?

Il sortit son téléphone de sa poche, et fit le même constat.

— Qu'est-ce que nous allons faire ? s'enquit-elle.

— Comment faisaient les gens avant l'invention du portable ?

Il commença à tambouriner à la porte en appelant à l'aide.

Après quelques minutes de vains efforts, il se tourna vers Grace et vit qu'elle se mordait la lèvre pour ne pas rire.

— Je crois que nous sommes coincés ici, avoua-t-il piteusement.

Elle se hissa sur le bureau qui occupait le centre de la pièce.

— Pas éternellement. Quand Em, Jack et Max vont revenir, ils verront nos voitures et partiront à notre recherche. Il suffit de les attendre.

Les bras croisés, il l'observa.

— Je suis impressionné par la façon dont tu prends les choses.

— Il ne doit pas t'en falloir beaucoup pour être impressionné.

— Ne fais pas ça.

— Quoi ?

— Te dénigrer.

Il marqua une pause et ajouta :

— Tu n'es pas une princesse.

Elle soupira d'une façon… très princière.

— Hélas, non.

Il éclata de rire.

— C'est ce que je pensais de toi, au début. Que tu étais une rêveuse, perdue dans ton monde, confondant la vie avec un parc d'attractions peuplé de châteaux, de princesses et de princes charmants. Puis je t'ai vue à l'œuvre et j'ai réalisé que tu étais bien plus que ça.

Grace le fixa sans répondre.

Était-il allé trop loin ? En avait-il trop dit ?

Elle l'observa pendant un long moment, puis elle sourit et dit simplement :

— Merci.

Encore une surprise venant d'elle.

Son sourire s'évanouit soudain, et elle ajouta :

— Puisque nous en sommes au stade des confessions, je dois t'avouer quelque chose. J'ai toujours pensé que tu étais un type borné et insensible. Mais quand j'ai vu les efforts que tu as déployés pour redonner le sourire à ma meilleure amie, alors qu'elle pensait que son mariage était fichu… eh bien, ça m'a fait réfléchir.

Elle s'interrompit pour reprendre son souffle.

— Peut-être que, moi aussi, je me suis trompée à ton sujet.

Xander ne savait pas quoi dire. Les paroles de Grace le déstabilisaient.

— Je sais bien que tu détestes les mariages, reprit-elle.

— Hé, j'adore les mariages !

— Quoi ?

— Je trouve que les gens dépensent trop d'argent pour les organiser mais, dans l'ensemble, on s'y amuse bien. Boissons à volonté, un peu de danse, des activités sympas comme la cabine photo…

— J'adore les cabines photo ! Je suis toujours ravie quand mes mariés en réclament une.

— Tu organises aussi des mariages où l'on s'amuse ?

— Euh… oui. Qu'est-ce que tu crois ?

Il haussa les épaules.

— Je ne sais pas. Je pensais que tu aimais les réceptions guindées, avec smoking et nœud papillon.

— Je m'adapte aux demandes des couples et je mets tout en œuvre pour réaliser leurs souhaits, même les plus fous, répondit-elle.

— En résumé, tu aimes rendre les gens heureux.

— J'essaye.

Ça, c'était la facette attentionnée, sensible et empathique de Grace Harris. Mais elle était aussi indépendante, compétente, intelligente et courageuse.

Il la regarda dans les yeux. Des yeux profonds et mystérieux.

Elle était incroyablement belle. Et plus il passait de temps avec elle, plus il la trouvait belle, à l'extérieur comme à l'intérieur.

Rien n'aurait pu l'en empêcher. Même s'il avait essayé. Et il n'avait aucune envie d'essayer.

Il lui prit les mains et la fit se mettre debout.

— Merci pour ce que tu viens de dire, murmura-t-il.

— J'en ai autant à ton service. Je suis contente que tu me voies différemment.

Il l'attira vers lui jusqu'à ce qu'ils soient nez à nez.

— Je crois que nous avons fait fausse route tous les deux, fit-il remarquer.

— Pourtant, on dit que la première impression est toujours la bonne.

Il repoussa une mèche folle échappée de la natte qui formait comme une couronne autour de sa tête.

— La mienne l'était, dit-il.

La confusion se lut dans le regard de Grace.

— Je croyais que tu me détestais, murmura-t-elle.

— En quelque sorte.

Il fit courir le bout de ses doigts le long de sa joue, savourant la douceur de sa peau de soie.

— Mais c'est parce que j'avais peur, avoua-t-il.

Elle posa la main sur son torse.

Au début, il crut qu'elle allait le repousser. Mais elle écarta les doigts sur ses pectoraux, comme pour s'assurer de leur solidité.

— Comme ça, tu avais peur de moi ? demanda-t-elle.

Il se pencha pour déposer un baiser léger au coin de sa bouche, et elle reprit son souffle.

— J'avais peur de ma réaction vis-à-vis de toi. Je n'avais jamais rencontré une femme aussi posée, sereine, optimiste… et attirante.

Elle noua les bras autour de son cou.

— Moi aussi, j'étais attirée par toi.

La voix de Grace ne dépassait pas le murmure, mais il comprit tous les mots.

— Finalement, il semblerait que nous soyons d'accord sur quelque chose.

— Xander ?

Il regarda la femme qu'il tenait dans ses bras, et réalisa qu'il luttait contre son attirance pour elle depuis la première seconde où ils s'étaient rencontrés. Et il se rendit compte qu'il rêvait de la prendre dans ses bras depuis ce jour-là.

— Oui ?

— Embrasse-moi.

Il n'aurait pas pu attendre un instant de plus.

Il posa ses lèvres sur les siennes, et tout devint parfait.

Passant un bras autour de sa taille, il l'attira plus étroitement encore contre lui. Ses lèvres étaient douces, son corps tiède…

Les petits gémissements de plaisir qu'elle poussait enflammaient ses sens. Il aurait donné n'importe quoi pour se perdre en elle. Maintenant.

Il fit courir ses mains dans son dos, lentement. Les doigts de Grace se crispèrent dans ses cheveux. Elle inclina la tête et ouvrit la bouche, invitant sa langue à s'associer à la sienne.

C'était le baiser le plus troublant de sa vie. Jamais il ne s'était senti aussi connecté à une femme. Il avait envie de rester ainsi avec elle pour toujours.

Ils ne s'arrêtèrent qu'en entendant des voix dans le couloir. Ils ne se détachèrent pas l'un de l'autre pour autant.

Quelque chose avait changé. Quelque chose de significatif. Mais Xander n'était pas encore prêt à en chercher la signification.

Grace leva une main pour prendre sa joue en coupe. Dans la pénombre de la pièce, il ne parvint pas à lire son expression.

Elle hocha la tête, comme si elle convenait avec lui de l'énormité de ce qui venait de se passer.

Elle donnait aussi l'impression de ne pas vouloir en parler. Pas tout de suite, en tout cas.

Lentement, ils s'écartèrent, mirent de l'ordre dans leur tenue, et allèrent vers la porte.

Ils tambourinèrent jusqu'à ce que Max les libère.

- 9 -

Grace passa tout le week-end à travailler. Elle avait tant de détails à gérer en même temps qu'elle s'attendait à ce que son cerveau saturé se mette en pause. Ou alors que sa tête explose.

Elle avait délaissé son bureau du rez-de-chaussée au profit du salon, situé au premier étage. La table basse et le sol disparaissaient sous les classeurs, les listes, les catalogues, les échantillons.

Tout en revoyant le plan de table de l'un des mariages, elle échangeait des SMS avec une autre future mariée qui s'était disputée avec une de ses demoiselles d'honneur.

Elle avait toujours un avenant à un contrat en attente de lecture, une réunion demain matin, et des idées de centre de table à soumettre à une cliente.

Et puis il y avait un autre sujet auquel elle s'interdisait de penser. En vain, bien sûr. Il s'immisçait dans chacune de ses pensées.

Xander.

Que s'était-il passé entre eux l'autre jour, dans cette réserve ? Jamais un homme ne l'avait embrassée comme ça.

Fermant un instant les yeux, elle se remémora le contact des lèvres de Xander, et la puissance de ses bras autour d'elle.

— Grace !

Elle ouvrit brusquement les yeux.

— Euh… oui ? Qu'est-ce qu'il y a ?

Débordante de joie et d'énergie, Emerson se laissa tomber sur le canapé, et observa les montagnes de papiers et de documents qui s'amoncelaient autour d'elle.

— Tu travailles encore ? s'enquit-elle.

Grace savait qu'Emerson se sentait coupable d'ajouter à sa charge de travail, mais elle ne voulait pas que son amie se mette martel en tête.

— Oh ! ce n'est rien. La routine. Tu sais ce que c'est.

Emerson se gratta le bout du nez, visiblement pas convaincue.

— Est-ce que je peux au moins te préparer quelque chose à manger ? lui proposa son amie.

— Ce serait formidable ! Merci.

Trente minutes plus tard, Grace et Emerson dégustaient du poulet grillé accompagné de couscous et d'une salade, tout en retravaillant le plan de table.

— Si tu déplaces ces deux invités à la table 9, alors tu peux mettre tes collègues de travail ici, et les deux cousins qui ne peuvent pas se voir se retrouveront chacun à un bout de la pièce.

— Emerson, tu es un ange ! s'exclama Grace. Ce plan de table a failli me rendre folle.

Emerson débarrassa la vaisselle, tandis que Grace remettait un peu d'ordre dans le salon. Puis elles décidèrent de regarder un épisode de leur émission de téléréalité préférée, *La robe de ma vie*.

— Au fait, les modifications sur ma robe seront prêtes à temps, dit Emerson, pendant une plage publicitaire.

— Ta mère a des relations précieuses. Nous lui devons beaucoup.

— À qui le dis-tu !

Laissant passer un silence, Emerson ajouta :

— J'ai passé la plus grande partie du week-end avec Jack, donc nous n'avons pas eu le temps de parler, toi et moi, mais je crois que tu as des choses à me dire.

— Non, je ne vois pas.

— Allons donc…

— Où veux-tu en venir, Em ?

— Xander et toi…

— Quoi, Xander et moi ? Il est toujours…

— Oui ?

— Eh bien, tu sais comment il est.

Emerson croisa les bras sur sa poitrine.

— Je t'écoute.

— Il est…

Doué comme personne pour embrasser. Sexy en diable.

— Il est borné.

— Toi aussi, Gracie. En tout cas j'ai bien vu, quand nous sommes rentrés de notre visite du vignoble, que quelque chose avait changé entre vous. C'était sympa, ce petit temps que vous avez passé enfermés dans la réserve ?

Grace saisit la télécommande et fit taire la mariée snobinarde au budget illimité et à la voix de crécelle.

Puis elle se tourna vers son amie.

— Que me demandes-tu exactement, Em ?

— Ce qui s'est passé dans la réserve.

— Rien du tout.

Grace détestait mentir. D'autant plus qu'elle n'était pas très douée pour ça.

— Je ne te crois pas, répliqua Emerson. Je vous ai

vus, quand vous êtes sortis de la pièce. Il y avait quelque chose de spécial entre vous.

— Nous discutions de votre réception prénuptiale, c'est tout.

Emerson soupira.

— En fait, nous allons faire l'impasse sur cette fête, dit-elle.

— Quoi ? Mais pourquoi ? Tu étais tellement enthousiaste à cette idée.

Emerson esquissa un sourire qui ne se refléta pas dans ses yeux, et Grace comprit qu'elle essayait de donner le change.

— Nous n'avons plus le temps maintenant, expliqua-t-elle. Jack l'a déjà dit à Xander. Cela aurait été sympa, mais c'est impossible à réaliser.

Elle se mordit la lèvre et ajouta :

— Mais ça va, je t'assure.

De toute évidence, ça n'allait pas. Mais Grace ne voulait pas insister. Elle savait qu'Emerson avait raison. Ce n'était matériellement pas possible.

Sauf si elle décidait de ne plus dormir du tout.

Ou de laisser Xander s'en charger seul.

Cette éventualité faillit la faire éclater de rire. Elle imaginait déjà un hypnotiseur présentant un plateau de hot-dogs aux invités !

Une autre idée lui traversa l'esprit, et elle s'en voulut vraiment. Ne pas organiser cette fête avec Xander, cela voulait dire qu'elle ne passerait pas de temps avec lui.

C'était vraiment drôle de constater comment elle avait évolué de la crainte de devoir travailler avec lui vers le regret de ne pas le faire.

Elle remit le son de la télévision. Elle aurait aimé

la relation elle-même, mais sa cliente avait des éléments solides pour étayer sa défense.

La journée se terminait, et Xander raccompagna Delilah jusque dans le hall. Puis demanda à Rachel s'il avait autre chose de prévu pour aujourd'hui. Cette dernière était assidue au travail, organisée… et connaissait son agenda mieux que lui.

Elle leva les yeux de son ordinateur, l'air distrait.

— Vous pensez que je devrais ajouter une clause multirisques dans le contrat de location de mon lieu de réception ? s'enquit-elle.

Bon sang ! Encore cette hystérie nuptiale ! Il se crispa, mais s'efforça de garder une apparence posée.

— Je me posais aussi des questions pour la charte graphique, poursuivit son assistante. Je penche pour le bleu comme fil conducteur, étant donné que c'est la couleur préférée de Dre, mais je me demande si je ne devrais pas avoir une couleur d'accent.

Elle désigna son écran d'ordinateur et précisa :

— Parce que la page Pinterest de cette mariée parle d'une couleur principale et de trois couleurs d'accent.

Rachel ne faisait pas les choses à moitié. C'était visiblement sérieux pour elle. En revanche, le pouls de Xander s'était accéléré, et pas d'une bonne façon.

Il commença à reculer. Les clauses devant figurer dans un contrat, ça, il pouvait faire. Les couleurs d'accent, il ne savait pas ce que c'était, mais cela lui provoquait une réaction épidermique.

— Vous avez regardé la planche Pinterest que je vous ai envoyée ? s'enquit Rachel en lui souriant.

— Vous réalisez que je suis un homme, n'est-ce pas ? Et que je suis votre employeur. En plus, je ne suis pas sur Pinterest, conclut-il, avant de regagner son bureau en hâte.

Là, il jeta un coup d'œil à ses derniers e-mails, finalisa un contrat et ferma tout pour la nuit.

En partant, il salua quelques collègues qui s'attardaient encore, et récupéra sa voiture sur le parking.

Au lieu de tourner à gauche, en direction de son appartement, il prit à droite. Il n'avait aucune raison d'aller par là. Absolument aucune. Cet itinéraire ne le conduirait pas au bar de Jack, où il se rendait souvent après le travail.

Mais il le mènerait chez Grace.

Lorsqu'il se gara devant la maison qu'elle partageait avec Emerson, il la vit par la baie vitrée. Elle était penchée sur son ordinateur, et tapait frénétiquement sur son clavier.

Vérifiant sa montre, il réalisa que les heures d'ouverture de son bureau étaient largement dépassées, mais décida d'aller quand même sonner à l'Interphone.

— Oui ?

— Bonsoir, Grace. C'est Xander.

Il y eut un silence.

Il se pencha vers la fenêtre et lui fit un signe de la main. Elle s'était levée de son bureau et le regardait, indécise.

— Je peux entrer ? demanda-t-il.

— Euh… oui, bien sûr.

Il y eut un bourdonnement, un cliquètement, et il poussa la porte. Il entra dans un petit hall décoré dans des tons gris pâle et rose poudré. Une table ronde se trouvait en son centre, avec un grand vase garni de fleurs fraîches. De part et d'autre, deux portes desservaient les espaces de travail respectifs d'Emerson et de Grace. Au fond, un escalier menait aux autres niveaux.

Grace se tenait sur le seuil de son bureau. Elle portait une robe noire à manches longues, et un collier orné de pierres rose fuchsia assorties à son rouge à lèvres. Elle avait les pieds nus, et le contraste avec l'élégance de sa robe avait quelque chose de terriblement attirant.

— Que fais-tu ici ? demanda-t-elle, en reculant pour qu'il puisse entrer.

La pièce était décorée avec goût. Il apprécia les moulures en stuc et les bibliothèques en chêne intégrées. Puis il aperçut, en face du bureau en marqueterie, les deux délicates bergères tendues de soierie qu'un coup de vent aurait pu emporter, et décida de rester debout.

— Est-ce que tout va bien ? s'enquit-elle, le front barré d'un pli soucieux.

— Ah. Oui. Je ne voulais pas t'inquiéter. Je…

Que voulait-il ? Pourquoi était-il là ?

— Je me trouvais dans le quartier.

— Oh…

Elle fit le tour de son bureau, rassembla en une pile bien nette les papiers qui l'encombraient, reboucha ses stylos, et ferma son ordinateur.

— Quelle la véritable raison de ta visite, Xander ? C'est Emerson qui t'envoie ?

— Non.

Il s'approcha d'un fauteuil, s'interrogeant toujours sur sa capacité à soutenir son poids, et s'agrippa au dossier.

— Jack ?

— Non plus.

— Et donc ?

— Je voulais prendre de tes nouvelles, dit-il.

— Oh. Vraiment ?

— Vraiment. Je t'ai collé sur les bras un mariage à organiser en trois semaines. C'est bien la moindre des choses que je vienne vérifier si tu t'en sors.

Elle sourit, et son visage s'illumina, faisant disparaître les signes de fatigue qu'il y avait décelés.

— Tout se passe à merveille, répondit-elle.

— Tu es sûre ?

— Je vais très bien, je te dis.

Il croisa les bras et la toisa sévèrement.

— Grace ?

— D'accord, je suis peut-être un peu fatiguée, mais il fallait s'y attendre.

— Combien d'heures as-tu dormi, la nuit dernière ?

— Je ne sais pas. Trois ou quatre.

Exactement ce qu'il pensait.

— Et la nuit d'avant ?

Elle hésita entre rire et soupir.

— Xander, je m'occupe de trois mariages à la fois.

Il lui prit la main.

— Viens.

— Où allons-nous ?

— Tu as besoin de manger quelque chose. Je parie que ton dernier repas remonte à loin.

— Ne sois pas ridicule. J'ai mangé à…

Elle se concentra, plissant le front.

— Je ne m'en souviens pas, avoua-t-elle. Mais je n'ai pas envie de sortir. La seule chose dont je rêve, c'est d'enlever cette robe.

Et lui, donc ! Mais il s'interdit de fantasmer. Il avait remarqué les cernes sous les yeux de Grace. Ce n'était pas le moment de penser aux galipettes.

— Allons à l'étage, proposa-t-il. Je vais commander quelque chose pour toi, et tu pourras te changer. C'est une très belle robe, au fait.

— Merci.

Elle devait être vraiment fatiguée car elle monta sans protester davantage.

Dans le salon, elle lui demanda s'il voulait quelque chose à boire.

— Je m'en occupe, répondit-il. Va te changer.

— D'accord. Merci. Les verres sont dans le placard à côté…

— Ne t'inquiète pas. Je sais me débrouiller dans une cuisine. Quelque chose te tente en particulier ?

— Non. Je te laisse choisir.

— Thaï ?

— Parfait.

Il la regarda monter au dernier étage, prit son téléphone et chercha son application Uber Eats. Sa commande passée, il fouina dans la cuisine et trouva une bouteille entamée de vin rouge provenant de chez Hart of the Hills. Il remplit deux verres, et s'installa dans le salon.

Grace ne tarda pas à revenir, vêtue d'un pantalon de yoga et d'un ample T-shirt. Elle s'était démaquillée et paraissait plus jeune.

— Ça va mieux ? demanda-t-il.

— Beaucoup mieux.

Ils sirotèrent leur verre de vin, en attendant d'être livrés. Puis, tout en dînant, ils discutèrent de tout et de rien, et constatèrent qu'ils avaient les mêmes goûts en matière de cinéma et de séries télévisées.

— J'aurais parié que tu étais plutôt fan de téléréalité, lui fit-il remarquer.

— Oh ! mais je le suis. Je pourrais regarder *Top Chef* ou les programmes de rénovation immobilière à longueur de journée. Mais j'aime aussi quand il y a des zombies.

— Ce n'est pas vrai… Les histoires post-apocalyptiques me fascinent !

Quand ils eurent épuisé tous les sujets tournant autour des loisirs, ils exprimèrent leur déception à propos de l'annulation de la fête prénuptiale de Jack et d'Emerson.

— Je sais que cela aurait représenté beaucoup de travail, dit Grace.

— Mais ils avaient l'air d'en avoir vraiment envie.

Ils restèrent songeurs un moment, et furent interrompus dans leurs pensées par la *Marche impériale* de *Star Wars.*

— Qu'est-ce que c'est ? demanda Grace, avec un petit rire.

— Le travail, répondit-il, en sortant son téléphone de sa poche.

— Assimiler ton travail à l'Empire galactique, je ne sais pas ce qu'il faut en penser !

— Tu connais *Star Wars* ? Ça me surprend. Il n'y a pourtant pas d'animaux qui chantent, ni de citrouilles magiques.

— Mais il y a une princesse ! répliqua-t-elle, avec un clin d'œil.

Il rit.

— Je reviens tout de suite, dit-il.

Le téléphone collé à l'oreille, il se dirigea vers la pièce voisine, mais il eut le plus grand mal à se concentrer sur sa conversation avec son patron. Il ne pouvait penser qu'à Grace.

Dix minutes plus tard, il était de retour au salon.

Grace s'était endormie sur le canapé. Ses cheveux étaient étalés sur les coussins, et sa bouche formait une adorable petite moue. Ainsi, elle ressemblait tout à fait à une princesse de conte de fées, attendant que son prince charmant la réveille d'un baiser.

Il sourit et la contempla un moment. Jamais auparavant il ne lui était venu à l'idée de regarder une femme dormir.

Finalement, il prit un plaid abandonné sur l'accoudoir d'un fauteuil et le posa délicatement sur Grace. Puis il effleura sa joue d'une caresse. Elle frémit et murmura quelque chose dans son sommeil.

Il griffonna un mot et le laissa sur la table basse, pour qu'elle le voie en se réveillant. Puis, avec un dernier regard attendri, il éteignit les lumières et gagna le rez-de-chaussée.

S'assurant que la porte était bien verrouillée derrière lui, il réalisa soudain que son cœur ne l'était pas. Pour la première fois de sa vie, il réalisait qu'il était prêt à y accueillir quelqu'un.

Et le plus étrange était que, au lieu de s'en effrayer, il se sentait en paix.

- 10 -

— Intéressant…

Grace leva les yeux de son ordinateur, et vit Emerson qui se tenait sur le seuil, un papier à la main.

— Quoi ?

Emerson s'éclaircit la voix avec emphase.

— « Ma princesse, je ne voulais pas te réveiller… », lut-elle.

Grace se leva d'un bond.

— Hé ! Donne-moi ça !

Emerson esquiva sa tentative pour s'emparer du papier et continua sa lecture.

— « Merci pour cette incroyable soirée. » Une soirée incroyable avec Xander Ryan ? Vraiment ? Raconte-moi. Ou, devrais-je dire, racontez-moi, Votre Altesse ?

— Tais-toi !

Grace essaya une fois encore de lui retirer la feuille des mains, mais Emerson fut plus rapide.

Elle aurait dû mettre le mot de Xander à l'abri dans sa chambre. En tout cas, elle avait été ravie de cette attention. Déjà, le fait qu'il soit passé prendre de ses nouvelles en disait long…

— Alors ? demanda Emerson. Que s'est-il passé ? Je te laisse seule une nuit, et…

Elle prit place dans l'une des bergères installées face au bureau, et Grace s'installa dans l'autre.

— Xander est passé, dit-elle.

Emerson agita le mot sous le nez de Grace.

— Ah oui ? J'avais deviné !

— Bref ! Nous avons parlé un peu, et il nous a commandé à dîner.

— On dirait que tu ne le détestes plus.

Grace soupira.

— Je ne sais même pas comment cela a commencé, mais il semblerait que nous ne soyons plus en conflit, avoua-t-elle.

— Et ensuite ?

— Il a reçu un appel de son travail, et je me suis endormie pendant qu'il y répondait. Quand je me suis réveillée ce matin, j'ai vu qu'il avait mis un plaid sur moi et qu'il m'avait laissé un mot.

— C'est tout ?

— C'est tout. C'est gentil, non ?

— Sans doute, mais cela ne lui ressemble pas de prendre soin d'une femme. Qu'est-ce que ça peut bien vouloir dire ?

— Je n'en sais rien.

— Vous sortez ensemble ?

— Je ne sais pas. Je ne crois pas. Probablement que non.

— Si tu ne le sais pas, moi non plus !

— En tout cas, je n'ai pas le temps d'y réfléchir pour le moment.

Comme un fait exprès, son téléphone sonna.

Sauvée par le gong !

Dimanche soir, Grace s'assit en haut des marches du perron. Il y avait un peu de vent, mais cela restait supportable. Les nuages avaient dominé le ciel une bonne partie de la journée. Dans la maison, on avait allumé un feu, et une odeur de bois brûlé, une de ses odeurs favorites, flottait dans l'air.

Elle avait failli prendre un verre de vin pour le siroter dehors, mais elle avait eu peur que l'alcool ne la fasse dormir.

Elle avait mené à bien un autre mariage, la nuit dernière, et l'adrénaline commençait à retomber. Tout s'était déroulé sans anicroche majeure, et les mariés étaient ravis.

Les premières notes de *When You Wish Upon a Star* s'échappèrent de son téléphone, lui arrachant un sourire.

— Bonsoir, Grammy.

— Bonsoir, ma chérie. Alors, comment s'est passé ce mariage ?

Grace lui fit un bref compte rendu.

— Il ne t'en reste plus qu'un, maintenant, et tu pourras prendre un repos bien mérité, dit sa grand-mère.

— Oui, mais c'est celui d'Emerson. Il faut que tout soit parfait. Si quelque chose tournait mal, je ne me le pardonnerais pas.

— Tu dis ça à chaque mariage. Sois positive et pense à ce que tu feras après, quand tu auras du temps libre.

Grace ferma les yeux et imagina un bain relaxant à la lavande… Ensuite, elle se coucherait dans des draps frais, avec un roman de son auteur favori…

— Tu commences à te détendre ? demanda sa grand-mère d'une voix apaisante.

— En fait, non. Je suis vraiment angoissée. Il ne reste que six jours avant le grand événement.

— Ce n'est pas surprenant. Tu as endossé d'énormes

responsabilités sur une période de temps incroyablement courte.

— Je suis très méthodique et je vérifie les détails chaque jour, mais j'ai tellement peur d'oublier quelque chose.

— Tu ne peux pas te faire aider ? Juste pour cette semaine ?

— J'ai contacté trois extra à qui je fais appel de temps en temps, mais tout le monde est très occupé. Engager quelqu'un que je ne connais pas ne ferait qu'augmenter mon stress.

— Tout ce que je peux te dire, ma chérie, c'est que tu es forte et capable. Même quand tu étais petite, tu étais déjà très organisée. Rappelle-toi comme tu demandais toujours à faire partie du comité d'organisation pour les bals de promotion du lycée.

— Je sais, Grammy, mais…

— Et qui se chargeait toujours des événements de sa sororité ? Même pendant ce blizzard qui t'a obligée à tout changer à la dernière minute ?

— Oui, mais…

— Crois-moi. Tu vas y arriver.

La confiance que sa grand-mère avait en elle lui arracha un sourire.

— Bonne nuit, Grammy. Je t'aime.

Grace ouvrit les yeux et sursauta. Xander se tenait en bas des marches, les yeux rivés sur elle.

Elle se demanda s'il avait entendu toute la conversation. En tout cas, il semblait inquiet.

— Qu'est-ce que tu fais là ? s'enquit-elle.

— J'aime marcher le dimanche soir. Ça me vide la tête.

Grace fut surprise. Elle l'imaginait plutôt en train de sortir avec un mannequin, ou de traîner dans des cocktails.

— Comment va ta grand-mère ?

— Bien.

Les mains dans les poches, Xander basculait d'avant en arrière, dans une posture hésitante.

— Tu veux venir marcher avec moi ? proposa-t-il.

— Marcher ?

— Oui, tu sais, cette activité qui nécessite d'utiliser ses jambes.

Elle leva les yeux au ciel.

— Je crois que je devrais y arriver, répondit-elle. Attends-moi un instant.

Elle se rua à l'intérieur pour prendre sa clé. D'accord, elle s'était peut-être arrêtée devant le miroir de l'entrée pour lisser ses cheveux et s'assurer qu'elle n'avait pas l'air atroce. Malheureusement, elle put voir son teint blafard et les cernes sous ses yeux.

Résignée à ne pas être au mieux de sa forme, elle ferma la porte et retrouva Xander en haut des marches.

— Prête !

Il sourit, et elle sentit ses genoux fléchir. Il était tellement séduisant…

— Où allons-nous ? demanda-t-elle.

— Je vais t'offrir une glace.

Une fois de plus, ce n'était pas ce qu'elle attendait.

— Une glace ?

— Il s'agit d'un produit laitier qui a été réfrigéré…

— Ha, ha, ha ! mais on dirait bien que vous avez toutes les réponses aux mystères de l'univers, monsieur Ryan.

— Je suis plein de ressources, mademoiselle Harris.

Il la guida vers King Street, et le silence domina leur court déplacement.

Elle sentit quelque chose effleurer sa main et baissa les yeux. Xander avait entrelacé ses doigts aux siens.

— Tu me tiens la main, dit-elle en se sentant stupide.

— Il semblerait, oui.

Quand un homme lui avait-il pris la main ? C'était un geste simple qui évoquait pour elle une relation établie plutôt qu'un flirt.

Xander n'était pas homme à s'engager, mais il paraissait à l'aise avec cette situation. Quant à elle, cela lui semblait… juste et normal.

Il ne leur fallut pas longtemps pour arriver chez le glacier, et elle se réjouit de voir qu'il avait choisi un petit commerçant local, plutôt qu'une grande chaîne.

Il commanda un cône vanille-noix de pécan, et elle opta pour un parfum chocolat classique.

En quittant la boutique, ils se dirigèrent vers le fleuve. Ils trouvèrent un banc tourné vers le Potomac, et s'y assirent pour déguster leur glace.

Le soleil, semblable à une grosse orange lumineuse, commençait à descendre vers l'horizon. L'air charriait des odeurs de poissons grillés, de beignets et de café fraîchement moulu en provenance des restaurants alignés le long des docks. Les relents boueux de l'eau s'y mêlaient. Le port fourmillait encore de toutes sortes d'embarcations, et notamment des bateaux-taxis reliant Old Town et National Harbor. Sur leur droite, le pont à bascule Woodrow Wilson était saturé par la circulation.

Étrangement apaisée, Grace s'abandonna à la magie

de ce moment de complicité avec Xander, avant que la réalité ne la rattrape.

— J'appréhende vraiment mercredi, dit-elle soudain.

— Que se passe-t-il, mercredi ?

— Je vais à Hart of the Hills de bonne heure le matin pour vérifier que tout est calé avec l'hôtel où les invités vont séjourner, et m'avancer un maximum avant l'arrivée de Jack et d'Emerson jeudi après-midi.

— Tu sais quoi ? J'ai des congés à prendre. Que dirais-tu si je t'accompagnais ?

Elle eut l'impression que son cœur s'arrêtait. Seule à l'hôtel avec Xander ? Oh ! mon Dieu…

— Tu veux m'accompagner ? murmura-t-elle.

— J'ai cru comprendre que tu avais besoin d'aide.

Il avait donc entendu une grande partie de sa conversation avec Grammy.

Elle hocha la tête.

— C'est vrai. Mes extra ne seront là que vendredi matin.

— Je vais prendre des arrangements dès demain matin.

Seule avec Xander pendant deux jours… Était-ce vraiment une bonne idée ?

— Rien ne t'y oblige, dit-elle. Après tout, c'est mon travail.

— Tu n'auras qu'à me considérer comme ton assistant.

Il lui adressa un clin d'œil et ajouta :

— Je te laisserai même me donner des ordres.

— Tu m'as convaincue ! s'exclama-t-elle en riant. Mais attends-toi à travailler durement.

— Bien, madame.

Sans prévenir, il prit son visage entre ses mains et l'embrassa avec une infinie douceur.

Puis il lui offrit un sourire éblouissant, captura sa main et ils rebroussèrent chemin vers la maison.

Ils n'évoquèrent pas le baiser, ni le fait qu'ils seraient seuls tous les deux à l'hôtel. Mais Grace ne pouvait penser à rien d'autre.

- 11 -

Ceux qui pensaient que le métier de *wedding planner* était de tout repos vivaient sur une autre planète, songea Xander. Ou ils n'avaient jamais suivi Grace Harris pendant toute une journée.

Grace et lui étaient arrivés à l'hôtel à 9 heures. Leurs chambres n'étaient pas prêtes, mais il en aurait fallu plus pour décourager Grace. Elle avait une liste de choses à faire longue comme le Potomac, et elle s'y attela immédiatement.

Lorsque midi arriva, Xander aurait donné cher pour faire une pause, mais quelque chose lui disait que, s'il le suggérait, Grace le prendrait mal…

En même temps, il voyait bien qu'elle commençait à perdre de l'énergie. Sans doute parce qu'elle avait besoin de se nourrir.

Pendant qu'elle réglait les derniers détails avec la compagnie de transport qui assurerait les navettes entre le vignoble et l'hôtel, il se dirigea vers le restaurant.

Avec ses murs de pierre, ses planchers en pin, ses cheminées et ses canapés de cuir, l'hôtel dégageait un charme rustique. Mais Xander remarqua qu'il possédait les équipements les plus modernes : piscine, spa, salle de sport, espace professionnel connecté. Et la vue sur les montagnes était à tomber.

Il choisit une table près de la baie vitrée, pour profiter

au maximum du paysage, et envoya un SMS à Grace pour lui dire qu'il y avait un problème au restaurant. Il fallait bien qu'il ruse pour obtenir qu'elle lève le pied quelques instants.

Il se retint de rire en la voyant débouler, cramponnée à son téléphone et à son iPad.

Lorsqu'elle le vit occupé à siroter un café, elle plissa les paupières et ralentit la cadence, tandis qu'elle traversait la salle.

— Que se passe-t-il ? demanda-t-elle.

— Tu n'as pas déjeuné.

Elle soupira.

— Ce n'est pas une urgence.

— Permets-moi de te contredire, Grace. Une personne affamée est une personne improductive.

Elle haussa les sourcils.

— Je donne l'impression d'être improductive ?

Elle avait surtout l'air fantastique avec son pantalon noir, son chemisier rayé noir et blanc, ses cheveux tirés en queue-de-cheval, et un maquillage minimaliste.

— J'ai pris la liberté de commander un plateau de hors-d'œuvre, expliqua-t-il.

Au même moment, une serveuse arriva avec leur commande.

— Vous désirez boire quelque chose, madame ?

Xander vit que Grace était agacée par son stratagème, mais que sa politesse naturelle l'empêchait de faire un esclandre.

— Un thé glacé, merci.

Elle posa sa tablette et son téléphone sur la table, à côté de son assiette.

— Je viens de finir le programme des navettes, mais

il faut que je rappelle le fleuriste car ils ont fait un vrai micmac avec les bouquets, dit-elle. As-tu déjà vu une DDH avec un bouquet plus gros que celui de la mariée ?

— Euh… c'est quoi, une DDH ?

— Une demoiselle d'honneur.

Le repas avalé à la hâte, ils filèrent vers Hart of the Hills, où Max et Olivia furent ravis de les aider à préparer les lieux pour la réception.

Bien plus tard, quand ils furent de retour à l'hôtel, Xander se trouva mis à contribution pour préparer des sacs de menus présents destinés aux invités. Pour ce faire, ils s'étaient installés dans une des salles de conférences du rez-de-chaussée.

Quand son téléphone sonna, il grommela en découvrant qu'il s'agissait de son père. Il n'était pas vraiment d'humeur à écouter ses dernières péripéties.

— Réponds, je vais terminer, lui proposa Grace.

À contrecœur, il sortit dans le hall et prit l'appel.

— Salut, papa.

— Bonjour, fiston. Comment va ?

— Je suis en train de préparer le mariage de Jack. C'est ce samedi.

— J'ai reçu mon invitation. Je serai là.

— Et maman ? Elle vient aussi ?

Il croisa les doigts. Pourvu qu'il réponde non…

— Oui, elle vient, répondit son père avec un gros soupir. Il faudra bien qu'elle se passe de son jeune blanc-bec pour la journée. Tu sais qu'elle sort avec un gamin qui travaille dans un *coffee shop* ? Ridicule !

— Tu te prélasses bien à Sag Harbor avec une serveuse.

— Je ne vois pas le rapport !

— C'est pourtant évident.

— Peut-être que je ne verrais personne si ta mère était restée fidèle.

Xander grinça des dents, une mauvaise habitude qu'il croyait avoir perdue en quittant la fac de droit.

— Maman pourrait sans doute dire la même chose.

— Qu'est-ce qui te prend, Xander ? Tu la défends, maintenant ? Ta mère exhibe ses conquêtes sous mon nez ! J'ai au moins la décence de rester discret. Quand on parle du loup, la voilà, justement. Je te la passe ?

— Non.

— Comme tu voudras. On se voit samedi, alors.

— Vous serez ensemble ?

— Évidemment, répondit son père comme si c'était la chose la plus normale du monde.

Xander mit fin à l'appel, et fixa son téléphone.

Il sentait monter un mal de tête, une réaction typique après avoir eu affaire à ses parents.

Il ne comprenait pas pourquoi ils restaient ensemble. S'ils étaient assez malheureux pour se tromper l'un l'autre et vivre séparés la plupart du temps, pourquoi ne mettaient-ils pas fin à ce mariage qui ressemblait à une vaste blague ?

Ruminant de sombres pensées, il rejoignit Grace qui chantonnait au rythme de la musique diffusée par son téléphone. En l'entendant entrer, elle leva les yeux et lui sourit.

Son sourire était désarmant. Il était pur, doux et confiant. Et pourtant, ce n'était pas ce qu'il avait envie de voir. Grace ne connaissait rien à la vie. Elle passait son temps à s'inquiéter pour des détails ridicules, comme des M&M'S personnalisés et des rubans au dos des housses de chaises ! Elle n'avait pas idée de ce que les vraies gens vivaient.

Il avait vu des photos du mariage de ses parents. Tout semblait parfait. Quand le conte de fées s'était-il transformé en cauchemar ?

Grace se rembrunit.

— Quelque chose ne va pas ? demanda-t-elle.

Il traversa la pièce et prit un petit sachet de tulle contenant des M&M'S gravés aux initiales de Jack et d'Emerson.

— Tu factures des milliers de dollars pour *ça* ? répliqua-t-il.

— Tu sais, les bonbons ne valent pas aussi cher.

— Tu sais très bien de quoi je parle.

Elle haussa les épaules.

— C'est leur choix, dit-elle. S'ils ont le budget, je ne vois pas où est le problème.

— C'est frivole, ridicule.

— Pour toi, peut-être. Mais certaines personnes aiment ça.

Il ouvrit la bouche pour protester, mais elle leva la main.

— Je n'impose jamais rien à des futurs mariés, Xander. Je travaille avec eux. S'ils veulent un mariage sur le thème de Noël, je le fais. S'ils n'ont que cinq mille dollars de budget, je leur évite les dépenses excessives, comme un lâcher de colombes ou un gâteau à sept étages. C'est un processus participatif.

— Participatif ?

— Oui, ça veut dire que nous travaillons…

— Je sais ce que ça veut dire !

Elle cilla, termina de nouer un ruban, et posa le sac sur le côté.

— Je pensais que nous faisions du bon travail ensemble, dit-elle en soupirant.

— Nous sommes très différents.

— Ce n'est pas un scoop. Mais nous sommes venus ensemble pour aider nos amis. Dois-je te rappeler que je n'ai pas réclamé ton aide ? Tu étais volontaire.

— Oui, eh bien… c'était une erreur !

Elle blêmit.

— Qu'est-ce qui te prend, Xander ? Je pensais…

— Tu crois que tout ça est important ? Où as-tu grandi ? Dans le château de Cendrillon ? Tu ne sais rien de la vie !

Les yeux de Grace lancèrent des éclairs.

— Tu crois vraiment que j'ai grandi dans une sorte de pays magique ? rétorqua-t-elle d'une voix blanche.

— Plus ou moins, oui.

Quelque part, loin au fond de son esprit, une voix lui ordonna de se taire. Il était agacé à cause de ses parents, et il se défoulait sur Grace. Ce n'était pas juste, et pourtant il semblait incapable de s'arrêter.

— Je crois que tu passes tellement de temps dans les nuages, à organiser des réceptions et des lancers de bouquets, que tu n'as pas idée de ce qui se passe dans la vraie vie, après la lune de miel, quand tes petits couples viennent me supplier de leur trouver une porte de sortie.

Elle recula et porta la main à sa joue, comme s'il l'avait giflée.

En la voyant réagir ainsi, il sortit de sa spirale de méchanceté.

— Grace, je…

Elle secoua la tête avec véhémence.

— Si je crois aux contes de fées, c'est parce que je n'ai pas le choix, Xander. Mon enfance était pleine d'angoisse, de douleur, et d'abandon. J'ai eu quelques belles relations amoureuses, mais rien de grandiose. Emerson est heureuse avec Jack maintenant, mais, avant de le rencontrer, elle a été quittée à quelques jours de son mariage, et elle a terriblement souffert. Et sa sœur a divorcé après seulement six mois d'union.

Elle fit le tour de la table et le poussa. Brutalement.

— Donc, ne crois pas que j'ignore tout du divorce et des relations qui dérapent, conclut-elle sèchement.

Xander ne trouva rien à dire. Il était le roi des imbéciles. Il avait laissé ses parents lui gâcher la journée et, à son tour, il avait gâché celle de Grace. C'était injuste et cruel.

— Je suis désolé, Grace. Sincèrement. Je viens d'avoir une conversation désagréable avec mon père, et je me suis défoulé sur toi.

— Au moins, tu as un père avec qui te disputer ! Mais tu sais quoi ? J'en ai assez de tout ça. Assez de toi. J'ai besoin de faire une pause.

Sur ces mots, elle se rua hors de la pièce, le laissant médusé.

Bourrelé de remords, il sut qu'il devait faire quelque chose pour se rattraper. Sans réfléchir, il s'attela à la préparation des sacs cadeaux. Ce n'était pas très compliqué. Il suffisait de suivre le plan parfaitement détaillé de Grace.

Quand il eut terminé, il plaça les sacs dans les cartons fournis par l'hôtel et alla les déposer à la réception. Puis il revint tout ranger.

Pour finir, il s'arma de courage et alla frapper à la porte de Grace.

Lorsqu'elle ouvrit, il vit qu'elle avait pleuré.

— Je regrette tellement, Grace.

— Je n'ai pas envie de te parler.

— Je sais. Et je te comprends. Je n'aurais jamais dû me comporter comme ça. Je sais que je ne le mérite pas, mais donne-moi une chance.

Elle réfléchit un instant puis, sans un mot, recula pour le laisser entrer.

Grace avait une suite, et ils prirent place dans le salon.

S'armant de courage, il prit la parole.

— Tu as dit des choses, tout à l'heure, qui m'ont fait comprendre que je ne te connais pas. Je voudrais que tu me parles de toi.

Elle se mordilla la lèvre, hésitante.

— Je n'ai pas l'habitude de parler de mon enfance, répondit-elle.

— Je ne vais pas t'y forcer si c'est douloureux. Mais sache que j'ai envie de découvrir qui tu es.

Elle garda si longtemps le silence qu'il se dit qu'elle ne parlerait pas.

Puis elle prit une profonde inspiration et se lança.

— Ma mère était une rebelle, bornée et forte tête. Mes grands-parents travaillaient beaucoup, et ils se sont reprochés de ne pas avoir été là pendant son adolescence, de lui avoir laissé trop de liberté. Mais je pense qu'ils n'y étaient pour rien. Un jour, il y a eu une grosse dispute, probablement à cause d'un garçon, et ma mère a fugué. Elle n'avait que seize ans. Mes grands-parents ont tout mis en œuvre pour la retrouver. Sans succès. Il est probable qu'elle ait quitté la Floride immédiatement. Je suis née en Virginie-Occidentale. Ma mère avait alors dix-huit ans.

— Grace, tu n'es pas obligée de continuer, si c'est trop difficile pour toi.

Elle lui adressa un sourire timide.

— En fait, ça me fait du bien d'en parler. Je le fais rarement. Je suis née de père inconnu. Quand j'étais petite, ma mère m'a dit qu'un type du nom d'Ed Crosby était mon père. Il vivait dans le même camping que nous. Parfois, il m'emmenait manger une glace, ou il m'offrait une poupée pour mon anniversaire. Un soir, Ed et ma mère se sont disputés. J'étais supposée dormir, mais leurs cris m'ont réveillée. Elle lui a dit qu'il n'était pas mon père. Le lendemain, je lui ai posé la question. Elle a dit que mon père s'appelait Damon. Il était de passage en ville, et elle avait trompé Ed. À l'époque, je n'ai pas tout compris. Je n'avais que cinq ans.

Xander avait le cœur serré. Ses parents avaient une relation dysfonctionnelle, mais au moins il savait qui ils étaient.

— Un an plus tard, ma mère voyait un autre homme, poursuivit Grace. Je suppose qu'une fillette de six ans devait la gêner. Parfois, une voisine me gardait. Mais un jour, elle n'était pas là, et ma mère m'a enfermée dans sa voiture. J'avais froid, même avec mon duvet.

Xander avait du mal à garder son calme. Dans son métier, il avait entendu des histoires horribles, mais Grace n'était pas une cliente. C'était quelqu'un qu'il côtoyait, et pour qui il commençait à avoir des sentiments.

— La voisine est rentrée et m'a trouvée. Elle a appelé la police. On m'a retiré à ma mère cette nuit-là.

Elle haussa les épaules.

— Je pense que ça ne lui a fait ni chaud ni froid.

— Et ensuite ?

— Mes grands-parents ont été retrouvés par les services de protection de l'enfance, et ils m'ont recueillie. Ils ne savaient même pas que j'existais. Tu imagines leur surprise quand ils ont reçu cet appel ?

Grace remonta ses genoux sous son menton et enserra ses jambes.

— Je n'ai jamais revu ma mère, et je ne sais toujours pas qui est mon père, conclut-elle.

— Tu souhaites le retrouver ? Je travaille parfois avec des détectives privés. L'un d'eux en particulier a un don incroyable pour retrouver les gens.

Elle secoua la tête.

— Merci, mais je ne sais pas si j'ai envie de le rencontrer. Je voudrais juste connaître mes origines. D'où je tiens mes yeux verts et mes cheveux noirs. Il y a tout un côté de mon arbre généalogique que je ne connais pas. C'est frustrant.

Xander se sentit plus penaud que jamais. D'ordinaire, il ne se livrait pas. Cette fois, il parla du fond du cœur.

— Nous avons tous les deux eu des enfances compliquées, mais la tienne est pire, dit-il. Tu aurais dû être aigrie et revancharde. Et pourtant, tu es toujours optimiste et joyeuse.

— J'ai choisi de l'être, Xander.

— C'est ce qui est tellement surprenant chez toi. Tu as réussi à faire ce dont je n'ai jamais été capable.

— C'est-à-dire ?

— Pardonner. Avancer. Accepter. Positiver.

— Ce n'est pas aussi difficile que tu le crois. Comme

pour tout, c'est le premier pas qui compte. Après, ça va tout seul. Tu dois faire des choses qui te rendent heureux.

Elle le scruta un instant de son regard si profond et mystérieux.

— Qu'est-ce qui te rendrait heureux là, tout de suite ? demanda-t-elle.

Il n'avait pas besoin d'y réfléchir. Chaque parcelle de son corps connaissait la réponse. Grace.

Il se pencha lentement vers elle, lui laissant le temps de s'écarter.

Elle hocha la tête. De façon à peine perceptible.

S'approchant encore, il posa ses lèvres sur les siennes, en un baiser si doux qu'une digue se brisa en lui, libérant un flot d'émotions.

C'était le bonheur. Son bonheur à lui.

- 12 -

Grace avait la tête qui tournait.

Elle avait fait quelque chose de rare, aujourd'hui. Elle avait replongé dans son passé et partagé son secret le mieux gardé.

Mais ce n'était pas ça qui lui procurait cette sensation de flottement, c'était le contact des lèvres de Xander sur les siennes…

Elle prit son visage dans ses mains et l'attira à elle, s'ouvrant davantage à son baiser.

Cela n'avait pas de sens. Parler de son passé aurait dû lui rappeler d'où elle venait et ce qu'elle voulait. Elle croyait aux contes de fées parce qu'elle en avait besoin. Savoir combien la vie pouvait être cruelle ne faisait que renforcer cette idée.

Malheureusement, l'homme qui lui faisait tourner la tête ne pouvait pas combler ses aspirations.

Et pourtant, elle le désirait follement, comme jamais elle n'avait désiré aucun homme avant lui.

Mais cela ne se terminerait pas comme elle l'espérait. C'est pourquoi elle ferait probablement mieux d'interrompre ce baiser.

Et… elle agrippa le sweater de Xander et commença à reculer à petits pas, l'entraînant avec elle.

— Où vas-tu comme ça ? s'enquit-il d'une voix rauque.

— Dans la chambre.

— Tu es sûre que c'est le bon moment ? Je ne voudrais pas que tu penses que je…

— Xander, arrête !

Elle posa la main sur son torse, perçut ses muscles sous l'étoffe du vêtement, descendit plus bas, et se réjouit de le voir chercher son souffle.

— Allons-y, dit-elle de sa voix la plus sensuelle.

Le regard de Xander s'enflamma, et elle eut la certitude qu'il la désirait.

Mais il ne bougea pas.

— Quoi ? demanda-t-elle, à présent gagnée par la nervosité.

— Tu as eu une journée difficile. Je ne veux pas profiter de toi.

Elle aurait pu rire s'il n'avait pas été aussi sérieux. L'ironie de la situation ne lui échappait pas. Elle savait qu'il n'était pas du tout l'homme qu'il lui fallait, et pourtant elle le pressait de céder à ses avances.

Glissant les mains sous son pull, elle caressa sa peau à la lisière de la ceinture de son pantalon.

Il frissonna.

Se haussant sur la pointe des pieds, elle s'empara de sa lèvre inférieure et la mordilla. Puis elle souffla doucement dessus pour apaiser la morsure et pressa sa bouche sur la sienne, capturant sa langue, tandis que ses mains couvraient son corps de caresses langoureuses.

Finalement, elle le sentit rendre les armes.

— Qui profite de qui ? murmura-t-elle.

Il poussa un rugissement tandis qu'il empoignait ses cheveux et l'embrassait sauvagement. Et elle adora cette façon d'exprimer sa possessivité.

Quand il se pencha et la souleva dans ses bras, elle éprouva un sentiment de victoire.

Malgré le signal d'alarme qui venait de s'allumer dans son esprit, appelant son corps à la raison, elle refusa de céder aux doutes. Xander n'était probablement pas là pour toujours, mais ils étaient ensemble pour le moment, et rien d'autre n'avait d'importance.

Grace sentit un baiser léger lui effleurer le front, et elle ouvrit les yeux. Jamais elle ne s'était sentie aussi détendue.

— Ça va ? demanda doucement Xander.

— Oh oui ! Et toi ?

— On ne peut mieux.

Cette fois, il lui embrassa les lèvres.

— Tu as faim ? Soif ? Froid ?

— Je ne crois pas qu'il existe quoi que ce soit dont j'ai besoin à ce moment précis, répondit-elle dans un soupir.

Dans la lumière tamisée de la chambre, elle se blottit contre Xander. Dehors, la pluie tambourinait sur les vitres.

— Je devrais vérifier la météo pour samedi, dit-elle paresseusement.

Son téléphone était sur une console, dans la partie salon de la suite, et elle se sentait trop bien dans la chaleur et la douceur des draps en coton égyptien pour se lever.

— Tu as vérifié les prévisions météo au moins dix fois, aujourd'hui, lui rappela Xander. Je suppose que cela n'a pas changé. Il ne pleuvra pas samedi.

— Et nous ne pourrons rien faire s'il pleut, à part activer le plan B. Mais c'est quand même stressant.

— Tu es sûre que tu n'as besoin de rien ?

— Est-ce que tu prendrais soin de moi, par hasard ?

Il passa la main le long de son bras, ravivant une délicieuse sensation au creux de son ventre.

— J'essaye, répondit-il. Ta journée a été difficile.

Elle lui caressa la joue et lui sourit.

— J'ai connu pire. Je vais bien, Xander. Vraiment. Et en fait, je crois que j'ai faim.

— Là, je peux faire quelque chose. Qu'est-ce qui te tenterait ?

— Quelque chose avec du chocolat.

— Vos désirs sont des ordres, chère madame.

Xander se pencha vers le téléphone posé sur la table de chevet, et appela le room service. Puis il reporta son attention sur Grace qui semblait pensive, tout à coup.

— À quoi penses-tu ? demanda-t-il.

— Je crois que tu devrais parler à tes parents.

— D'où ça sort, ça ?

— Je pensais à ma mère.

— Nous sommes nus dans un lit, et tu penses à ta mère. Ce n'est pas un peu bizarre ?

— Non.

Elle se tourna vers lui.

— Je n'ai pas revu ma mère depuis que l'on m'a enlevée à elle. Mes grands-parents non plus. Je n'ai pas la moindre idée de l'endroit où elle se trouve.

— Tu as envie de lui parler ?

— Je ne sais pas. Mais je n'ai même pas cette possibilité. Toi, tu l'as.

— C'est vrai.

— Tu ne comprends pas tes parents. Leur relation te semble illogique, et cela te perturbe. Il existe pourtant une solution très simple.

Elle marqua une pause, et Xander attendit, un sourcil levé.

— Demande-leur quel accord ils ont conclu. Pourquoi ils restent ensemble, alors qu'ils sont de toute évidence malheureux.

— Tu crois que c'est aussi facile ?

— Bien sûr. Même si la réponse ne te convient pas, au moins tu sauras. Et tu pourras peut-être tourner la page.

Il soupira et déposa un baiser sur son front.

— Tu es drôlement maligne. Est-ce que tu le sais, au moins ?

Le lendemain matin, Xander se réveilla en pleine forme. Le soleil entrait à flots dans la chambre, et les oiseaux chantaient joyeusement. La pluie n'était plus qu'un lointain souvenir, et la journée s'annonçait radieuse.

Il ne put s'empêcher de sourire en pensant à Grace. Il avait été surpris qu'elle fasse le premier pas, la veille. Surpris, mais heureux. Très heureux. Il rêvait de ce moment depuis qu'il l'avait rencontrée.

Il roula sur le côté, ravi par avance de contempler son magnifique visage, et découvrit qu'il était seul dans le lit.

Se redressant sur un coude, il observa la chambre. Grace n'était pas là. Et les vêtements qu'ils avaient fait voler un peu partout étaient déposés sur une chaise.

Son sourire s'élargit. Cela ressemblait bien à Grace de tout ranger.

Il se rendit paresseusement à la salle de bains, et vit que Grace avait déballé ses affaires de toilette, encombrant le plateau du meuble vasque. Soulevant une petite bouteille de parfum, il dévissa le bouchon et la porta à son nez, en fermant les yeux. Une senteur d'orangers en fleur l'envahit. C'était Grace…

Quand il fut douché, il gagna le salon. Une odeur de café flottait dans la pièce. Assise sur le canapé, son téléphone à l'oreille, Grace prenait des notes sur son sacro-saint carnet.

Il attendit qu'elle eût raccroché.

— Bonjour !

Elle sursauta.

— Désolé, dit-il en traversant la pièce pour l'embrasser. Je ne t'ai pas entendue te lever.

— Je ne voulais pas te réveiller. Tu veux du café ?

— Je vais me servir. Tu en veux ?

— Non, merci.

Il se dirigea vers le chariot, et saisit la verseuse isotherme.

— Depuis quand es-tu levée ? s'enquit-il en venant s'asseoir à côté d'elle.

— Je ne sais pas… Au moins deux heures.

Il jeta un coup d'œil à sa montre. Il n'était que 7 h 30 ! Pourtant, Grace semblait fraîche et alerte en leggings gris et pull rose XXL.

— Rien de particulier ? demanda-t-il.

— Rien de catastrophique, en tout cas. Les petits désagréments de dernière minute habituels.

— Je peux faire quelque chose pour t'aider ?

— Non, c'est gentil, mais j'ai l'habitude. Je vais plus vite toute seule.

— Cela m'ennuie de rester les bras ballants, pendant que tu t'agites dans tous les sens… Hé ! J'ai une idée ! Et si j'organisais quand même cette fête prénuptiale pour Jack et Emerson ?

— D'accord, mais quand ? Je ne vois pas comment caler ça dans le planning.

— Ce soir ?

— Tu es sûr de savoir comment faire ? Et à la dernière minute, en plus ?

— Où est passé ton optimisme légendaire ?

Il se leva d'un bond, débordant soudain d'enthousiasme.

— Je m'occupe de tout ! Sois prête à 19 heures.

- 13 -

Grace n'en revenait pas.

Il avait réussi !

Alexander Ryan avait réussi l'exploit d'organiser une fête prénuptiale de couple à la dernière minute. Il avait privatisé la salle du restaurant, et l'endroit était à eux pour toute la nuit. C'était incroyable !

Pivotant sur elle-même, elle observa la décoration argent et or, les couleurs retenues par Emerson pour son mariage. Xander avait trouvé des ballons, des centres de table, de la nourriture et des cocktails.

Lorsqu'elle était arrivée à 19 heures, la fête battait déjà son plein. Il y avait de la musique, et les invités discutaient avec animation.

Elle savait que Xander avait été occupé toute la journée. Elle ne l'avait pas revu depuis qu'il avait quitté la suite ce matin, mais elle n'y avait pas beaucoup pensé car elle avait été occupée au vignoble. À l'arrivée d'Emerson, en fin d'après-midi, elles avaient fait le point, et constaté avec soulagement que tout était prêt.

À dire vrai, elle s'attendait plus ou moins à ce que Xander échoue, mais il suffisait de voir l'animation qui régnait dans la salle pour constater qu'elle s'était trompée.

Elle perçut la présence de Xander avant de le voir. Certes, elle pouvait sentir l'odeur troublante de son eau de toilette cuir et musc, mais il y avait aussi un changement dans l'atmosphère quand il était là. Quelque chose de délicieux et de magique.

— Tu es fantastique, murmura-t-il à son oreille.

Elle pivota sur ses talons vertigineux.

— Tu aimes ? demanda-t-elle en lissant sur ses hanches l'étoffe soyeuse de sa robe émeraude.

— Beaucoup.

Il n'était pas désagréable à regarder non plus, avec son pantalon gris anthracite et son fin pull de cachemire noir à col roulé qui épousait les reliefs sculptés de son torse et de ses bras.

— Tu sais où cette robe serait encore davantage mise en valeur ? demanda-t-il d'une voix un peu plus rauque que d'ordinaire.

— Non.

— Sur le sol de ma chambre.

Grace sentit son pouls s'accélérer.

— Je ne sais pas si ça va se passer comme ça, murmura-t-elle.

— Oh que si !

— Ce n'est pas parce que tu as eu de la chance une fois…

— Cela ne s'est pas limité à une fois.

Elle sentit qu'elle rougissait.

— Ils arrivent ! s'écria Amelia en entrant précipitamment dans la pièce. Éteignez les lumières ! Vite !

Grace prit la main de Xander, tandis que les futurs mariés franchissaient le seuil du restaurant en croyant retrouver leurs deux meilleurs amis pour un dîner intime.

Tout le monde cria « Surprise ! », leva son verre, siffla et applaudit.

Emerson trébucha de surprise, et Jack, qui était occupé à détailler tous les visages, faillit ne pas s'en rendre compte, ne la retenant qu'au tout dernier moment.

— Que se passe-t-il, ici ? demanda Emerson, les yeux brillants d'émotion.

— Ça lui plaît, dit Grace en posant une main sur son cœur. Regarde comme elle est heureuse. Et c'est grâce à toi, Xander. Merci.

Elle se haussa sur la pointe des pieds, et déposa un baiser sur ses lèvres.

— Si ça peut m'aider à obtenir plus de baisers, je suis prêt à organiser une fête de ce genre tous les jours, dit-il.

— Il paraît que c'est toi qu'il faut remercier, dit Jack en s'avançant, tout sourires.

Emerson observait Grace et Xander avec curiosité. À l'évidence, leur baiser ne lui avait pas échappé.

Grace évita son regard. Elle se sentait gênée. Elle venait de passer près de trois heures avec sa meilleure amie, et elle n'avait pas mentionné l'évolution de sa relation avec Xander.

— Soyez les bienvenus à votre fête surprise ! déclara joyeusement Xander, inconscient de ce qui se jouait entre les deux amies.

Quelques minutes plus tard, tandis que les hommes s'éloignaient pour boire un whisky, Emerson glissa son bras sous celui de Grace.

— Alors ?

— Alors quoi ?

— Grace, ne joue pas à la maligne avec moi. J'ai vu ce baiser entre Xander et toi.

— Nous nous sommes déjà embrassés avant, tu le sais.

— C'était différent. Plus… intime.

Grace faillit lui rétorquer qu'elle s'imaginait des choses, mais elle ne put se résoudre à mentir à sa meilleure amie. Surtout à propos de quelque chose qui commençait à devenir important.

Au même moment, les parents d'Emerson s'approchèrent. Grace pressa la main de son amie.

— On en reparle plus tard, c'est promis, dit-elle. En attendant, profite de ta soirée.

Les heures suivantes se déroulèrent comme dans un rêve. On rit, on dansa, on but et on se restaura.

Tandis que Xander portait un toast aux fiancés, Grace régla un léger souci en cuisine. À part ça, tout se déroula sans anicroche.

Elle qui pensait recruter un assistant, peut-être devrait-elle étudier le CV de Xander.

La main posée au creux de son dos, il la guida vers une table libre, tandis que la piste de danse se remplissait à l'annonce d'une série de slows.

— Tu ne chercherais pas un job dans l'événementiel ? demanda-t-elle en battant exagérément des cils.

Xander éclata de rire.

— Oh que non ! Je suis content que tout le monde s'amuse, mais je ne sais pas comment tu fais pour supporter cela au quotidien. C'est trop stressant.

— Il me semble que ton job n'est pas mal non plus, côté stress. Je ne serais pas capable de gérer autant d'émotions.

Il se pencha vers elle.

— Quelque chose me dit que tu réussirais dans

n'importe quel domaine, à condition que tu l'aies décidé, murmura-t-il.

Elle ne savait pas quoi répondre à ça et tourna la tête vers la piste de danse, où Emerson et Jack évoluaient au rythme lent de la musique, étroitement enlacés.

— Je pense que ces deux-là auront un mariage long et heureux, fit remarquer Xander.

C'était une bonne chose qu'elle soit déjà assise, car ses jambes auraient pu se dérober sous elle.

Elle se tourna vers lui.

— Pas de divorce à l'horizon ?

— Pas de divorce.

— Tu ne deviendrais pas sentimental, par hasard ?

Il haussa les épaules.

— Il est possible que je commence à voir les choses différemment, avoua-t-il.

Elle n'en croyait pas ses oreilles.

— Et il est possible que je sois la fille la plus choquée de la planète.

Il se pencha jusqu'à ce que ses lèvres effleurent son oreille.

— Tu es peut-être responsable de mon changement de point de vue, murmura-t-il.

Stupéfaite, elle tourna la tête, et il en profita pour lui voler un baiser.

— D'autres questions ? demanda-t-il.

— Une seule.

— Laquelle ?

— Ma chambre ou la tienne ?

- 14 -

Tandis que Grace ôtait ses sandales, Xander chercha dans son téléphone une playlist appropriée.

Une douce et sensuelle mélodie emplit la chambre, et Grace leva les yeux, surprise.

Il ne dit rien et se contenta de la prendre dans ses bras, en ondulant nonchalamment.

— Qu'est-ce que tu fais ? s'enquit-elle.

Elle était déstabilisée ? Tant mieux. Bienvenue au club. Lui, il se sentait ainsi depuis qu'il avait fait sa connaissance. Depuis la seconde où il avait posé les yeux sur elle, tout avait concouru à en arriver là.

Toutes ces disputes, ces piques acerbes, ces remarques ironiques, ce marivaudage qui ne disait pas son nom, c'était pour aboutir à cette parenthèse magique, dans cette chambre baignée par le clair de lune.

— Xander ?

— Je danse avec toi.

— J'avais remarqué.

Il effleura son front d'un baiser.

— Tu n'aimes pas danser ? murmura-t-il.

— Non, il ne s'agit pas de ça. J'adore danser. Mais je pensais que nous…

Elle ne termina pas sa phrase, tandis que son regard se tournait vers le lit.

Ah, elle pensait qu'ils iraient droit au but. Mais il

avait réfléchi à ce qui s'était passé la veille, et en avait conclu qu'il aurait pu se montrer un peu plus romantique. Ils avaient commencé par se disputer, puis ils avaient parlé, et ils avaient fait l'amour.

Elle méritait mieux que ça. Et, aussi surprenant que ce soit, il avait envie d'autre chose.

Il avait envie de profiter de sa compagnie, et il voulait aussi qu'elle se détende et profite pleinement de cette nuit.

Il la fit pirouetter avant de la plaquer contre lui, se réjouissant de son rire et de ses joues rosies.

— Tu es un bon danseur.

— Ma mère m'a obligé à prendre des cours. J'y allais à contrecœur et je n'arrêtais pas de me plaindre pendant les leçons. Mais je reconnais que ça m'a été utile au cours des années.

— Je parie que tu fais ça avec toutes les femmes.

Elle l'avait dit sur le ton de la plaisanterie, mais son expression laissait transparaître un rien de jalousie.

Intéressant, songea-t-il.

— Tu te trompes, répondit-il, en la faisant tournoyer autour de la pièce. En dehors de quelques événements professionnels formels et des mariages, je réserve mes talents de danseur aux femmes qui comptent pour moi.

Elle se détendit dans ses bras et, croisant son regard, elle lui sourit.

— Es-tu en train de dire que je compte pour toi ?

— Oh oui.

Il aurait voulu en dire plus, mais il ne trouva pas les mots. Alors il captura ses lèvres. Sa bouche avait un goût délicieux de pêche, comme le cocktail qu'elle avait bu un peu plus tôt à la réception.

Lorsqu'ils se séparèrent, essoufflés, elle disparut dans la salle de bains, et il marcha vers la fenêtre, le cœur battant à un rythme fou.

Lui aussi avait besoin de quelques instants pour se ressaisir.

La tête posée contre la vitre froide, il se demandait ce qui lui arrivait, quand on frappa à la porte. Arraché à ses pensées, il sursauta, et se demanda de qui il pouvait s'agir, avant de se rappeler la commande qu'il avait passée au room service.

Un employé entra en poussant un chariot qu'il laissa à droite de la porte. Xander lui glissa un billet et souleva la cloche argentée sous laquelle se trouvaient des fraises nappées de chocolat. Une bouteille de champagne rafraîchissait dans un seau à glace. Il la déboucha et remplit les deux flûtes. Puis il tamisa la lumière.

En entendant la porte de la salle de bains s'ouvrir, il se tourna et resta bouche bée.

Grace se tenait sur le seuil, éclairée à contre-jour par la lumière de la salle de bains. Elle portait de la lingerie du même vert émeraude que sa robe.

Ainsi parée d'un délicat entrelacs de soie et de dentelle, ses longs cheveux cascadant jusqu'à ses seins, elle était comme un fantasme masculin qui aurait pris vie.

Jamais, en tout cas, Xander n'avait vu de scène plus érotique et plus spectaculaire que celle offerte par Grace à cet instant.

— Qu'est-ce que c'est ? demanda-t-elle.

Il n'avait pas la moindre idée de ce qu'elle demandait. Il essaya de parler, mais sa bouche était aussi sèche qu'un vieux parchemin.

Heureusement, elle lui offrit la réponse en traversant la pièce pour prendre une flûte sur le chariot.

— Tu as commandé des fraises nappées de chocolat ? J'adore ça.

Il but une gorgée de champagne, plus pour se désaltérer que pour le goût.

Grace posa une main sur sa joue.

— Tu as fait tellement de choses incroyables aujourd'hui, Xander.

Elle posa son verre sur la table, puis noua les bras autour de son cou. Naturellement, il la serra contre lui.

— Tu le mérites, ma princesse.

— Quand tu dis des choses comme ça, j'ai des papillons dans le ventre.

— Et quand je fais des choses… comme ça ?

Il lui embrassa une paupière, puis l'autre. Il ne put résister ensuite à l'envie d'embrasser le bout de son adorable petit nez, avant de prendre possession de ses lèvres.

Elle lui rendit baiser pour baiser, avec la même ardeur, la même soif dévorante, et il n'aurait su dire qui des deux éprouvait le plus de désir pour l'autre.

Tout ce qu'il savait, c'était qu'il avait attendu bien trop longtemps avant d'en arriver là.

Plus tard, alors que Grace dormait, blottie contre lui, Xander passa délicatement la main sur la peau souple et soyeuse de son bras. Elle respirait paisiblement, de façon régulière, et son corps était complètement détendu.

Il ne se souvenait pas d'un moment où il avait été aussi pleinement heureux. La journée avait été longue et chargée, et pourtant il ne se sentait pas fatigué. Peut-être parce que son esprit bouillonnait, tandis qu'il essayait d'analyser ce qui lui arrivait.

Il n'avait aucun goût pour l'engagement. Il fuyait comme la peste les relations sentimentales. Mais avec Grace, c'était différent. Il ne s'imaginait pas vivre sans elle.

Maintenant qu'ils étaient devenus intimes dans tous les sens du terme, il lui paraissait inconcevable de s'en aller.

Il déposa un tendre baiser sur la tempe de Grace, et poursuivit sa réflexion. Il ne voulait absolument pas la faire souffrir, mais il redoutait de la blesser involontairement.

Il avait des problèmes dont les racines étaient profondes, en lien avec ses parents. Peut-être était-il temps, comme l'avait suggéré Grace la veille, d'avoir une discussion avec eux.

S'il comprenait pourquoi leur relation était ainsi, il pourrait peut-être en finir avec ce qui le retenait de s'engager véritablement avec une femme.

Grace laissa échapper un petit gémissement adorable, et se blottit plus étroitement contre lui. Il sentit son cœur se gonfler d'un sentiment qui ressemblait étrangement à… Non, il préférait ne pas y penser. Il était trop tôt pour ça.

Grace faisait le plus délicieux des rêves. Son corps était vénéré par le plus fantastique des hommes. Un homme qui lui donnait le sentiment d'être voulue, désirée et… aimée.

Malheureusement, le rêve se termina beaucoup trop

tôt. Soulevant des paupières qui lui semblaient peser une tonne, elle réalisa que le jour s'était levé.

Un soleil pâle entrait par la fenêtre, lui rappelant qu'ils avaient oublié de fermer les rideaux la veille. Ils étaient trop occupés par… d'autres activités.

Son esprit revint à la conscience rapidement. Bien plus vite que son corps, qui était lourd et comblé. Elle savait qu'elle devait se lever et se mettre au travail. C'était la veille du mariage d'Emerson, et il restait encore des quantités de choses à faire.

Elle visualisa ses différentes listes et commença à formuler dans sa tête un plan d'attaque.

Puis elle roula sur le côté et découvrit le beau visage de Xander. Il dormait paisiblement. Son torse se levait et s'abaissait au rythme d'une respiration parfaitement régulière. Elle résista à l'envie de caresser sa joue, couverte d'un début de barbe, ou de relever la mèche tombée sur son front.

Elle tourna la tête pour vérifier l'heure sur la pendulette posée sur la table de chevet. Non, elle n'avait vraiment pas le temps.

Avec un soupir, elle se leva sans faire de bruit et se glissa dans la salle de bains.

Son reflet dans le miroir lui arracha un petit cri d'effroi. Heureusement que Xander dormait. Ça lui évitait de voir ces yeux de raton laveur, dus au maquillage qui avait coulé, le nid d'oiseau qu'était sa chevelure emmêlée, ou les marques rouges sur son visage, sans doute provoquées par le frottement de cette barbe qu'elle trouvait tellement sexy.

Elle fit de son mieux pour s'arranger avec le choix limité de produits dont elle disposait et, quand elle se sentit assez présentable, elle éteignit la lumière dans la salle de bains, traversa la chambre en silence et, non sans un dernier regard languissant à Xander, regagna sa suite.

Elle venait à peine de glisser une dosette dans la cafetière qu'un SMS arriva.

Hé ! Tu m'as abandonné.

Tu dormais.

Difficile de dormir quand tu n'es plus dans mes bras.

Elle sentit son cœur faire un bond dans sa poitrine, et s'appuya contre le mur.

Quand était-ce arrivé ?

Quand Alexander Ryan avait-il pris une telle importance dans sa vie ?

Elle baissa les yeux pour lire un nouveau message.

J'ai passé une nuit incroyable avec toi. Hâte de te revoir.

Elle aussi avait hâte. Et pas seulement parce qu'il y avait entre eux une formidable alchimie sexuelle.

Elle aimait parler avec Xander. Elle aimait sa confiance en lui. Elle aimait sa façon de la regarder comme si elle était la plus belle femme du monde. Elle se sentait bien avec lui, comme si tout était à sa place dans l'univers. Même dans une période de stress comme celle-ci, il parvenait à l'apaiser.

Elle esquissa un petit pas de danse tout en préparant son café, et alla se poster à la fenêtre pour le boire.

La journée s'annonçait belle. Les feuilles commençaient à changer de couleur, arborant de splendides tonalités de jaune et d'orangé, piquetées ici et là de vert. Les oiseaux s'égosillaient, et le ciel était d'un bleu radieux.

Elle avait l'impression de vivre un conte de fées. Elle

ne l'aurait jamais cru, mais Xander avait exaucé tous ses rêves. Il était parfait. Et quand ils étaient ensemble, tout était parfait.

Finalement, après des années d'angoisse et de chagrin, c'était une sensation troublante de se réjouir des choses telles qu'elles étaient.

Elle ne s'était jamais remise d'avoir été abandonnée par sa mère, c'est pourquoi elle s'était fixé une certaine ligne de conduite.

Avec Xander, elle avait une chance de vivre enfin la vie qu'elle avait toujours désirée.

Et rien ne tournerait mal. C'était impossible. Son conte de fées devait devenir réalité.

- 15 -

— Tu réalises que tu as versé du sirop d'érable dans ton café, et du lait concentré sur tes pancakes ? fit remarquer Jack.

— Hein ? marmonna Xander en posant sur son ami un regard endormi.

— La nuit a été agitée ? demanda Jack d'un ton moqueur.

— Occupe-toi de tes affaires !

Jack leva le bras pour interpeller une serveuse.

— Pourriez-vous changer l'assiette de mon ami, s'il vous plaît ? Il est amoureux, vous comprenez, et il ne sait plus ce qu'il fait.

— Oh ! comme c'est mignon ! s'exclama la femme, avant d'accéder à la demande de Jack.

— Je ne suis pas amoureux, espèce d'idiot ! rétorqua Xander. Je suis fatigué.

Jack lui fit un clin d'œil.

— Je m'en doute.

Xander lui jeta sa serviette en papier à la figure.

— Je te rappelle que je me suis décarcassé toute la journée d'hier pour vous organiser une super fête, à Emerson et à toi.

Jack s'amusait visiblement de la situation et, comme on était la veille de son mariage, Xander décida de lui laisser vivre son moment de triomphe. De toute façon, son téléphone sonnait, lui offrant une diversion bienvenue.

— Oui, papa, dit-il, en se levant pour gagner le hall.

— Salut, fiston.

La voix de stentor de son père lui vrilla le tympan, et il écarta l'appareil de son oreille.

— Je voulais te dire qu'un de mes clients a décalé son rendez-vous à cet après-midi, donc je ne pourrai pas être là avant demain matin. Tu peux passer le message à Jack ?

— Bien sûr.

— Je vais rater le dîner de répétition.

— Ce n'est pas grave, papa. Je vais prévenir Jack et Emerson. Et aussi Grace.

— Qui est Grace ?

Cette question fit sursauter Xander.

Qui était Grace ?

Eh bien… elle était tout !

— C'est l'organisatrice du mariage, répondit-il.

Sa conversation avec elle lui revint à l'esprit, et il décida de se lancer.

— Papa, je dois te poser une question.

— Oh ! ça a l'air sérieux.

— En effet.

— Je t'écoute.

Il s'éclaircit la gorge. Il avait passé sa vie à se torturer avec ça. Allait-il enfin avoir la réponse qui le rendrait plus serein ?

— Pourquoi maman et toi êtes restés ensemble, en dépit des disputes, des insultes et des tromperies ?

— Ah… je me demandais si tu poserais un jour la question.

— Et la réponse est ?

— Parce que nous n'avons pas établi de contrat prénuptial.

Xander attendit. Il devait y avoir autre chose.

— Tu penses qu'il y a autre chose ? demanda son père. Eh bien, je suis désolé de te décevoir, mais c'est l'unique et stricte vérité.

— Vous m'avez obligé à vivre au milieu de ce chaos à cause de l'argent ?

Son père soupira, et Xander n'eut aucun mal à l'imaginer assis derrière le bureau en acajou massif hérité de son propre père, la tête tournée vers la baie vitrée surplombant le parc.

— Nous parlons d'une véritable fortune, fils.

— Bien sûr, papa, mais…

— Je me moque de l'argent que j'ai gagné, mais je suis soucieux de l'héritage familial. Je sais combien mon père et son père avant lui ont travaillé dur pour bâtir cet empire. Il y a eu tant de sang, de sueur et de larmes pour arriver là où nous en sommes.

— Je sais. Mais… si tu en parlais à maman, elle pourrait comprendre, accepter un compromis, ou renoncer à…

— Il s'agit aussi de train de vie et d'apparences. Ta mère ne me supporte plus, mais elle aime l'aisance que je lui procure.

— C'est ridicule ! Je suis sûr que vous pourriez…

— Écoute, Xander, cela n'a pas toujours été comme ça entre nous. Au début, nous nous aimions vraiment. Elle était drôle, douce et pleine de vie, et j'avais hâte de l'épouser.

— Vous vous êtes mariés à cause de moi.

— Quoi ?

— Maman était enceinte, et tu as régularisé.

— Mais qui t'a dit ça ? C'est grotesque !

— Vraiment ?

— Nous nous sommes mariés parce que nous étions follement amoureux. En tout cas, nous le pensions. Tu as été conçu pendant notre voyage de noces.

— Mais je suis né huit mois après votre mariage !

— Tu es né avant terme.

Xander accusa le coup. Toute sa vie il avait cru que ses parents s'étaient mariés à cause de lui, et qu'ils étaient restés ensemble pour la même raison…

— Nous étions étudiants, quand nous nous sommes rencontrés, reprit son père. Ta mère était pauvre, vraiment pauvre. Elle travaillait dans un restaurant pour payer ses études. On y mangeait affreusement mal, mais j'y prenais tous mes repas pour la voir.

— Cela ne t'ennuyait pas qu'elle soit pauvre ?

— Pas le moins du monde. Mais cela a contrarié ton grand-père. Il appréciait ta mère, mais il était de la vieille école.

— Je suis surpris qu'il ne vous ait pas obligés à signer un accord prénuptial.

— Parce que nous avons fugué pour nous marier à Las Vegas.

Une nouvelle fois Xander accusa le coup. Ses parents avaient fait *ça* ?

— Mais il y a une photo de mariage de vous deux dans le salon, fit-il remarquer.

— À notre retour, ton grand-père m'a hurlé dessus pendant deux jours, puis il a fait organiser un mariage en grande pompe, comme il était de mise dans notre famille. Ensuite ta mère et moi sommes partis en voyage de noces, et tu es né huit mois plus tard.

— À partir de quand les choses se sont-elles dégradées ?

— Tu sais, Xander, ce n'est pas vraiment important, marmonna son père. Je sais que nos problèmes de couple t'ont affecté. Je me suis efforcé d'ignorer cela pendant des années et je le regrette car ce n'était pas juste envers toi.

— Tu ne m'as pas dit quand ça s'était envenimé, entre maman et toi.

— Et je ne te le dirai pas.

Xander connaissait ce ton résolu. Il l'avait entendu quantité de fois au fil des ans : « Ne prends pas la voiture ce week-end », « Sois rentré à 23 heures », « Si tu n'as pas un A en algèbre, tu seras privé de colonie de vacances. »

Il connaissait son père ; impossible de le faire changer d'avis quand il avait pris sa décision.

— C'est entre ta mère et moi, fils. Arrête de t'inquiéter pour nous. Vis ta vie. Fais tes propres erreurs.

Son père réaffirma qu'il serait là le lendemain, et mit fin à la communication.

Sentant monter un mal de tête, Xander se massait les tempes quand il vit Emerson caracoler dans le restaurant, suivie de sa sœur.

Il se rappela alors pourquoi il était là : son meilleur ami allait se marier.

Soudain, il ressentit un regain d'énergie.

Peut-être n'avait-il pas découvert tous les secrets de ses parents aujourd'hui, mais il avait appris une chose.

Et c'était un problème qu'il pouvait éviter à Jack, son plus vieil ami.

Plongeant la main dans sa poche, il sortit à nouveau son téléphone et appela son assistante.

— Rachel, j'ai besoin d'un service. Vous allez m'établir un dossier avec les éléments que je vais vous donner, et me l'envoyer au plus vite.

— J'espère que c'est important, grommela Jack. J'allais faire une sieste.

Il se laissa tomber dans l'un des fauteuils de la chambre de Xander, et tendit devant lui ses longues jambes.

— Ta sieste peut attendre, répliqua Xander. J'ai quelque chose d'essentiel à te montrer.

— D'après ma future femme, le sommeil est indispensable pour avoir une belle peau.

— Ta peau est assez belle comme ça. Et maintenant, jette un œil à ça.

Il lui présenta le dossier qu'il avait demandé à son assistante de lui envoyer par mail.

Jack l'observa vaguement.

— Qu'est-ce que c'est ? s'enquit-il.

— Un contrat prénuptial.

— Pour Emerson et moi ?

— Tu vois quelqu'un d'autre ici qui doit se marier demain ?

Jack consacra une minute supplémentaire à lire le dossier en diagonale, puis il le referma et le tendit à Xander.

— Nous n'avons pas besoin de ça, décréta-t-il.

— Tu as tort. Tu devrais y réfléchir…

— C'est tout réfléchi. Nous n'en voulons pas. Em et moi en avons déjà discuté, et c'est non.

— Comme tu voudras. J'espère que tu ne m'en veux pas de cette initiative. Je voulais juste que tu sois protégé.

— Je peux savoir ce qui t'a donné l'idée de me proposer ça ?

Xander lui raconta la conversation qu'il avait eue avec son père.

— Je comprends. Mais Em et moi ne sommes pas tes parents. Et Grace et toi non plus.

— Que vient faire Grace là-dedans ?

— Allons donc ! J'ai bien vu ce qui se passait entre vous, et je ne comprends pas pourquoi tu refuses obstinément d'être heureux.

— Parce que tu crois que je peux l'être ?

— Évidemment ! Peu importe si tes parents ont une relation bizarre, ou si tous les couples de la planète finissent par prendre rendez-vous avec toi pour divorcer.

— Ah bon ? Et qu'est-ce qui est important, Obi-Wan ?

— Ce qu'il y a dans ton cœur. Ce qui compte, c'est ta relation avec Grace. Et la façon dont fonctionnent les autres couples n'a rien à voir là-dedans.

Xander eut l'impression que quelqu'un venait de lui jeter un seau d'eau glacée au visage, le libérant d'un sort qui l'avait empêché de tomber amoureux.

Jack avait absolument raison. Le reste du monde ne comptait pas.

Ce qui comptait, c'était ce qu'il ressentait pour Grace.

Et quand il fermait les yeux et pensait à elle, il ne ressentait que de bonnes choses : de l'optimisme, de l'espoir, de la joie, de l'amour…

Il était amoureux de Grace, bon sang !

Grace entra dans le restaurant en chantonnant. C'était une journée magnifique. Sa meilleure amie allait épouser l'homme de sa vie. Tout se déroulait à merveille. Il ne lui restait plus qu'à vérifier un dernier détail pour le dîner de répétition ce soir.

— Tu as l'air bien guillerette.

La voix de Xander provoqua une envolée de papillons dans son ventre.

— Salut, beau gosse !

— Salut, princesse !

Il était appuyé au manteau de la cheminée, posant tel un modèle de *GQ Magazine*, et elle se serait volontiers jetée sur lui. Au lieu de quoi, elle se contenta du chaste baiser qu'il lui donna, presque distraitement.

— Qu'est-ce que tu fais là ? demanda-t-elle.

— J'attends Jack. Il veut que je lui lise mon discours de garçon d'honneur.

— Tu as choisi l'humour ou le romantisme ?

— Un peu des deux. Ça va être inoubliable.

Elle éclata de rire.

— Je n'en doute pas !

Son téléphone fit entendre un drôle de petit grésillement.

— Mince ! Je n'ai presque plus de batterie.

Elle fouilla dans sa besace.

— Je crois que j'ai laissé mon chargeur dans ta chambre, dit-elle. Je peux aller voir ?

— Bien sûr, répondit-il en lui tendant sa carte magnétique. Quand tu reviendras, j'aimerais te parler de quelque chose.

Il paraissait grave soudain, le regard soucieux.

— Quelque chose ne va pas ? s'enquit-elle.

— Au contraire. Tout va parfaitement bien.

Il lui caressa la joue et effleura ses lèvres d'un baiser.

Perplexe, elle songea qu'il lui faudrait se contenter de ça pour le moment.

Une fois dans la chambre de Xander, elle aperçut aussitôt son chargeur sur la table basse. Juste à côté se trouvait un dossier. Malgré elle, son œil fut attiré par les noms qui y figuraient, ceux d'Emerson et de Jack.

Intriguée, elle feuilleta rapidement les quelques pages.

C'était un contrat prénuptial. Elle fut surprise, et un peu déçue. Cela ne la regardait pas, bien sûr, mais elle était persuadée que ses amis se faisaient confiance.

Puis quelque chose attira son attention. Le document était daté d'aujourd'hui.

Un sentiment de nausée l'envahit. Xander l'avait rédigé aujourd'hui. Après avoir fait l'amour avec elle et l'avoir abreuvée de gestes tendres et de mots doux.

Elle posa une main sur son cœur, dans l'espoir d'en calmer les battements frénétiques.

Son conte de fées devint cauchemar. Écrasée, la citrouille ; brisé, le soulier de cristal ; éteintes, les étoiles.

L'amour, c'était l'amour. C'était concret, inébranlable dans sa véracité.

Ses doigts se crispèrent sur le contrat. Ce document représentait l'opposé de tout ce à quoi elle croyait.

L'amour. La dévotion. Le bonheur éternel.

Xander avait-il été sincère avec elle ? Croyait-il à l'amour, ou bien avait-il trop peur pour se risquer à faire tomber les murs de la forteresse qu'il avait bâtie autour de son cœur ?

Elle avait besoin de connaître la réponse, même si elle devait en souffrir atrocement.

- 16 -

L'entrée était plus animée qu'un hall de gare.

Assis dans un confortable fauteuil de velours, Xander regardait les invités arriver, avec l'impression d'être au spectacle.

Le soleil avait laissé place à des nuages menaçants. On entendait rouler au loin le tonnerre, tandis que les premières gouttes de pluie commençaient à tomber.

Il avait entendu la mère d'Emerson dire que la pluie était un présage de mariage heureux, mais il n'était pas sûr que ce soit vrai. Selon lui, c'était plutôt une fable pour apaiser quelque peu la nervosité des futures mariées.

Au moment où un éclair déchirait le ciel, Grace apparut, et Xander sentit son corps réagir aussitôt. Mais il réalisa très vite que quelque chose n'allait pas, et son sourire s'évanouit aussitôt.

Grace était crispée, les épaules rigides, les poings serrés le long de son corps, et elle dardait sur lui un regard… furieux.

Elle avança d'un pas raide d'automate, jusqu'à ce qu'elle soit juste devant lui. De près, il pouvait voir que ses yeux émeraude étaient devenus deux puits sombres, et que des taches roses coloraient ses pommettes.

Que s'était-il passé pour qu'elle soit dans un état pareil ?

— Il y a un problème ? demanda-t-il.

— Comment as-tu pu faire ça ?

Ses lèvres tremblaient, et sa voix exprimait une profonde tristesse.

Xander vit quelques têtes se tourner dans leur direction.

Il voulut entraîner Grace dans un endroit plus discret, mais il réalisa vite que c'était une erreur.

Elle recula d'un pas et repoussa ses mains.

— J'ai vu l'accord prénuptial dans ta chambre, dit-elle d'une voix précipitée et tremblante.

Quoi ? Il fallut à Xander une seconde pour comprendre.

— Oh ! le contrat pour Jack et Emerson ?

— Oui, ce contrat-là !

— Et où est le problème ?

— Où est le problème ? répéta Grace. Hier tu dis qu'ils forment un couple extraordinaire, et aujourd'hui tu veux leur faire signer un arrangement prénuptial. Ils t'ont demandé de rédiger ce document ?

— Non, je l'ai fait pour leur rendre service.

— Donc, tu ne crois pas à l'amour ?

— Quel est le rapport entre les deux ?

— Si tu ne le vois pas, c'est que tu as un gros problème !

Grace avait haussé le ton, donnant des signes de nervosité qui risquaient de devenir incontrôlables, et les curieux commençaient à s'attrouper autour d'eux.

— Grace, pouvons-nous aller ailleurs et discuter de cela comme deux adultes raisonnables ?

— Non ! Nous allons rester ici ! Et je suis parfaitement raisonnable. Comment as-tu osé remettre en cause l'amour de Jack et d'Emerson ?

— Je ne remets rien en cause.

Il commençait à perdre patience. Adressant à l'assistance un petit sourire qui se voulait rassurant, il prit la main de Grace.

— Viens ! Allons sur la terrasse, suggéra-t-il.

— Non !

L'estomac de Xander commençait à se nouer. Il détestait vraiment se donner en spectacle.

— Tu n'es pas l'homme que je pensais, dit-elle.

Cette fois, ils étaient devenus l'attraction générale. Même les employés de l'hôtel s'amusaient du spectacle.

La première réaction de Xander fut de fuir. Cette crise lui rappelait un peu trop le couple de ses parents.

Emerson et Jack arrivèrent, main dans la main, et les regardèrent d'un air surpris, cherchant à comprendre ce qui se passait.

En voyant son meilleur ami, Xander se rappela ses conseils. La relation de ses parents n'avait rien à voir avec celle qu'il entretenait avec Grace.

Soudain, il fit quelque chose de complètement fou.

— Je t'aime, Grace.

Dès qu'il eut prononcé ces mots, il se sentit soulagé.

Bouche bée, Grace le fixait comme si elle voyait un zombie.

— C'est vrai, Grace. Je t'aime.

Il oublia tous les gens autour d'eux. À cet instant, il était uniquement question de Grace et de lui.

— Tu… tu ne sais pas ce que tu dis ! s'exclama-t-elle.

Balbutiant, cherchant ses mots, elle pointa l'index dans sa direction et ajouta :

— Tu ne peux pas dire que tu m'aimes, et en même temps ne pas croire en l'amour.

— Je crois en ce que je ressens pour toi et je sais que c'est de l'amour.

— Ce n'est pas possible. Tu n'es pas fait pour moi.

Elle fit un pas en arrière, puis un autre. Et pour finir, elle pivota sur ses talons et s'enfuit.

— Grace !

Elle ne fit pas demi-tour. Mais elle ralentit le pas et jeta un coup d'œil par-dessus son épaule.

— Je t'aime, dit-il.

Elle hésita, secoua la tête, et disparut cette fois pour de bon.

Xander ne savait pas ce qui se passerait par la suite, mais il avait ouvert son cœur. La malédiction née de la mésentente de ses parents s'était évanouie. À présent, il était vraiment vivant et capable d'aimer.

Xander l'aimait ?

Comment osait-il prononcer ces mots précieux, ceux qui avaient le plus de valeur pour elle ?

Le pensait-il seulement ?

Est-ce qu'il avait véritablement des sentiments pour elle ?

Grace s'efforça de respirer calmement, mais rien ne semblait pouvoir apaiser sa nervosité.

Et elle ? Aimait-elle Xander ?

Peu importait ! Parce que Xander n'était pas l'homme qu'elle croyait. Leur relation n'avait pas pris le bon chemin.

Son cœur battait trop fort. Elle ressentait une douleur dans la poitrine et elle avait du mal à respirer.

Elle s'arrêta et, pliée en deux, chercha son souffle.

Emerson la rejoignit, affolée.

— Gracie, que se passe-t-il ?

— Je me suis trompée sur lui…

— Viens. Allons discuter tranquillement dans ma chambre.

Soutenue par son amie, Grace tituba jusqu'à sa suite au troisième étage.

Les fleurs y avaient été livrées, et une odeur de roses et de pivoines saturait l'atmosphère. La robe de mariée était suspendue à la porte d'une armoire, protégée par une housse, et en la voyant Grace éclata en sanglots.

— Assieds-toi, lui ordonna doucement son amie.

Emerson la guida vers le canapé, et Grace s'y laissa tomber.

— Et maintenant, ma belle, raconte-moi tout.

Emerson l'écouta patiemment mais, contre toute attente, n'abonda pas dans son sens.

— Tu ne peux pas vivre comme dans une comédie romantique, Gracie.

— Mais c'est ce que je veux, rétorqua-t-elle d'une voix étranglée.

— Je ne veux pas être brutale, mais il faut que tu ouvres les yeux. À force d'attendre le prince charmant, tu risques de ne pas voir la personne formidable qui se trouve juste sous tes yeux. Sois moins exigeante dans tes critères, fais des concessions, et tu verras que tout sera plus facile.

Emerson lui pressa gentiment la main, comme pour compenser la brusquerie de ses propos.

— Ta vie ne sera pas parfaite, Grace. La perfection n'existe pas. Et d'ailleurs, qui en voudrait ? Une vie sans aspérités, quel ennui !

La sonnerie du téléphone de Grace les interrompit.

— C'est Grammy, dit-elle.

Emerson se leva.

— Reste ici aussi longtemps que tu veux. Je vais dire à Jack que tout va bien.

Grace hocha lentement la tête.

— Merci, Em.

Une demi-heure plus tard, rassérénée par les sages conseils de sa grand-mère, Grace avait évacué ses derniers doutes.

« Ne passe pas à côté du véritable amour. »

Un sourire s'épanouit sur son visage.

Elle aimait Xander.

Oui, elle aimait quelqu'un avec qui elle se disputait constamment.

Elle aimait un avocat spécialiste du divorce.

Elle aimait un homme merveilleux qui l'aimait en retour.

Forte d'une nouvelle détermination, elle quitta la suite d'Emerson, traversa le couloir au pas de charge, et s'engouffra dans un ascenseur.

Près de la balustrade de la galerie couverte, Xander regardait tomber la pluie. Un vent froid s'était levé, agitant les branches des arbres et s'insinuant sous la charpente avec un sifflement lugubre. Au loin, le tonnerre grondait.

En s'approchant, Grace vit qu'il était perdu dans ses pensées. Il avait déjà revêtu son costume pour le dîner de ce soir. Une fois de plus, elle fut frappée par sa prestance et sa beauté.

Silencieuse, elle s'arrêta à quelques pas de lui, attendant qu'il remarque sa présence.

— Grace.

— Xander.

Soudain, elle se sentit nerveuse. Elle frotta ses paumes moites sur les jambes de son pantalon.

— Xander, je suis désolée. J'ai parlé à Em et à ma grand-mère, et elles m'ont fait comprendre que j'avais surréagi, et que j'avais… certains problèmes à régler.

Il la dévisagea un long moment sans rien dire. Puis un sourire illumina son visage.

Il s'approcha.

— Tu as dit que tu étais désolée, ou j'ai mal entendu ?

— Je l'ai dit, et je le suis. Sincèrement.

Elle n'eut pas le temps d'en dire plus. Déjà, Xander avait pris possession de ses lèvres avec une fougue irrésistible.

— Je regrette, Xander. J'avais peur.

— Je ne voulais pas t'effrayer.

— Ce n'était pas à cause de toi. C'est ma faute. Tout vient de moi. De mon enfance…

— Cela veut dire que tu n'es plus en colère ?

Elle secoua la tête.

— Plus du tout, assura-t-elle. Mais je suis sûre que tu trouveras très vite quelque chose pour m'agacer.

Il se mit à rire.

— J'essayerai, en tout cas. Et en attendant, je veux te redire quelque chose. Je t'aime, Grace.

Dans un film ou dans un livre, la pluie s'arrêterait juste à ce moment-là, et un radieux soleil illuminerait leurs visages et réchaufferait leurs cœurs. Un arc-en-ciel apparaîtrait comme par magie, tandis qu'une douce musique accompagnerait leur échange de serments éternels.

Mais ce n'était pas une fiction. C'était la vraie vie.

Et ce moment était à elle. Rien qu'à elle.

— Je t'aime aussi, Xander.

Il voulut l'embrasser, mais elle le repoussa gentiment.

— Et nous ne sommes pas obligés de nous marier. Tout ce que je veux, c'est ton amour.

— Et tu l'as, assurément.

Elle lui sourit et, le cœur gonflé d'amour, échangea avec lui un long baiser empli de passion.

La pluie continua de tomber.

En fait, elle dura toute la nuit.

Il n'y eut pas d'arc-en-ciel.

Et pourtant, ce fut le conte de fées le plus parfait.

Épilogue

— Joyeux Noël, la Belle au bois dormant.

Grace roula sur le côté et découvrit la vue qu'elle préférait au monde : le sourire de Xander.

Paresseusement, elle fit courir la main sur son bras, déçue qu'il porte un pyjama.

— Joyeux Noël à toi.

Sa voix était ensommeillée, après une nuit inconfortable dans son lit d'enfant à Orlando.

Ils passaient la semaine de Noël chez ses grands-parents. Jusqu'à présent, tout se déroulait mieux que prévu. Grammy et Pops adoraient Xander. Grammy avait confié qu'elle le trouvait très beau garçon, et Pops passait son temps à lui réclamer des conseils juridiques.

Ils avaient bougé aussi, visitant plusieurs parcs à thème, dévalisant les boutiques, et allant même jusqu'à confectionner des biscuits avec Grammy !

Le point fort pour Grace avait été le feu d'artifice tiré dans le lotissement résidentiel de ses grands-parents.

Xander avait passé les bras autour de sa taille et lui avait murmuré combien il l'aimait. Puis il lui avait offert le plus beau et le plus recherché des cadeaux qu'elle avait jamais reçus. Il lui avait tendu un écrin de satin rose clairement prévu pour une petite fille. Quand elle avait soulevé le couvercle, elle avait découvert la bague de princesse pour enfant dont elle avait rêvé, fillette.

Il la lui avait glissée au petit doigt tandis que le bouquet final explosait dans le ciel.

— Tu es ma princesse, et tu le seras toujours, lui avait-il murmuré à l'oreille.

Trop bouleversée pour dire quoi que ce soit, elle l'avait embrassé avec toute la passion qu'elle éprouvait pour lui.

Elle commença à se redresser dans le lit quand l'odeur familière du café monta à ses narines.

— Tu m'as apporté le petit déjeuner au lit, dit-elle, attendrie.

Puis elle s'écria, affolée :

— Attends ! Si Pops te trouve ici, tu es un homme mort. Même le Père Noël ne pourra rien pour toi.

Ses grands-parents approuvaient sa relation avec Xander, mais ils avaient des principes à l'ancienne. Un couple ne partageait pas le même lit s'il n'était pas marié.

Il éclata de rire.

— Ne t'inquiète pas. Tes grands-parents sont sortis faire une promenade matinale.

Grace jeta un coup d'œil à son téléphone posé sur la table de chevet. Il était 7 h 30.

— Depuis quand êtes-vous tous levés ?

— 5 heures. J'ai joué au gin-rummy avec Pops, puis Grammy s'est levée et nous a servi du café avec des brioches à la cannelle.

Il eut une petite moue, mi-amusée, mi-attendrie, et ajouta :

— J'ai déjà dit que je pourrais vivre ici pour toujours ?

Grace sourit.

— Je connais ce sentiment. Je suis tellement contente que tu t'entendes bien avec Grammy et Pops.

— Comment pourrait-il en être autrement ? Ils sont fantastiques. Ils me nourrissent, ils me gâtent… et cette maison est tellement chaleureuse.

Grace tendit la main vers la tasse et savoura sa première gorgée de café.

Xander prit son mug sur le plateau qu'il avait disposé entre eux sur le lit. Elle découvrit alors deux présents soigneusement emballés dans un joli papier.

La vue de cadeaux réveillait toujours en elle la petite fille de sept ans, émerveillée de tout. Elle poussa un cri de joie.

— Xander, qu'est-ce que c'est ? J'ai déjà vu les cadeaux que tu as déposés sous le sapin pour moi.

Il se massa la nuque.

Pour une fois, lui si confiant d'habitude semblait déstabilisé.

Ce qui ne fit qu'accentuer sa curiosité.

— Ceux-ci sont vraiment spéciaux, ma belle. J'espère qu'ils te plairont.

— Je suis sûre que je vais les adorer.

Elle ne comprenait pas pourquoi il semblait si anxieux.

Il lui tendit l'un des paquets.

— Ouvre d'abord celui-ci.

Elle le prit et déchira rapidement le papier, imprimé d'un motif enfantin de bonshommes de neige.

— Je vois que tu n'es pas du genre à ouvrir délicatement tes cadeaux, dit-il en riant. Cela ne fait pas très princesse.

— Je suis une princesse qui aime aller droit au but.

Elle jeta le papier cadeau au sol et retourna la boîte entre ses mains, un instant perplexe.

Lorsqu'elle comprit de quoi il s'agissait, elle leva les yeux vers Xander.

— C'est un test ADN fourni par Ancestry.com, dit-elle.

Xander se passa la main dans les cheveux, y mettant un peu plus de désordre.

— J'espère que ce n'est pas trop présomptueux. Je sais seulement que ça te manque de ne pas connaître la branche paternelle de ton arbre généalogique. Bien sûr, cela ne te dira pas qui est ton père, mais ça pourrait t'aider à répondre à certaines questions. Ou, en tout cas, à y voir plus clair.

Il était toujours nerveux, et Grace trouvait cela adorable.

Elle tourna à nouveau la boîte et lut rapidement la description. Pourquoi n'y avait-elle pas pensé plus tôt ? Elle pouvait faire un test et découvrir ses origines ethniques. Ce ne serait pas comme rencontrer son père, mais cela pourrait la rapprocher de ce côté de sa famille.

— J'espère que tu n'es pas contrariée, reprit Xander.

Elle posa un doigt sur la bouche si merveilleusement dessinée de Xander, puis le remplaça par ses lèvres.

Lorsqu'elle s'écarta, après un tendre baiser, elle souriait.

— Merci, murmura-t-elle.

Et elle l'embrassa à nouveau.

— Je suppose que ça te plaît, dit-il.

— J'adore ! Merci, merci, merci. C'est sans doute le cadeau le plus réfléchi que j'aie jamais reçu.

— Eh bien, ça ne présage rien de bon pour le suivant.

Il lui tendit le second présent emballé de papier argent, avec un gros nœud rouge sur le dessus.

Cette fois, elle ne le déchira pas. Quelque chose l'incitait à prendre son temps.

Une fois le papier ôté, elle souleva le couvercle de la boîte et rit. Il y avait un autre paquet à l'intérieur.

— Xander…, dit-elle, dans un soupir.

— Si on ne peut pas s'amuser à Noël, alors je ne vois pas quand on le ferait.

Elle ouvrit le paquet suivant, enveloppé cette fois dans du papier rouge, et trouva une autre boîte qui contenait un autre paquet.

Amusée, elle recommença trois fois, jusqu'à ce qu'il ne reste plus qu'un minuscule écrin rose.

— Ce n'est pas…

— La boîte qui contenait ta magnifique bague de princesse ? Si. Je l'ai recyclée.

— Tu es vraiment bizarre, tu sais.

Elle souleva le couvercle, s'attendant à trouver une nouvelle bague de fillette. Ou une petite broche à l'effigie d'une princesse de dessin animé.

Ce qu'elle vit la surprit tellement qu'elle en laissa tomber l'écrin sur ses genoux.

Xander le récupéra et le lui tendit.

Tenant la boîte entre ses doigts tremblants, elle observa longuement la bague qui s'y trouvait. Monté sur un anneau en platine, un diamant de taille princesse, entouré de pierres plus petites mais non moins étincelantes, brillait de mille feux.

Elle n'avait pas réalisé que Xander s'était déplacé. Mais quand il reprit la parole, elle vit qu'il se tenait sur le côté du lit, un genou à terre.

Il lui prit la main gauche.

— Ma princesse, je t'aime plus que tout, et je veux

passer le reste de ma vie à essayer d'être ton prince charmant.

— Mais… je pensais que tu ne croyais pas au mariage.

Jamais elle n'avait vu le regard de Xander aussi sérieux.

— Avec toi, je crois à tout. Épouse-moi, Grace.

Elle fut hors du lit et dans ses bras en un éclair ! Bien plus vite que Rudolph, le renne du Père Noël, ne pouvait voler.

Les lèvres pressées contre celles de Xander, elle lui murmura sa réponse.

Ils passèrent le reste de la journée à fêter l'événement. Grammy et Pops étaient fous de joie et passaient leur temps à leur donner des accolades. Il y eut du champagne et des biscuits de Noël pour le brunch. En d'autres mots, ce fut une journée idyllique.

Quand la nuit commença à tomber, éclairée par les illuminations de Noël, Grace contempla sa nouvelle bague de fiançailles, en n'osant croire à tant de bonheur.

Quand elle songeait à la façon dont sa vie avait commencé en Virginie, et combien elle se sentait seule et apeurée quand elle était enfant, c'était un miracle qu'elle soit devenue la femme qu'elle était aujourd'hui…

Quelques mois plus tôt, elle courait encore après le bonheur, cherchant quelque chose qui pourrait l'aider à se sentir complète.

Elle n'aurait pas dû s'inquiéter.

Finalement, tout finissait bien.

Comme dans ses rêves.

Vous avez aimé *Troublée malgré elle* ?
Retrouvez sur Harlequin.fr l'histoire d'Emerson
et Jack dans *Ce marché si parfait* !

1. *Ce marché si parfait*
2. *Troublée malgré elle*

Retrouvez prochainement,
dans votre collection

PASSIONS

Irrépressible désir, de Joss Wood - N°1049

Éprise de liberté, Jamie sait exactement ce qu'elle veut, à commencer par une liaison avec l'irrésistible Rowan Cowper… Mais son monde vacille quand elle se découvre enceinte ! Si le play-boy qui partage ses nuits souhaite à présent une relation sérieuse, Jamie est rétive à tout engagement. Saura-t-elle résister à Rowan, dont la détermination n'a d'égale que la séduction ?

L'élue de son cœur, de Stella Bagwell

Lydia est troublée de voir Zack Dalton débarquer au journal où elle travaille. L'ombrageux rancher, à la recherche de son âme sœur, veut publier une petite annonce ! Si Lydia ne correspond en rien aux critères de Zack, elle ressent pour lui une attraction si forte qu'elle se prend soudain à rêver d'une idylle avec lui…

Seconde chance pour Felicity, de Janice Maynard - N°1050

Felicity n'en revient pas : Wynn, son amant d'autrefois, lui demande de s'installer chez lui pour s'occuper du bébé dont il est subitement devenu le tuteur ! Émue par le désarroi de Wynn comme par le sort de l'enfant, elle accepte de rendre ce service, tout en redoutant de cohabiter avec l'homme qu'elle n'a jamais su oublier…

Le retour de Jude, de Nancy Robards Thompson

Le cœur de Juliette manque un battement quand elle se retrouve face à Jude, son premier amour. Après dix ans d'absence, le voilà de retour à Celebration ! Le temps a passé et pourtant, la passion ressurgit entre eux, exquise comme le baiser qui les transporte bientôt au paradis. Bouleversée par les émotions qui l'assaillent, Juliette tente pourtant de garder son sang-froid, car elle ignore encore si Jude restera cette fois…

Une bouleversante idylle, de Katherine Garbera - N°1051

SÉRIE : UN MARIAGE À NANTUCKET 3/3

Le sénateur Dare Bisset détient ce que la lobbyiste Melody Corner recherche : des renseignements. Elle s'infiltre donc au mariage d'un membre de sa famille à Nantucket pour l'interroger. Hélas, la situation lui échappe vite. Très attirée par Dare, Melody s'abandonne entre ses bras à une nuit délicieuse mais interdite. Si leur liaison venait à s'ébruiter, en effet, leurs carrières respectives seraient en danger…

Danse avec une inconnue, de LaQuette

Parée de ses plus beaux atours, Zanai se rend au bal masqué où se presse tout Royal. Ainsi transformée, plus libre que jamais, elle ose embrasser Jayden, le célibataire le plus convoité de la ville… avant de fuir la fête. Dès le lendemain, le play-boy cherche à retrouver l'inconnue avec laquelle il a dansé. Or Zanai hésite à se dévoiler. Jayden, qui attire toutes les femmes, ne risque-t-il pas d'être déçu quand il découvrira l'identité de sa conquête d'un soir ?

Un cavalier presque parfait, de Karen Booth - N°1052

SÉRIE : SCANDALEUSES RÉVÉLATIONS 3/3

Parce qu'elle a besoin d'un cavalier pour se rendre au mariage d'une amie, Alexandra se résout à demander à Ryder Carson de tenir ce rôle. Après tout, il serait le candidat idéal s'il n'était pas le meilleur ami de son frère… et si tous deux n'avaient pas eu une torride aventure cinq mois plus tôt ! Alors que pendant la réception, Alexandra se rapproche dangereusement de Ryder, le malveillant compte « Petit Carnet Noir » s'en prend à eux, compromettant aussitôt leur fragile idylle…

Une famille pour Ivy, de Zuri Day

Embauchée comme nourrice par Desmond Eddington, un riche célibataire, Ivy reste sur ses gardes. Si elle tombe immédiatement sous le charme de la petite fille dont elle a la charge, elle se méfie de son père, trop orgueilleux et séduisant à son goût. Alors qu'elle voudrait tenir Desmond à distance, Ivy est incapable de contrôler son désir pour lui. Et bientôt, elle remet en cause tous ses principes, en s'abandonnant à la passion entre les bras de son patron…

L'enfant de Donovan Murphy, d'Yvonne Lindsay

N°1053

Kayla se tient face à lui, plus belle que jamais, et Van sent une rage gronder en lui. Comment Kayla ose-t-elle venir le trouver aujourd'hui pour lui réclamer de l'argent, après lui avoir brisé le cœur cinq ans plus tôt ? Croit-elle parvenir à l'émouvoir en prétendant que la petite Sienna est sa fille ? Plus jamais il ne se laissera manipuler par cette intrigante, Van s'en est fait la promesse. Même si Kayla éveille toujours en lui un désir puissant…

Le passé entre nous, d'Andrea Laurence

En voyant Deacon entrer dans la salle de réunion, Cecelia manque défaillir. Deacon, son amour de jeunesse, n'est autre que le propriétaire du nouveau complexe de luxe dont elle doit assurer la décoration. Il rallume aussitôt en elle un feu qu'elle pensait éteint à jamais. Pourtant, Cecelia le sait, elle doit faire taire ces sentiments : elle n'a pas le droit d'abandonner la vie parfaite qu'elle s'est construite auprès de son mari…

Une surprise irrésistible, de Lauren Canan - N°1054

Sophie ne se fait pas d'illusion sur sa relation avec Clay Everett, son séduisant patron au ranch de Royal. Pour lui, elle n'est qu'une aventure, comme il se plaît à le lui rappeler. Et même si elle sent, quant à elle, son amour pour Clay grandir de jour en jour, elle sait qu'elle ne doit rien espérer. Mais, quand Sophie découvre qu'elle est enceinte, elle comprend que tout va changer… pour le meilleur, ou pour le pire.

Le goût de la vengeance, de Joanne Rock

Ian McNeill s'est inscrit sur le site de rencontres qu'elle a créé ! Lydia sent une colère irrépressible la gagner le jour où elle tombe sur le profil de l'homme qui l'a lâchement abandonnée un an plus tôt, alors qu'elle portait son enfant. Un enfant qu'elle a perdu et qu'elle pleure aujourd'hui encore. Aussitôt, une idée folle germe dans son esprit : ne tient-elle pas là l'occasion idéale de se venger de Ian et de lui briser le cœur à son tour ?

RESTEZ CONNECTÉ AVEC HARLEQUIN

Harlequin vous offre un large choix de littérature sentimentale !

Sélectionnez votre style parmi toutes les idées de lecture proposées !

www.harlequin.fr

- **Découvrez** toutes nos actualités, exclusivités, promotions, parutions à venir…
- **Partagez** vos avis sur vos dernières lectures…
- **Lisez** gratuitement en ligne
- **Retrouvez** vos abonnements, vos romans dédicacés, vos livres et vos ebooks en précommande…

L'application Harlec

- Des **ebooks gratuits** inclus dans l'application
- **50 nouveautés tous les mois** et + de 7 000 ebooks en téléchargement
- Des **petits prix** toute l'année
- Une **facilité de lecture** en un clic hors connexion
- Et plein d'autres avantages…

Téléchargez notre application gratuitement

Télécharger dans l'App Store

DISPONIBLE SUR Google Play

SUIVEZ-NOUS !

facebook.com/HarlequinFranc
twitter.com/harlequinfrance